IL CANTO DEL FAE

SERIE WILDSONG
LIBRO UNO

TRICIA O'MALLEY

Traduzione di
SIMONA SASSO
Edited by
GIOVANNA CHILESE

LOVEWRITE PUBLISHING

"In una goccia d'acqua si trovano tutti i segreti degli oceani."
Khalil Gibran

Il regno dei Fae

PROLOGO

Per ogni Elemento
*   un Erede sorgerà,*
nato da Fae e mortale,
tra buio e luce sarà.
Gli Elementi cadranno
dei lor doni derubati.
Se l'erede sopravvivrà,
gli oscuri saranno spezzati.

"Sorella."

Quelle parole erano come un sibilo portato dal vento, e il gelo che le accompagnava avvolse sinuosamente il corpo di Danu, rendendole quasi impossibile respirare. La dea sospirò, scacciando l'incantesimo arcano della sorella con la punta della sua unghia cristallina, e si voltò, distogliendo lo sguardo dalla profezia incisa sulla parete della grotta del portale.

Come sempre, percepire la follia nello sguardo della sua gemella le stringeva il cuore. Domnu era di una bellezza fredda e terrificante, con occhi d'ossidiana e capelli ricci e selvaggi che, come serpi, si aprivano in bocche piene di zanne. Laddove Danu rappresentava la luce, Domnu era la divinità del buio, e la sua brama di potere su tutte le fazioni del mondo, sia umani che Fae, l'avrebbe distrutta, se prima non avesse portato tutti alla rovina.

"Dovresti sapere che non ti conviene usare la magia arcana contro di me." Danu si allontanò leggermente dalla parete con la profezia, continuando a darle le spalle. "Non ti è andata bene l'ultima volta... o sbaglio?"

"I Quattro Tesori dovrebbero essere miei," strillò Domnu, accompagnata dalle grida dei suoi capelli. "Ho semplicemente commesso un piccolo errore, tutto qui."

"'Tutto qui'?" Danu tamburellò il dito sulle labbra, cercando di capire fino a che punto la follia si fosse impadronita di sua sorella. Erano entrambe dee, e si erano separate al loro arrivo nella terra di Inisfáil, la moderna Irlanda. Sua sorella aveva compreso che i Quattro Tesori, doni dal potere inestimabile capaci di garantire al loro possessore il dominio sul mondo, le avrebbero dato ciò che desiderava disperatamente. L'Irlanda e il mondo si erano salvate dalla distruzione certa solo grazie alla ferma determinazione e al grande coraggio di un impavido gruppo di umani e Fae, i Cercatori e i Protettori. All'epoca, Domnu era stata esiliata nel suo regno oscuro, a governare la sua crudele fazione di Fae malvagi, mentre Danu aveva restituito i Tesori alle divinità superiori, affinché non cadessero mai più nelle mani sbagliate. Erano passati due decenni da allora, e sembrava che la profezia successiva fosse in procinto di avverarsi.

"Certo," rispose Domnu sbuffando. "Ero distratta, e forse ho sottovalutato quei tuoi Cercatori umani. Quella fazione sembra così debole."

"Non erano del tutto umani, vero? Ognuno di loro aveva dei poteri. Proprio come i figli degli Elementali." Danu indicò l'iscrizione sulla parete della grotta: stava brillando leggermente di luce propria, come se avessero versato dell'oro fuso nelle profonde incisioni della roccia. "Cosa stai tramando, sorella?"

"Io?" Domnu giocherellò con una ciocca di capelli, arrotolandola intorno al dito, e rise quando quella la morse. Danu non fu sorpresa nel vedere la gemella succhiarsi il sangue che le macchiava la pelle diafana. "I miei figli Domnua sono inquieti. A quanto pare, cara sorella, gli Elementali potrebbero essere interessati a unirsi a noi. Un tempo non si fidavano dei Domnua, dei miei dolci bambini... Riesci a crederlo? Adesso, però, stanno scoprendo che i Danula non sono perfetti come dicono di essere. Probabilmente è giunto il momento di insediare una nuova Corte Reale, cara sorella." Domnu osservò il proprio dito, sorridendo per l'assenza della ferita.

"I miei Danula governano i Fae Elementali con orgoglio," disse Danu mantenendo un tono neutrale, rifiutandosi di lasciarsi provocare da sua sorella. "Collaboriamo con loro da molto tempo, il nostro rapporto è forte e il mondo ne ha tratto beneficio."

"Forse sì," rispose Domnu alzando una spalla. "E forse no. Non dovresti più essere così sicura del dominio del tuo popolo."

Danu si pizzicò il naso, schiacciata da secoli di frustrazione repressa, prima di incrociare nuovamente lo sguardo della sorella.

"Non doveva... e *non deve*... essere per forza così, sorella," disse. Perché continuava a provarci? Sua sorella aveva ceduto all'oscurità ed era impazzita da molto tempo ormai.

Eppure, in cuor suo continuava a sperare di toccare e raggiungere una parte ancora buona, *qualsiasi cosa* che potesse essere ancora sepolta nell'animo di Domnu. Sospirò. "Porterai di nuovo la guerra nel nostro mondo?"

"Non mi darò pace finché Inisfáil non sarà mia."

"A quale scopo? Distruggerai... ogni cosa."

"Forse è meglio così. I miei seguaci si solleveranno e popoleremo la Terra con i nostri poteri arcani." Una scintilla dorata guizzò negli occhi scuri di Domnu.

"Non ci riuscirai," disse Danu in un tono severo. "Il principe dei Danula si trova già in Irlanda, così come i suoi guerrieri migliori. Vi abbiamo sconfitto una volta e lo faremo di nuovo."

"Ah sì?" Domnu volteggiò intorno alla caverna, con la gonna scura che le svolazzava attorno e parlando in un tono quasi cantilenante. "Il vostro principe adesso è vulnerabile, non te ne sei accorta?"

"Cos'hai fatto?" le chiese Danu spaventata.

"Il principe Callum è innamorato, e come sappiamo entrambe, cara sorella, l'amore non è altro che una debolezza. Proprio in questo momento gli stiamo strappando via la sua compagna predestinata, perché un principe senza il proprio cuore non è che un'ombra vuota."

"Domnu!" urlò, ma sua sorella scomparve in un lampo di luce, ridendo. Un'ondata di rabbia e tristezza travolse

Danu: aveva sperato in un altro destino, aveva pregato che la profezia si rivelasse falsa. Le sue dita sfiorarono le parole incise con l'oro fuso e abbassò il capo. "Mi dispiace, figli miei. Mi dispiace con tutta l'anima."

CAPITOLO UNO

L'uomo le fece un cenno da sotto la superficie piatta dell'oceano. Una familiare sensazione di inquietudine si diffuse nel petto di Imogen e invece di voltarsi come faceva sempre, lo guardò negli occhi sforzandosi di mantenere la mente lucida.

Il sorriso dell'uomo si allargò. Somigliava più a una creatura fantastica che a un essere umano, pensò la donna. La pelle era così bianca che il suo riflesso perlaceo brillava sotto la tenue luce della luna, ricordando a Imogen il ventre di un salmone. La guardò di rimando con quegli occhi dal colore opalescente e lattiginoso, nelle cui iridi brillavano dei lampi rosa e verdi. Aveva un aspetto allo stesso tempo bello e terrificante. All'improvviso Imogen si ritrovò con la gola secca e deglutì quando l'uomo sollevò una mano ripetendo il gesto, invitandola a raggiungerlo. L'aspetto più sorprendente era che una parte di lei voleva seguirlo, voleva tuffarsi nell'acqua gelida, toccare il fondale buio e consegnare la propria mente a tutte le allucinazioni che la perseguitavano da anni.

Imogen diede le spalle alla prua solo quando quel desiderio stava pericolosamente per sopraffarla e rabbrividì, inspirando a fondo per alcuni secondi prima di costringersi a spezzare il legame magnetico che sentiva con la creatura nell'acqua.

Aveva visto quell'uomo per quasi tutta la sua vita, persino in sogno.

Non cambiava mai, era sempre uguale e la seguiva, scivolando in silenzio appena sotto la superficie dell'oceano sia durante le notti di tempesta che nei giorni di bel tempo. Una parte di lei odiava quella creatura, poiché il suo aspetto la faceva dubitare della propria salute mentale. Un'altra, tuttavia, desiderava ardentemente di raggiungerla. Era come se fosse un pezzo mancante della sua vita, ma Imogen non aveva il tempo né la voglia di riflettere su cosa rappresentasse esattamente per lei. Forse un giorno, dopo aver ripagato la propria barca, quando avrebbe potuto concedersi un attimo per respirare, si sarebbe rivolta a un terapista e gli avrebbe raccontato tutte le proprie paure. Quel giorno, però, non era ancora arrivato e dubitava che sarebbe mai successo. Non poteva permettersi il lusso dell'introspezione e di un percorso di miglioramento personale, non lei e non adesso. Ogni singolo momento era dedicato a costruire la propria attività e a garantire che il suo equipaggio avesse sempre un lavoro.

Imogen era irritata con se stessa e con la direzione che i suoi pensieri avevano preso, e attraversò a grandi falcate il ponte della *Mystic Pirate*, la sua barca per escursioni, prima di chiudere a chiave la cabina di comando. Erano arrivati quella stessa mattina a Grace's Cove, attraccando nel porto circondato da dolci colline verdeggianti e casette colorate disposte lungo le stradine tortuose. Era un paesino incantevole, e Imogen stava esplorando la zona da un po' di tempo alla ricerca di itinerari più lunghi per i turisti americani che lo visitavano ogni estate. Voleva incontrare alcuni gestori di B&B per offrire ai clienti un pacchetto vacanza completo, che comprendesse il viaggio in barca e l'alloggio sulla terraferma. L'istinto le diceva che i turisti, e in modo particolare quelli che disponevano di pochi giorni di ferie, avrebbero apprezzato una soluzione del genere, che riuniva in sé il meglio dell'Irlanda.

Imogen saltò sulla banchina e si fermò per infilarsi le scarpe prima di avviarsi verso l'abitato. Sentiva ancora il familiare dondolio della barca sotto i suoi piedi: le succedeva sempre così quando camminava sulla terraferma, pensò con un sorriso lievemente divertito quando se ne rese conto. In mare si sentiva più stabile, mentre sulla terra si sentiva sbilanciata, fuori posto e smarrita. Aveva pochissimi amici e nessun parente, quindi il dolce movimento dell'imbarcazione che tormentava molti uomini di mare una volta scesi sulla terraferma, era per Imogen un ricordo piacevole del posto a cui apparteneva davvero.

Era il capitano della propria barca, ed era al comando del proprio destino sull'acqua che tanto amava, *sulla sua casa*.

Integrarsi nel mondo normale sarebbe stato comunque impossibile, dato che non aveva alcun punto di riferimento per la quotidianità. Non aveva mai festeggiato i propri compleanni né praticato sport e aveva ricevuto appena l'istruzione necessaria per tirare avanti. No, Imogen non era certo il tipo da preparare torte tenendo un bambino in braccio. Il solo pensiero la faceva ridere, come se immaginare una vita del genere le sembrasse più folle della creatura che la seguiva dall'oceano.

Aveva piovuto da poco, e le pozzanghere nelle strade di Grace's Cove riflettevano le luci serali dei negozi e dei ristoranti costruiti l'uno accanto all'altro lungo il sentiero che portava in cima alla collina. Imogen continuò a camminare con le mani infilate nelle tasche della giacca di pile, canticchiando un motivo che le ronzava in testa da un po'. Non riusciva a capire dove l'avesse già sentito, eppure la faceva impazzire da mesi. L'aveva sognato e dopo un po' si era ritrovata a intonarlo durante il giorno, mentre aiutava a pulire la barca o quando controllava le provviste. Era una melodia malinconica, quasi struggente tanto era carica di desiderio, e Imogen non era ancora stata in grado di scoprire dove l'avesse sentita.

Due occhi opalescenti la guardarono da una pozzanghera e Imogen si fermò nauseata quando la creatura dell'oceano le sorrise. *Non... Non l'aveva mai fatto prima.* Le sudava la fronte e si voltò per scappare, spaventata, ma sbatté contro un muro.

O almeno contro quello che sembrava un muro. Delle mani l'afferrarono per le braccia evitandole di perdere l'equilibrio e a Imogen mancò il fiato quando sollevò lo sguardo dai bottoni di una maglia di flanella e si ritrovò a osservare il viso di un uomo che la guardava torvo. Aveva gli occhi grigi, del colore del cielo in tempesta, una barba ispida e una mascella scolpita quanto bastava per far perdere la testa a qualsiasi donna.

Era come se Imogen fosse una spina che aveva finalmente trovato una presa di corrente, e un'energia strana si irradiò in ogni cellula del suo corpo, facendola sentire allo stesso tempo viva e incredibilmente resiliente.

Voglio baciarlo.

Quel pensiero la sconvolse abbastanza da farla indietreggiare e smettere di toccarlo, diminuendo la scarica di energia scaturita dal loro contatto senza però eliminarla del tutto. Imogen non aveva una libido alta, anzi, spesso per lei il sesso era monotono o noioso, e per quel motivo era passato moltissimo tempo dall'ultima volta che aveva permesso a un uomo di toccarla. In quel momento, tuttavia, era come se tutti i suoi sensi si fossero risvegliati e che lei volesse, beh, qualcosa che non avrebbe voluto desiderare da uno sconosciuto che la guardava in cagnesco in mezzo alla strada.

"Cosa stavi cantando?" La voce dell'uomo era al contempo dolce come il miele e dura come la pietra. Un'ondata di calore si formò nel ventre di Imogen e per un istante non riuscì a fare altro che fissarlo confusa. Poi, però, si rese conto di ciò che le aveva chiesto. *Che domanda strana.* Arrossì violentemente quando si accorse di essere rimasta in piedi con la bocca spalancata come un pesce fuor d'acqua.

"Ehm, è solo una melodia inventata. Niente di che." Imogen si schiarì la gola e fece un altro passo indietro. *Che presenza magnetica.*

"Ah sì?" Lo sconosciuto aggrottò la fronte, come se stesse riflettendo attentamente su cosa dire. Imogen si chiese se avrebbe dovuto approfittarne per scappare, ma il turbinio confuso di emozioni che si agitavano dentro di lei le impediva di muoversi. Una porta del ristorante alle sue spalle si aprì e un cliente uscì in strada. Il suono delle risate, della musica e del tintinnio delle posate danzava nell'aria insieme al delizioso aroma dell'aglio, e Imogen fu subito grata di non essere più sola con lo sconosciuto, un uomo alto il doppio di lei, pieno di muscoli e con un temporale di emozioni dipinto sul suo viso affascinante.

"Credo di sì." Imogen scelse bene le parole e fece un altro passo indietro, benché il suo corpo le urlasse di lanciarsi tra le sue braccia. Lì si era sentita al sicuro, pur non sapendo perché ciò fosse così necessario. Ripensò alla creatura nella pozzanghera. Certo, forse avere un uomo grande e grosso al suo fianco non era una pessima idea. Anche se, probabilmente, quell'uomo in particolare non sarebbe stato la scelta migliore...

"Cosa sei?" le chiese seccamente. Imogen spalancò gli occhi nel vederlo stringere i pugni sui fianchi.

"Di certo non è la prima volta che vedi una donna, o mi sbaglio?" Imogen inarcò un sopracciglio guardandolo e si dondolò leggermente sui talloni indietreggiando, toccando la fascia del pantalone in cui aveva nascosto il suo pugnale preferito. Aveva imparato tanto lavorando nei porti, ma prima di tutto a difendersi.

"Allora? Hai sentito la mia domanda." L'uomo lanciò un'occhiata verso l'alto: per un momento sembrava preoccupato mentre un lampo squarciava l'oscurità vellutata del cielo.

Non c'era nemmeno una nuvola di tempesta.

Imogen deglutì in preda all'inquietudine quando la guardò di nuovo negli occhi.

"E io ti ho risposto." Sollevò il mento.

"C'è qualcosa che non va." L'uomo fece per superarla, ma si fermò accanto a lei prima di osservarla dall'alto. "Fai attenzione alle melodie che intoni, piccola. Non sai cosa stai facendo."

"Come, scusa?" Lo sconosciuto non rispose e iniziò a correre. Imogen si voltò, ma rimase sconvolta nel vederlo circondato da un leggero alone viola. Non era la prima volta che osservava un fenomeno del genere, tuttavia era decisa a cercare di ignorarlo, proprio come accadeva quando dei volti apparivano nell'acqua. Non aveva alcuna voglia di provare a spiegare perché riuscisse a vedere le aure delle persone, o almeno era quella la conclusione a cui era giunta con le sue ricerche. C'era un grosso problema, però: aveva imparato che le aure potevano avere diversi colori.

Lei, tuttavia, riusciva a vederne solo *due*: l'argento e il viola. Nessuno dei due, in ogni caso, riusciva a convincerla di essere normale.

Era scesa dalla *Mystic Pirate* attirata anche dalla prospettiva di bere una pinta di birra e mangiare un piatto fatto in casa, eppure, ora, si girò di scatto e si diresse frettolosamente verso la barca mentre un altro lampo squarciava il cielo notturno.

I problemi di Grace's Cove, di qualunque natura fossero, non la riguardavano, e Imogen risalì a bordo tirando un sospiro di sollievo. Riaprì la porta della cabina di comando e scivolò dentro prima di chiuderla a chiave alle sue spalle e scendere lungo una breve rampa di scale che portava alla cucina e alla zona relax. Le attraversò entrambe calpestando il pavimento in legno lucido, poi aprì una credenza e tirò fuori una bottiglia di Green Spot, un whiskey irlandese di pregio che di solito riservava agli ospiti, dopodiché se ne versò un bel bicchiere. Imogen bevve un sorso e il calore familiare le lenì il dolore alla gola.

Cosa sei?

Le tornarono in mente le parole dell'uomo.

"Vorrei tanto saperlo," disse Imogen ad alta voce prima di sollevare il bicchiere in un brindisi silenzioso allo sconosciuto dallo strano alone che aveva incontrato per strada. "Mi creda, vorrei tanto saperlo."

CAPITOLO DUE

Nolan si allontanò da lei, da quell'incantatrice, e si precipitò verso il Gallagher's Pub sapendo che lì avrebbe trovato i suoi compagni. Era profondamente disturbato dalla propria riluttanza a lasciarsi alle spalle la donna dai capelli rossi la cui voce l'aveva spinto a fermarsi di colpo e a girare per il villaggio finché non l'aveva trovata. Quella melodia l'aveva colpito come un pugno allo stomaco, ed era furioso con se stesso per non essere riuscito a controllare il proprio bisogno di scoprire da dove provenisse. Non gli piaceva ciò che non riusciva a comprendere, e quella sconosciuta dagli occhi ammalianti e dalla voce inebriante non rientrava affatto nel suo mondo ordinato.

Beh, tecnicamente non era proprio nel suo mondo, giusto? Nolan si ricordò di quel dettaglio proprio mentre un altro lampo squarciava il cielo e le sue spalle si irrigidirono. Riusciva a leggere la firma della magia arcana sospesa nell'aria, lasciata dal passaggio del fulmine.

Il principe dei Fae era arrabbiato, il che voleva dire che Nolan aveva un lavoro da svolgere. Dopotutto, lui era un consigliere della Corte Reale dei Fae e il migliore amico del principe Callum, e riusciva a contare sulle dita di una mano le volte in cui il principe aveva evocato un temporale del genere. Le nuvole coprivano il cielo e una pioggia torrenziale si riversava sulle strade di Grace's Cove quando Nolan entrò nel Gallagher's Pub cercando uno dei suoi compagni.

Li trovò entrambi in un angolo del locale affollato: un Fae e un'umana dotata di poteri magici stavano condividendo un piatto di patatine. Nolan attraversò la sala piena di gente ignorando le occhiate curiose dei presenti e si lasciò cadere su una sedia davanti a Seamus e Bianca, incrociando lo sguardo preoccupato del suo amico.

"È successo qualcosa?" gli domandò Seamus. Bianca, una donna bionda dai vivaci occhi azzurri, lanciò un'occhiata interrogativa al marito.

"Perché? C'è qualcosa che non va?" Bianca osservò i due Fae e un'espressione preoccupata si dipinse sul suo bel viso.

La porta del Gallagher's Pub si spalancò con una violenza tale che le finestre tremarono. Il principe dei Fae era appena arrivato.

E a giudicare dall'ondata furiosa di energia che emanava, come se controllasse la tempesta stessa, il principe Callum era pronto a combattere.

"Per il cielo di Dublino!" sussurrò Bianca. Nel giro di pochi secondi, Seamus sussurrò un incantesimo complicato e lanciò una bolla di magia arcana dall'altro lato del locale, nascondendo Callum alla vista degli umani. Per un attimo tutti si guardarono intorno confusi, poi una donna si alzò e corse a chiudere la porta. Per le altre persone presenti nel pub, l'incantesimo dava l'illusione che il gruppetto seduto al tavolo stesse continuando a chiacchierare tranquillamente.

"È stato solo il temporale," disse Cait, la proprietaria del Gallagher's Pub, lanciando un'occhiata a Callum da vicino al bancone.

Quando un tuono fece nuovamente vibrare le finestre, la donna si infilò nel varco creato dalla bolla magica ritrovandosi faccia a faccia con il principe. Pur non essendo una Fae, Cait discendeva da una stirpe magica, il che le dava la sicurezza necessaria per affrontare Callum.

"Adesso basta. Rimpiazzerai ogni singola finestra che romperai," gli disse a bassa voce. Callum la spinse via come se fosse un moscerino e Bianca trattenne il fiato: pochissimi erano abbastanza coraggiosi da trattare Cait in quel modo e raramente Callum era così apertamente scortese. Doveva essere successo qualcosa di molto, molto grave.

In tutti gli anni durante i quali gli era stato accanto, sia in battaglia che nella Corte Reale dei Fae, il principe Callum era sempre stato un leader calmo e razionale. In quel momento, però, i capelli sulla nuca di Nolan si rizzarono come se l'oscurità lo stesse travolgendo e fissò Callum quando questi si fermò davanti al loro tavolo.

"Principe." Seamus chinò il capo.

"Lily è scomparsa." Le parole di Callum caddero su di loro come un pezzo di ghiaccio che si infrange al contatto con il pavimento. *La compagna predestinata di Callum. Il suo unico, vero amore.*

Nolan fu il primo a parlare.

"Com'è successo? Sono pronto a partire immediatamente. Cosa dobbiamo fare?"

Nolan rimase sorpreso nel vedere Cait riapparire

accanto a Callum e compiere un gesto che nessun altro avrebbe mai osato: prese la mano del principe costringendolo a sedersi al tavolo e gli porse un bicchiere di whiskey.

"Raccontaci tutto," lo incalzò Cait.

Lo sguardo di Bianca incrociò quello di Nolan. L'umana aveva capito che il protocollo reale era stato infranto, e lui decise che, qualunque cosa riservasse il futuro, lei avrebbe potuto rivelarsi utile. E se era *davvero* successo qualcosa di terribile a Grace's Cove e non nel regno dei Fae... beh, avrebbero avuto bisogno di una guida per orientarsi nel mondo degli umani. Più di vent'anni prima, Bianca e suo marito Seamus avevano aiutato i Cercatori a sottrarre i Quattro Tesori alle grinfie dei Domnua, i Fae malvagi. Se i Domnua erano *davvero* coinvolti nella sparizione di Lily, i due sarebbero stati degli alleati preziosi per il salvataggio.

Nolan tornò a guardare il principe, aspettando pazientemente che Callum finisse di bere il whiskey e riprendesse a respirare in modo regolare. Al di fuori della loro bolla magica, la band continuava a suonare e qualcuno aveva spostato le sedie per lanciarsi in una serie di passi di danza piuttosto elaborati. In qualsiasi altra serata, Nolan si sarebbe unito a loro, ma quando era in servizio non permetteva a niente e nessuno di distrarlo dal suo lavoro. Ciononostante, come tutti i Fae, amava le celebrazioni, e dove c'era musica, c'erano anche dei Fae che ballavano senza che gli umani se ne accorgessero.

"Sono stati i Fae dell'acqua." Callum lanciò un'altra occhiata severa a Nolan, che sentì le viscere attorcigliarsi. I Fae dell'acqua erano la fazione di Elementali che lui guidava: aveva il compito di governarli e occuparsi dei loro bisogni e delle loro preoccupazioni, segno che forse i Domnua li avevano spinti a comportarsi in quel modo.

"Ne sei sicuro?" gli domandò Nolan in un tono teso.

"Sì, sicuro e certo."

"Signore, ho parlato con il loro capo proprio questa settimana," disse Nolan.

"E come si è concluso il vostro incontro?"

"Ci siamo riuniti nel loro territorio, nella loro grotta protetta sul fondale marino. Ero abbastanza sicuro che ci fossimo congedati con rispetto e comprensione reciproci. Mi avevano parlato di alcune questioni che richiedevano la mia attenzione, e ne ho già risolta una."

"Quale?" chiese Callum, serrando le dita intorno al bicchiere di whiskey. Gli altri restarono in silenzio, guardando prima il principe e poi Nolan come se stessero seguendo una partita di tennis.

"Volevano la modifica di una rotta delle navi mercantili degli umani, dal momento che passava troppo vicina ai santuari tra le alghe. Ho alterato le correnti dell'oceano per costringere le imbarcazioni a stare alla larga da quella zona in particolare." Nolan era fiero di quell'impresa, che aveva richiesto una certa maestria nel manipolare diversi elementi naturali ed era riuscito a cambiare il comportamento degli umani senza che se ne accorgessero. Era anche contento di essere riuscito ad aiutare subito i Fae dell'acqua, in modo che capissero che stava lavorando per il loro bene, rappresentandoli ai piani alti della Corte dei Fae.

"Tutto qui? Non è successo nient'altro durante questo incontro? Nessun evento spiacevole?"

"No, signore. Anzi, è stata una delle nostre riunioni più fruttuose. A dire il vero, la cosa mi sorprende. Sono piuttosto soddisfatto dell'esito dei nostri negoziati, e a quanto pare lo erano anche gli anziani. Può raccontarmi cos'è successo?" Nolan sorseggiò con cautela un po' di whiskey e la bevanda gli bruciò la gola.

"Mi ero allontanato da Lily solo per un attimo." La voce di Callum era spezzata, il suo sguardo spento. "Le avevo promesso che avrei acceso un fuoco come fanno gli umani." Callum agitò la mano in aria. "Sapete, con il legno, un acciarino e le fiamme... in quel modo assurdo. Voleva vedere se avrei avuto la pazienza di provarci senza usare i miei poteri, capite? Era solo un gioco, a dire il vero. Stavamo scherzando... ridevamo. Ero uscito sotto il temporale per prendere la legna dal capanno. Lei... lei era rimasta sulla soglia, bagnandosi un po' sotto la pioggia, e rideva mentre mi guardava perché voleva vedermi svolgere un lavoro manuale."

Bianca sembrava essere sul punto di intervenire, probabilmente per dire che accendere un fuoco non era un'operazione faticosa, tuttavia rimase in silenzio non appena Seamus le toccò il braccio per un secondo.

"Quando sono tornato con la legna... lei era scomparsa." Callum sbatté il pugno sul tavolo, e in quel momento un lampo illuminò il cielo fuori dal pub, seguito da un terribile tuono che fece tremare il locale. "La porta era spalancata. E al suo posto c'era solo... questo."

Callum tirò fuori un pezzo di pergamena e lo posò sul tavolo. Nolan si sporse in avanti ma non lo toccò, dal momento che la magia arcana dei Fae era complicata persino nelle situazioni più tranquille, e poi lesse ciò che vi era scritto.

Un amore in cambio di un altro. Hai sottratto il nostro potere, e adesso noi prendiamo il tuo cuore.

Sotto la scritta c'era uno schizzo di un amuleto inciso con un intricato nodo celtico. Era il disegno del talismano dei Fae dell'acqua, un oggetto dal potere inimmaginabile se finito nelle mani sbagliate. Solo il capo di quella fazione poteva indossarlo. Ogni gruppo di Elementali possedeva un manufatto altrettanto importante, e ogni leader lo portava sempre con sé per evitare che venisse rubato e usato per scopi oscuri. Nolan incrociò lo sguardo di Callum in preda al panico.

"L'amuleto... È scomparso."

"Esatto. E loro pensano che siamo stati *noi* a rubarlo."

CAPITOLO TRE

L*'amore è un oceano, forza travolgente e cura silenziosa.*

Il canto attraversò l'oceano fino ad arrivare a lei, e per un istante Imogen si sentì al contempo infastidita e spaventata. Era la stessa melodia che aveva intonato distrattamente attraversando le strade del paesino. In quel momento, ascoltandola mentre la tempesta si scatenava furiosamente sul porto, un'ombra di paura si insinuò nell'animo di Imogen. Forse non avrebbe dovuto attraccare lì.

La donna raggiunse il finestrino della sua barca e osservò il lampo illuminare le nubi grigie e minacciose e la pioggia torrenziale che si riversava sull'oceano agitato. Le onde si abbattevano contro lo scafo e Imogen chiuse gli occhi per non guardare la sagoma che le sembrava si muovesse nell'acqua.

Ricordava ancora chiaramente il giorno in cui sua madre, Shauna, l'aveva portata sulla riva dell'oceano per la prima volta. Era a malapena abbastanza alta da riuscire a vedere oltre il muretto roccioso che costeggiava il piccolo porto del paesino, eppure aveva capito subito che l'acqua la stava accogliendo come se fosse casa sua. Shauna era riuscita a trascinarla via solo promettendole dei dolcetti, non prima, però, che Imogen vedesse un volto sorriderle tra le onde che lambivano dolcemente le rocce coperte di alghe.

"Mamma, perché l'acqua mi sorride?"

"Zitta, Imogen. Lo stai soltanto immaginando." La presa di sua madre sulla sua mano si era fatta d'acciaio, e la donna l'aveva trascinata lontano dal muretto con un atteggiamento deciso, senza nemmeno esitare.

"Ma ho visto…" aveva protestato Imogen facendo il broncio mentre cercava di piantare i piedi per terra. Per la prima volta in assoluto, Shauna si era voltata e aveva alzato una mano su di lei. Imogen si era abbassata d'istinto, sconvolta, tuttavia lo schiaffo non era mai arrivato. Sua madre si era fermata appena in tempo prima di lasciarsi cadere in ginocchio e stringere le braccia della figlia con forza.

"Ascoltami, Imogen. Potrai anche dimenticare tutto ciò che ti dico, però ricorda questo." L'aveva scossa un po' per enfatizzare le proprie parole. "Non parlare *mai* di quello che vedi nell'acqua."

"Ma…" Il labbro inferiore di Imogen tremava, l'espressione spaventata di sua madre le fece venire la nausea. "C'è un uomo…"

"Smettila. Immediatamente. Non parlare di quella cosa. Non devi parlarne con nessuno. Mi hai sentito?" L'aveva scossa di nuovo. "Capito? Se lo facessi, ti rovinerebbe la vita."

Gli occhi di Imogen si erano riempiti di lacrime. Non riusciva a capire perché sua madre la stesse sgridando.

Detto ciò, l'aveva trascinata via senza nemmeno asciugarle gli occhi né rispondere alle sue domande e non le aveva rivolto la parola per tutto il resto della giornata, un silenzio che Imogen non aveva mai conosciuto prima e che le era rimasto impresso nella memoria.

I volti nell'acqua, però, continuavano a mostrarsi e nel corso degli anni le erano accadute tantissime altre cose che non riusciva a spiegarsi. Durante l'adolescenza, nel suo periodo più ribelle, Imogen aveva affrontato nuovamente l'argomento con la madre. Quella sera, Shauna aveva tenuto fede alla minaccia fatta anni prima e la mattina successiva la ragazza si era risvegliata con un livido sul viso e la casa vuota. Sua madre sparì per alcune settimane ed Imogen dovette andare a scuola e prepararsi da mangiare da sola. Quando, alla fine, Shauna era tornata senza nemmeno scusarsi, Imogen aveva deciso di non parlare mai più di quelle che sua madre considerava delle allucinazioni.

Del resto, non c'era nessun'altra spiegazione per le apparizioni che si palesavano nell'acqua davanti a lei o per gli aloni colorati che circondavano le persone quando le incontrava per la prima volta. O ancora, per il fatto che spesso riusciva a controllare il mondo naturale, apparentemente con il solo pensiero. Aveva deciso: non avrebbe rimuginato su quell'ultimo fenomeno. Imogen soffriva per il rifiuto della madre mentalmente instabile ormai da anni, e una delle sue più grandi paure era quella di soccombere lentamente alla follia come lei.

Il cupo brontolio di un altro tuono la fece rabbrividire e Imogen diede le spalle al finestrino attorcigliandosi la treccia intorno al dito. Fin da piccola aveva preso l'abitudine di tirarsi le trecce ogni volta che si sentiva a disagio o cercava di obbligarsi a tacere. Imogen camminò avanti e indietro nella cambusa della nave, facendo quattro passi in avanti e quattro indietro. Non riusciva a tranquillizzarsi.

Era tesissima, come se la sua pelle fosse attraversata dalla corrente dei fulmini che squarciavano le nubi scure sul paesino di Grace's Cove.

Quella sera era sola sulla barca, dal momento che il suo equipaggio era solito cercare compagnia sulla terraferma. Imogen, invece, lo faceva raramente. Aveva intenzione di controllare le proposte di marketing che aveva preparato per i suoi clienti. Quella stagione turistica doveva andare bene. Sperava di saldare entro uno o due anni il debito dell'imbarcazione, che in quel modo sarebbe finalmente stata soltanto sua e non in parte proprietà della banca. Pensare a quanto denaro era stata costretta a prendere in prestito per comprare quella barca, un'Aqualine usata ma ancora in buone condizioni, le faceva ancora venire il voltastomaco. Tuttavia, lavorando duramente e senza nemmeno concedersi un minimo di vita sociale, Imogen aveva quasi raggiunto il proprio obiettivo, e il giorno in cui avrebbe potuto finalmente riprendere fiato si stava avvicinando. Se tutto fosse andato secondo i piani, nel giro di cinque anni sarebbe riuscita a mettere da parte un po' di soldi e andare in vacanza per la prima volta nella sua vita.

Per un istante pensò a un cielo limpido e a una spiaggia tropicale. Sorrise, immaginando il viaggio dei suoi sogni, quello che si era promessa di concedersi non appena avesse saldato il prestito. Si vedeva già con un bikini striminzito, un enorme cocktail spumoso, magari servito in una noce di cocco con l'ombrellino, e il sole dei Tropici a scaldarle la pelle mentre si lasciava andare al relax. Non troppo a lungo, però, perché, essendo irlandese, aveva la pelle così chiara che si sarebbe ustionata immediatamente... quindi aggiunse un ampio cappello di paglia alla propria fantasia.

La *Mystic Pirate* era la sua bambina, era tutto ciò che conosceva del mondo. Per Imogen era normale lavorare sodo e per un attimo si chiese se sapesse davvero *come* rilassarsi. Probabilmente si sarebbe riposata per dieci minuti su quella spiaggia tropicale prima di correre in acqua o fare... qualcosa, qualsiasi cosa. Oziare non era un dono che una persona come lei riusciva ad accettare senza problemi.

Imogen lanciò un'altra occhiata fuori dal finestrino, poi decise di tornare nella cabina del capitano, nella propria camera. Il nome non rispecchiava affatto la realtà, dato che era poco più grande della cambusa che aveva appena lasciato. Ciononostante, era tutta sua e non doveva dividerla con nessuno, il che era una vera e propria benedizione quando si viveva su una barca. Certo, Imogen aveva tirato la cinghia e messo da parte tutte le mance e i guadagni della sua attività per reinvestirli nell'imbarcazione, ma era comunque riuscita ad arredare la propria cabina in modo accogliente. Sul letto rifatto con cura aveva sistemato una morbida coperta di lana intrecciata del colore di un mare in tempesta nelle prime luci del mattino. L'aveva comprata anni prima in un mercatino dell'usato a un prezzo stracciato e la rendeva ancora felice. Il tocco eccentrico l'aveva raggiunto appendendo al soffitto un filo di rame con delle lucine che brillavano come stelle nel firmamento. Sulle pareti, invece, aveva attaccato alcuni dipinti a tema marino dai toni cupi, acquistati da un artista di strada.

Imogen si cambiò, indossando una canotta semplice e un paio di pantaloni da notte, poi infilò le gambe sotto la coperta di lana e si sedette con la schiena appoggiata ai cuscini, rilassandosi immediatamente. Quasi senza pensarci allungò la mano, prese l'anello dal cassetto del comodino e aprì il portatile. La fascia d'oro era consumata e segnata dal tempo, con incastonata un'acquamarina sfaccettata che richiamava quasi alla perfezione il colore dei suoi occhi. Era l'unico gioiello che Imogen possedeva e in un certo senso era diventato il suo portafortuna, il suo costante ricordo che era lei a controllare il proprio destino. Non lo indossava mai, poiché avrebbe potuto impigliarsi da qualche parte e farle male mentre guidava la barca. Tuttavia, ogni notte prima di coricarsi lo prendeva, lo rigirava distrattamente intorno al dito e nel frattempo si dedicava alle scartoffie.

Se doveva essere sincera, quello era un lavoro che non finiva mai. Quando non rispondeva alle e-mail degli ospiti, era impegnata ad aiutare l'equipaggio, ordinare pezzi di ricambio per la barca o aggiornare le liste dei fornitori. La *Mystic Pirate* era la sua bambina, certo, ma una bambina decisamente esigente.

"Oh, per tutti i santi! Questa sì che è una bella cosa da vedere," mormorò Imogen leggendo una recensione lasciata recentemente da un ospite che qualche tempo prima aveva partecipato a un'escursione sulla sua barca. La *Mystic Pirate* offriva sia gite giornaliere che crociere di tre giorni per quanti volessero vivere l'Irlanda dall'oceano. Certo, non era lussuosa come alcuni grandi yacht in cui gli ospiti potevano trascorrere una settimana lungo la costa irlandese coccolati come dei pascià, ma Imogen era orgogliosa di compensare tutto ciò offrendo un servizio clienti eccellente.

Per le escursioni di un giorno alle scogliere di Moher, la

sua barca poteva ospitare fino a quindici passeggeri a cui Imogen offriva un pasto tipico irlandese preparato con amore, raccontava miti e leggende legati a quel posto, e persino un'esperienza di degustazione di whiskey per chi lo desiderasse. Per le crociere più lunghe, invece, disponeva di quattro cabine ben arredate allo scopo di garantire un'esperienza intima per un gruppo di amici o una famiglia che volesse godersi i panorami mozzafiato dell'Irlanda dall'oceano. No, la sua barca non era affatto imponente, tuttavia era sua, e Imogen era fiera di ciò che aveva realizzato.

Controllò il calendario delle prenotazioni e fu più che soddisfatta nel vedere che mancava poco più di un mese all'inizio dell'alta stagione. L'agenda era già piena per i mesi successivi, e nelle settimane a venire l'equipaggio si sarebbe occupato di eventuali migliorie o delle riparazioni necessarie, e in generale avrebbe fatto brillare la *Mystic Pirate* fino a farla quasi risplendere.

Una leggera ondata di calore le attraversò il palmo della mano e Imogen lanciò un'occhiata all'anello, intravedendo per un attimo un bagliore di luce emanare dall'acquamarina. Restò immobile cercando di respirare in modo regolare mentre il suo cuore iniziava a battere all'impazzata. Era successo soltanto poche volte nel corso degli anni, e non era mai riuscita a spiegarsi in modo razionale perché il gioiello sembrava brillare. Come per tutto il resto, aveva attribuito quel fenomeno alla stanchezza o a un'allucinazione, cercando poi di non pensarci.

Da quando era arrivata a Grace's Cove, però, l'anello si riscaldava al suo tocco. Imogen allontanò il portatile e sollevò il gioiello davanti al viso. Le venne la nausea, e un leggero senso di inquietudine si irradiò ancora una volta dentro di lei. C'era qualcosa nell'aria, pensò Imogen, un'energia che le era parsa strana fin dal primo istante passato in quel posto e lei si fidava del proprio istinto, che aveva affinato vivendo per anni sull'oceano, quindi decise che la mattina dopo avrebbe chiamato l'equipaggio e lasciato Grace's Cove. Tra il bizzarro incontro con quell'uomo e la tempesta che infuriava fuori, Imogen si sentiva profondamente a disagio.

"È stato lasciato per te."

Come succedeva sempre quando osservava l'anello, le tornarono in mente quelle parole, accompagnate dal viso stanco di sua madre. Gliel'aveva regalato lei per il suo sedicesimo compleanno, quando Imogen stava preparando le valigie dopo che Shauna aveva aperto la porta di casa invitandola a trovare la propria strada nel mondo da sola. A posteriori, Imogen immaginava che fosse stata la libertà il vero regalo della madre, tuttavia all'epoca si era trattata di un'esperienza terrificante. Shauna le aveva consegnato l'anello proprio mentre stava per oltrepassare la soglia e per un attimo Imogen si era commossa, credendo che la donna le stesse donando qualcosa di significativo.

Non era stato affatto così: le parole di Shauna erano cariche di amarezza, e sua madre non aveva aggiunto molto altro prima di sbatterle la porta in faccia. Imogen aveva trattenuto a fatica le lacrime e si era infilata l'anello in tasca, non aveva alcuna intenzione di restare imbambolata lì sull'uscio della sua stessa casa, circondata dalle valigie, facendo la figura dell'idiota.

Di conseguenza, aveva fatto l'unica cosa che aveva imparato a fare nei momenti di sconforto: si era avviata verso l'oceano. Lì, nel porto, si fece notare come una lavoratrice abile ed esperta, e ben presto le venne offerta la possibilità di salire a bordo di una barca come membro dell'equipaggio.

Da allora, non si era più allontanata dall'oceano.

CAPITOLO QUATTRO

La pioggia gelida sferzava il viso di Nolan mentre seguiva il gruppetto lungo la strada scivolosa che portava a un appartamento messo a disposizione da Cait. Quella morsa pungente non gli dava affatto fastidio, anzi, affinava i suoi sensi e rafforzava la magia arcana che gli scorreva nelle vene. Nolan era pronto a combattere, e inspirò bruscamente nel vedere la sagoma brillante e argentea di un uomo in fondo alla strada. L'ampio sorriso sul volto dell'altra persona confermò i suoi sospetti: si trattava di un Fae oscuro. Nolan sollevò la mano attingendo l'energia dalla tempesta e scagliò un fulmine rovente contro il Domnua, ma quello era già fuggito, lasciando dietro di sé, nell'aria fredda della notte, soltanto delle scie argentate e il suono della sua folle risata.

"Cos'era quello?" Callum interrogò subito Nolan camminando avanti e indietro nel piccolo soggiorno dell'appartamento. Il principe doveva aver percepito l'ondata di magia arcana.

"Un Domnua," rispose Nolan disgustato, come se

avesse mangiato del cibo avariato, e si appoggiò alla porta. Bianca e Seamus sospirarono entrambi bruscamente: sapevano quanto potessero essere pericolosi.

"Li ucciderò tutti, dal primo all'ultimo. Brutti bastardi vigliacchi!" esclamò il principe Callum cercando di afferrare il pugnale infilato nella cintura. Per un occhio distratto poteva sembrare un'arma qualunque, ma in realtà conteneva della magia arcana mutevole e brutale.

Per secoli i Domnua, ossia i Fae oscuri o malvagi, avevano cercato di sottrarre il potere ai Danula, la fazione a cui apparteneva Nolan. Ci erano quasi riusciti più di vent'anni prima, quando avevano tentato di reclamare i leggendari Quattro Tesori, che avrebbero permesso loro di controllare la moderna Irlanda. Per fortuna, i Fae buoni erano riusciti a trovarli e ricacciare i Domnua nel loro regno oscuro.

Fino a quel momento, apparentemente.

"Pensavo che i Domnua non rappresentassero più una minaccia. Avevamo sconfitto la maledizione e reclamato i tesori magici. Non era stato quello lo scopo della nostra missione?" domandò Bianca in un tono esitante. Pur essendo tecnicamente un'umana, si era rivelata una risorsa così preziosa durante la grande guerra tra Fae, che quelli buoni le avevano conferito dei poteri magici in più.

La Corte Reale dei Danula era la più potente di tutte e Nolan era fiero di essere riuscito a ottenere un ruolo così importante. Se l'era guadagnato grazie alla propria dedizione, all'incrollabile lealtà che provava nei confronti del principe e al fatto di non essere restio a tenergli testa quando si comportava in modo irragionevole. Era un ruolo difficile, eppure lui eccelleva anche se, in quel momento, la sua mente era divisa tra la rabbia nei confronti dei Domnua e la preoccupazione per la compagna di Callum.

"Vuoi che convochi una riunione con gli altri consiglieri della Corte Reale?" gli chiese Nolan. Il principe continuò a camminare avanti e indietro riflettendo sulla sua domanda.

"Quanti consiglieri ci sono?" intervenne Bianca, curiosa come sempre.

"Tanti," rispose Nolan continuando a fissare il principe. "Quelli più in alto nella nostra gerarchia hanno il mio stesso ruolo, ovvero governano le divisioni inferiori degli Elementali. Grazie a noi la Corte riesce a mantenere l'ordine naturale del mondo senza che gli umani se ne rendano conto."

Bianca sgranò gli occhi e strinse le labbra riflettendo sulle sue parole, stava chiaramente resistendo alla voglia di fargli altre domande.

"Non so molto degli Elementali," disse alla fine. "So solo quello che ho imparato sui Fae durante la missione per trovare i Quattro Tesori. In ogni caso, se devo essere sincera, i Domnua mi fanno venir voglia di pugnalare qualcuno."

"Ed è giusto così, amore mio." Seamus, seduto accanto a lei sul divano, le sfiorò il braccio con una mano. Anche lui si guardava intorno con un'espressione attenta. "Del resto, hanno cercato di ucciderti più di una volta."

"Mi hanno sottovalutata," disse Bianca, e un sorriso feroce si allargò sul suo bel viso allegro. Fu allora che Nolan cambiò idea: non sarebbe stata solo un'aiutante, ma un'alleata preziosa, in grado di accompagnarli ovunque avessero dovuto andare.

"Come possiamo restare seduti qui e lasciare che..."

Callum sollevò la mano brandendo il pugnale e lo agitò nella stanza, arrabbiato.

"Perché loro *vogliono* che tu ti muova alla cieca nella notte alla ricerca di Lily. È una trappola, ed è anche ben congegnata. Non vogliono Lily, Callum. Vogliono te." Il principe si fermò nell'udire le parole di Nolan e lo fissò inspirando a fondo diverse volte. Un leggero senso di disagio si insinuò nel cuore di Nolan mentre aspettava la risposta di Callum.

"Perché proprio ora?" Seamus si alzò e fece un passo in avanti. "Non è passato molto tempo, almeno in termini Fae, da quando li abbiamo esiliati. Come hanno fatto a rapirla?"

"Beh..." iniziò a dire Bianca, e i tre uomini si voltarono a guardarla. Lei inarcò le sopracciglia e sbatté le palpebre osservando il principe furioso. "Ehm..."

"Parla," sbottò lui.

"Sto solo cercando di pensare come quegli idioti! Allora, l'incantesimo dei Quattro Tesori è durato secoli, giusto? I Fae oscuri si sono aggrappati per centinaia di anni alla speranza di riuscire a prendere il potere. La sconfitta deve averli feriti nell'orgoglio, immagino, e forse per questo non pensano lucidamente. Siete mai stati così tanto arrabbiati da riuscire soltanto a desiderare di vendicarvi? Da non fermarvi nemmeno a parlarne o a trovare un piano migliore? Credo che stia succedendo proprio questo. Se fossi in loro..." Bianca non finì la frase e si sistemò una ciocca di capelli biondi dietro l'orecchio, sollevando lo sguardo verso gli uomini che la osservavano con attenzione.

"Continua," le ordinò Callum. Beh, perlomeno la stava ascoltando, osservò Nolan.

"Forse, se non potessi attaccare direttamente la Corte

Reale... Capite? Abbiamo stracciato quegli schifosi, quindi se fossi in loro probabilmente creerei scompiglio in altri modi, in attesa del momento giusto per agire. Cercherei il nostro punto debole... Mi sono spiegata?"

"Cosa intendi per 'creare scompiglio'?" Callum si era fermato davanti a Bianca posando le mani sui fianchi e la fissava dall'alto. Nolan la vide deglutire di fronte allo sguardo intenso del principe, tuttavia le riconobbe il merito di non aver fatto scena muta.

"Uhm, per esempio... Avete detto che i Fae degli Elementi sono inferiori, giusto?"

"Sono comunque fondamentali per il nostro regno," esclamò immediatamente Callum.

"Sì, ovvio. Non intendevo..." Bianca lanciò un'occhiata veloce a Seamus, che rispose con un cenno di incoraggiamento. "Volevo dire che sono meno potenti. Mi pare di capire che la vostra Corte Reale governa sugli Elementali ma allo stesso tempo si prende cura di loro... o mi sbaglio?"

"È così. Andiamo incontro alle loro esigenze e li aiutiamo in base ai problemi che li affliggono, oltre a proteggerli e supportarli," disse Callum.

"Tecnicamente, però, siete comunque più potenti di loro. Potreste impedir loro di fare qualcosa che desiderano. O imporre delle regole, delle restrizioni... Vero? Non li lasciate a briglia sciolta?" continuò Bianca.

"Esatto. Vogliamo che tutte le fazioni dei Fae abbiano una certa autonomia, una certa libertà di pensiero, tuttavia ci sono delle regole che gli Elementali devono rispettare, anche solo per non compromettere l'ordine naturale delle cose."

"Okay. Allora, se volessi sconvolgere quell'equilibrio,

probabilmente..." Bianca si tamburellò un'adorabile unghia rosa sulle labbra. "Probabilmente comincerei a mettere i Fae degli Elementi gli uni contro gli altri, ma anche contro la Corte Reale. Forse cercherei di far scoppiare qualche conflitto tra le fazioni. Beh, per esempio direi che i Fae del fuoco... Ci sono Fae del fuoco?" chiese a Seamus, che annuì guardandola dall'alto.

"Sì, tesoro."

"Allora inventerei una bugia. Direi che i Fae del fuoco vengono trattati meglio. O che hanno regole meno severe. O che ricevono doni migliori. O qualunque cosa voi facciate per loro." Bianca agitò una mano. "Poi, una volta seminato il malcontento tra tutte le fazioni, inizierei a indirizzare la loro frustrazione contro di voi, cioè contro la Corte Reale," disse Bianca deglutendo di nuovo. "Una tattica del genere funziona sempre, no? Se i Fae oscuri stanno davvero preparando una rivolta, è più facile creare divisione, far crollare il regno e infine, quando tutto si sarà calmato, riunire gli Elementali contro un presunto nemico comune: voi."

"Maledizione," imprecò Callum, voltandosi di scatto e riprendendo a percorrere la stanza con grandi falcate.

"A meno che ovviamente non riescano ad arrivare a te prima, se è quello il loro obiettivo. In tal caso, colpiranno il tuo punto debole. Colpiranno... Lily," concluse Bianca in un tono dolce.

Per quello era importante non innamorarsi mai, pensò Nolan. L'amore annebbiava i pensieri e lui non poteva permettersi alcuna distrazione, e di conseguenza non aveva mai passato più di qualche notte con la stessa donna. Aveva visto diversi Fae indebolirsi dopo aver trovato la propria compagna predestinata. Forse ad alcuni andava bene così, ma lui doveva restare lucido per proteggere il principe.

"Cosa ne pensi?" Callum attraversò nuovamente il soggiorno e si avvicinò a Nolan. "Sei stranamente silenzioso."

"Sono sorpreso quanto te, Callum. Sto ascoltando e riflettendo. Per quanto la situazione sia grave, non possiamo agire in modo avventato. Immagino che dietro ci sia lo zampino dei Domnua, e poco fa ho visto uno dei Fae oscuri fuori dall'appartamento, quindi sicuramente stanno creando dei problemi e la tua famiglia è il loro bersaglio. Dobbiamo riflettere bene su cosa fare. Quando ci muoveremo, lo faremo con circospezione. È da stupidi correre alla cieca nella tempesta senza avere nemmeno una direzione da seguire."

"Non posso restarmene qui seduto senza fare niente!" sbottò Callum.

"Non potrai aiutare Lily da morto," disse Nolan in un tono calmo, aspettando di vedere come il principe avrebbe reagito. Un lampo squarciò il cielo notturno, seguito immediatamente da un tuono che fece tremare i vetri dell'edificio.

"Cait si infurierà..." sussurrò Bianca a Seamus, che le strinse il braccio sorridendo.

"Un momento!" Callum sollevò la testa di scatto e alzò le braccia verso il soffitto. Il temporale si calmò immediatamente e il principe si avvicinò alla finestra fissando l'oscurità.

"Cosa..." Il principe si voltò a guardarlo in cagnesco e Nolan tacque immediatamente.

"Mi sta chiamando. Riesco a sentirla nella mia mente. Sta intonando il nostro canto..." Callum chiuse gli occhi e per la prima volta Nolan lo vide spaventato. Le dita del principe si strinsero intorno al pugnale.

"Riusciresti a capire la sua posizione se dovesse continuare a cantare?" gli domandò a bassa voce. Ripensò alla donna dallo sguardo ammaliante e alla sua voce. Era forse una trappola tesa dai Domnua per distrarlo? Aveva praticamente corso per tutto il villaggio per trovarla.

"Sì, credo di poter rintracciare Lily. Avremo bisogno di una barca." Callum si voltò e guardò Seamus e Bianca. "È qui, è in questo mondo. Non l'hanno ancora portata nel loro regno."

"Una barca? Perché? Non è pericoloso attraversare l'oceano se davvero sono stati i Fae dell'acqua a..." Bianca deglutì quando Callum girò il capo nella sua direzione e Seamus si parò davanti alla sua amata. Pur essendo alto e ossuto come un giunco, emanava una tranquilla sicurezza che Nolan trovava sorprendente.

"Proprio per quello non si aspetteranno di vederci arrivare via mare," le spiegò il principe, sollevando la testa nel sentire qualcuno bussare gentilmente.

"Vi ho portato da bere e da mangiare," disse Cait dall'esterno. Nolan aprì leggermente la porta e osservò attentamente il corridoio prima di farla entrare. Aveva un vassoio in mano. "Grazie per aver placato la tempesta, Callum."

"Cait, avremo bisogno di provviste. E di una barca," disse Nolan. Nelle ultime settimane aveva finito per apprezzare la minuta barista. Era una donna d'azione, dalla mente sveglia e con una grande forza d'animo.

"Certo. Trovare una barca ora potrebbe essere complicato, ma inizierò subito a chiedere in giro. Nel frattempo vi preparerò da mangiare, sarà tutto pronto nel giro di un'ora. Per voi va bene?"

"Non possiamo aspettare dei giorni per avere una barca," disse Callum. "Però va bene per quanto riguarda il cibo."

"Cosa dovremmo fare allora, secondo te?" gli domandò Nolan.

"Me ne occuperò io." Il sorriso di Callum sembrava pericoloso nella luce tenue del soggiorno e per un brevissimo istante Nolan si chiese come sarebbe stato amare qualcuno così intensamente. Scacciò quel pensiero dalla propria mente prima di voltarsi verso Cait e prendere il vassoio.

"Accettiamo le provviste. Prima ce le prepari, meglio è, perché non credo che riusciremo a trattenere Callum in questo posto ancora per molto."

"Non lo biasimo. Lily è una persona speciale e la riporterete a casa," gli rispose Cait e Nolan le sorrise per un istante.

"Ah, la riporteremo a casa, sicuro e certo."

CAPITOLO CINQUE

Imogen si mise a sedere nel letto, sbattendo le palpebre per scacciare il sonno, mentre la sua mente cercava disperatamente di liberarsi dagli intrecci setosi del suo sogno, con il cuore che le martellava nel petto e il sudore che le imperlava la fronte. Era lo stesso sogno che faceva da anni, e ogni volta, *ogni singola volta*, si svegliava profondamente turbata, al punto di mettere in discussione la realtà.

Aveva rivisto l'uomo dell'acqua, come sempre. Inquietante e affascinante, le appariva ogni notte e, anche se il sogno cambiava, il messaggio restava lo stesso.

Vieni da me.

Le faceva cenno di avvicinarsi, proprio come le altre occasioni in cui Imogen lo vedeva fuggire sotto la superficie dell'oceano. Nei suoi sogni, però, la forza che l'attirava verso di lui era molto più potente. Era come se custodisse le risposte alle domande più importanti della sua vita, come se per ottenerle bastasse tuffarsi e raggiungerlo sotto la superficie dell'acqua. Riflettendoci, era una situazione inquietante, perché persino Imogen sapeva che gettarsi nell'oceano gelido, in una notte d'inverno sferzata dal vento, equivaleva a morte certa.

Questa volta, tuttavia, aveva fatto un sogno diverso.

L'uomo non le aveva semplicemente chiesto di raggiungerlo, anzi: questa volta, si era tagliato un dito e gliel'aveva mostrato. Una goccia di sangue luminoso, di un colore tra il blu e il rosso, era sgorgata sul suo dito perlaceo, mentre il suo ghigno si allargava.

Il mio sangue. Tu mi appartieni.

Era stato quel momento in particolare a sconvolgere Imogen facendola svegliare di colpo. Si era raddrizzata immediatamente nel letto, cercando di riprendere fiato, turbata dal pensiero che quell'uomo potesse essere suo padre. Era un'ipotesi assurda, se doveva essere sincera, eppure, rifletté Imogen, se una persona non aveva mai avuto una figura paterna, forse chiunque poteva assumere quel ruolo nei suoi sogni. Aveva dei problemi col papà, quindi? Il solo pensiero la fece ridere mentre cercava di scacciare il senso di inquietudine lasciato dall'incubo.

Qualcosa che non riusciva bene a definire le fece sollevare il mento e inclinare la testa, poi Imogen rimase immobile per un secondo tentando di respirare in modo regolare. Un bagliore soffuso filtrava dalla fessura del cassetto socchiuso del suo comodino, e lo guardò con un'espressione confusa. Nessun rumore, nessun segnale strano, tuttavia la luce continuava a pulsare dolcemente.

Non era mai successo prima, pensò Imogen aprendo con cautela il cassetto e osservando l'anello con l'acquamarina. Brillava come una lucina notturna nella cameretta di un bambino, ma era molto meno rassicurante. Sembrava un avvertimento, e un brivido di paura corse lungo la sua schiena, accumulandosi alla base del collo. La barca ondeggiava piano sull'ormeggio: la tempesta ormai era passata e, a parte quel bagliore, nulla sembrava fuori posto.

Eppure...

Imogen si alzò lasciando l'anello dove si trovava e afferrò il pugnale. Era una delle sue armi preferite, si adattava perfettamente al palmo della mano e lo portava quasi sempre con sé. Le tornava utile a bordo per alcune operazioni di manutenzione e nel corso degli anni aveva imparato anche a lanciarlo. A volte, di sera, per combattere la noia dopo aver attraccato, lei e il suo equipaggio avevano trovato dei modi creativi per divertirsi, tuttavia Imogen aveva proibito il lancio di coltelli a bordo: del resto, sapeva bene quanto costasse il pregiato legno dei rivestimenti. Aveva anche seguito diversi corsi di autodifesa, e negli anni quelle lezioni le erano tornate utili più di una volta. Imogen sentiva di poter affrontare chiunque avesse cercato di attaccarla, ed era per questo che non si faceva problemi a dormire sull'imbarcazione da sola.

Ricordava ancora la moglie del primissimo capo magazziniere che le aveva dato un lavoro come scaricatrice di navi mercantili. La donna aveva chiuso un occhio quando Imogen le aveva consegnato dei documenti falsi in cui si era dichiarata più grande di quanto fosse, prendendola poi sotto la sua ala protettrice. Per prima cosa, le aveva insegnato a difendersi. Anche se con il tempo i suoi colleghi erano diventati come una famiglia per lei, seppur sgangherata e rozza, Imogen aveva imparato che non tutti seguivano lo stesso codice morale. Aveva mandato al tappeto più di un uomo che aveva messo alla prova la sua pazienza.

Forse fino ad allora aveva semplicemente avuto fortuna,

pensò Imogen mentre apriva la porta senza fare rumore. Dopo aver attraversato in silenzio la cabina di comando illuminata soltanto dalle apparecchiature, si fermò davanti a una porta con una piccola finestra e fissò l'oscurità. Non vedeva ancora nulla di strano, solo le luci fioche di una cittadina che sembrava addormentata. Imogen decise che si sarebbe sentita meglio dopo aver perlustrato tutta la barca, quindi aprì la porta ed uscì sul ponte.

Il vento freddo le sferzò le guance e la giovane si pentì subito di non aver indossato un maglioncino sopra la canottiera sottile di cotone. L'indumento le aderiva perfettamente al corpo e i capezzoli si indurirono per il cambio improvviso di temperatura. Imogen camminava scalza, ignorando l'aria gelida e guardandosi velocemente intorno con attenzione, in cerca di qualunque cosa fosse fuori posto.

"Dovresti lasciar cadere il pugnale."

L'avvertimento la fece voltare di scatto e lanciò l'arma nella direzione da cui proveniva la voce senza nemmeno pensarci.

"Non sono dell'umore giusto per occuparmi di queste cose." L'intruso, che Imogen riusciva a vedere nella debole luce del molo, afferrò il pugnale al volo e lo ripose con cura nella tasca del cappotto di pelle che indossava. La giovane restò immobile.

Nessun uomo normale poteva muoversi così velocemente.

Era lui. Lo sconosciuto che aveva incrociato per strada quella stessa sera.

Il suo cuore iniziò a battere all'impazzata. L'uomo, o qualunque cosa fosse, le suscitò subito due reazioni contrastanti. Per l'anima dei lepricani, la prima era la stessa del loro precedente incontro. Imogen voleva attraversare il ponte e baciarlo appassionatamente, accoccolarsi tra le sue braccia e concedersi a lui. *Sì, vai da lui*, sembrava sussurrare il suo cuore. Non aveva mai provato nulla del genere per qualcuno, e ansimò, sopraffatta dalle emozioni contrastanti che la travolgevano. Il suo corpo rispondeva all'intensità dello sguardo dell'uomo.

La seconda reazione era, ovviamente, di paura. Non solo perché quell'uomo era palesemente pericolosissimo, ma anche perché riusciva a vedere un tenue bagliore colorato intorno a lui. Imogen deglutì a fatica malgrado la gola secca, poi rimase in silenzio e sollevò il mento a mo' di sfida.

"Non c'è bisogno di complicare la situazione." L'uomo, o qualunque creatura fosse, sospirò e si passò una mano tra i capelli scuri lunghi quasi fino alle spalle. Era massiccio come un albero, o una montagna, pensò Imogen, cercando di capire come battere una persona così forte. Non aveva certo dimenticato com'era stato urtare contro il suo corpo. Era tutto muscoli, con gambe robuste messe in risalto da un paio di pantaloni di pelle aderenti, spalle larghe e braccia forti che riempivano la giacca che indossava. A completare il suo aspetto da uomo tremendamente sicuro di sé si aggiungevano degli stivali anfibi, la mascella scolpita e un'espressione beffarda.

La potenza che quell'uomo emanava spaventava Imogen.

Eppure...

Qualcosa dentro di lei si smosse. Voleva sfidarlo. Voleva conoscerlo. Voleva... Per tutti i santi, avrebbe fatto meglio a scacciare quel pensiero dalla propria mente. Quell'uomo era una minaccia, non c'era altro da aggiungere. Doveva affrontarlo, e subito.

"Non sto certo complicando la situazione, sei tu a farlo, sicuro e certo! Questa è la mia barca, ed è evidente che ti sei perso," disse Imogen facendo un passo indietro e spostandosi di lato. Lui fece lo stesso.

"Sono esattamente dove dovrei essere. A essere sincero, però, non mi aspettavo che ti avrei rivista." La sua voce roca fece rabbrividire Imogen. Riusciva a immaginare le labbra dell'uomo sul suo collo mentre le sussurrava parole sconce baciandole la pelle, e un'ondata di lussuria si irradiò tra le sue gambe. Che le stava prendendo? Imogen sgranò gli occhi, furiosa con se stessa e con lui per averla fatta fantasticare su una cosa del genere.

"Beh, siamo in due a pensarlo," rispose la donna, allontanandosi ancora di più. Si mosse anche lui, lanciandosi in avanti e costringendola a indietreggiare. Imogen dava le spalle alla poppa: se fosse riuscita a fare qualche altro passo di lato, sarebbe potuta sparire in un batter d'occhio nella sala motori. A differenza dello sconosciuto, conosceva ogni angolo della barca. Doveva soltanto...

"Non abbiamo tempo per queste cose, Nolan."

La giovane si voltò di scatto nel sentire la voce adirata che proveniva da dietro di lei. Capì subito di aver sbagliato e si dimenò quando il primo uomo avvolse un braccio intorno alla sua vita, attirandola con forza contro il proprio petto. Era come sbattere contro un muro di pietra, e Imogen trasalì prima di inclinare il capo in avanti e all'indietro, cercando di dargli una testata sul naso.

"Smettila." Lo sconosciuto imprecò con voce bassa e roca, eludendo le sue testate e continuando a tenerla ferma contro il suo corpo, benché lei continuasse a cercare di divincolarsi. Inclinando il piede, Imogen gli diede un calcio cercando di colpirlo sull'inguine, ma le mancò il fiato quando lui le bloccò la gamba tra le cosce, intrappolandola. "Ti ho detto di smetterla. Ti farai soltanto male."

"Non ne sarei così sicura," ribatté Imogen, girando la testa per guardarlo torva.

I suoi occhi erano malinconici e di un colore straordinariamente grigio, come il cielo durante un temporale. Imogen si bloccò, catturata dal suo sguardo, e lui sembrava altrettanto colpito. Il tempo si fermò, ma solo per un attimo, poi lei riuscì a liberare un braccio e gli diede una gomitata violenta nelle costole. L'uomo si lasciò sfuggire un gemito, senza però allentare la presa.

"Stiamo requisendo la tua barca," disse l'altro sconosciuto con un'espressione feroce e il tono perentorio. "Ma sarai tu a guidarla."

"Col cavolo!" rispose Imogen, ma sbatté le palpebre sorpresa nel notare lo stesso bagliore violaceo intorno al secondo uomo. Cosa stava succedendo? Aveva ormai perso del tutto la testa? Vedeva uomini circondati da aloni viola, volti nell'acqua... e anelli che risplendevano di luce propria! Forse aveva ceduto una volta per tutte alle proprie allucinazioni e il mondo reale non contava più.

Il secondo sconosciuto si avvicinò e le afferrò il mento, impedendole di muovere il viso. Imogen rimase immobile. I suoi occhi erano affascinanti nel modo più terrificante possibile, pieni di paura, furia e tristezza. Un potere antico, un potere che Imogen non sarebbe mai riuscita a contrastare, la costrinse ad arrendersi all'uomo che la teneva ferma.

"Non hai scelta."

"Capisco." Imogen detestava doverlo dire, tuttavia il suo istinto di sopravvivenza aveva preso il sopravvento. Lo sapeva con la stessa certezza con cui era consapevole che il sole sorgeva a est: lo sconosciuto davanti a lei l'avrebbe uccisa se non avesse ottenuto ciò che voleva. Imogen era una combattente, ma non era affatto stupida.

"Farai ciò che ti ordino, allora?" domandò l'uomo che le teneva fermo il mento.

"Per adesso, sì," ribatté lei.

"Nolan, la controllerai ogni secondo. Non mi fido di lei, causerà sicuramente dei problemi."

"E ci credo!" Era stata una donna a parlare. Il suo tono di voce tranquillizzò immediatamente Imogen, che vide alle spalle dell'uomo furioso di fronte a lei una donna bionda e di bell'aspetto che stava salendo sulla sua barca.

"Cosa diavolo state facendo?" domandò seccamente la sconosciuta. Non sembrava affatto turbata dall'atteggiamento aggressivo dei due uomini. "Sicuro e certo c'è un modo migliore per chiedere in prestito una barca, non trovate? Guardatela, poverina! È mezza nuda e probabilmente terrorizzata. L'avete tirata giù dal letto? Mi dispiace..." Le ultime due parole erano rivolte a Imogen. La donna spinse via l'uomo arrabbiato di fronte a lei e la guardò. I suoi occhi azzurri sembravano carichi di preoccupazione. "Mi chiamo Bianca, e questi signori... Beh, te lo spiegherò dopo. Ti hanno detto cosa succede?"

"A quanto pare stanno requisendo la mia barca e io dovrei guidarla," ribatté Imogen contorcendosi contro la presa fortissima sul suo ventre. Molto probabilmente la mattina dopo avrebbe avuto dei lividi.

"Ehm, beh, sì... Tecnicamente è così, tuttavia è per una

missione di salvataggio. Ascolta, questo qui..." Bianca indicò il secondo uomo. "Si chiama Callum. La sua futura sposa è stata rapita. Dobbiamo trovarla."

Imogen sgranò gli occhi. Sicuramente la donna stava dicendo la verità, però...

"Perché non avete chiamato la polizia? Sembra tutto un po' strano, o mi sbaglio?"

"Ehm, sì. Beh, dovrei spiegarti meglio questa parte della storia. La donna scomparsa è... è una mia amica."

Un'espressione straziata attraversò il volto di Callum mentre ascoltava le parole di Bianca, e fu in quel momento che Imogen decise cosa fare.

"E va bene, vi aiuterò, ma solo perché me l'hai chiesto tu, Bianca. Ho comunque bisogno di una spiegazione. Inoltre, dovrò informare il mio equipaggio su dove mi trovo. Vedete, sono come una famiglia per me. Torneranno immediatamente alla barca..." Non finì la frase perché Callum aveva sollevato un braccio.

"Non salirà nessun altro a bordo!"

"E va bene, allora..." Imogen guardò Bianca.

"Riesci a governare questa cosa da sola?" le domandò la donna.

"'Questa cosa' ha un nome. La *Mystic Pirate* è una barca maestosa e snervante. Certo che riesco a guidarla da sola, tuttavia non sarà facile. Sarebbe davvero più indicato avere qualcuno che..."

"Nessun altro salirà a bordo," sbottò Callum, e un fulmine improvviso squarciò il cielo.

"Però devo contattarli." Imogen alzò una mano per impedire a Callum di interromperla. "Non posso andarmene senza dar loro alcuna spiegazione, altrimenti denunceranno anche la mia scomparsa alla polizia. Si chiederanno dove io sia finita.”

“Non ha tutti i torti. Lasciatela fare. Se temete che chiederà a qualcuno di rintracciarci, potremmo leggere i messaggi.” Bianca guardò i due omoni.

Una goccia di sudore rigò la nuca di Imogen, e i punti in cui il suo corpo toccava quello di Nolan si accesero di desiderio. Si chiese se lui riuscisse a sentire la sua reazione, ma sperava che non fosse così, dal momento che, per quanto detestasse essere intrappolata tra le sue braccia, alla sua libido pareva non dispiacere affatto. La forza dello sconosciuto era sia opprimente che inebriante, e all’improvviso Imogen iniziò ad apprezzare i romanzi rosa che una sua collega era solita leggere in cui la protagonista si innamorava del proprio carceriere.

“Tra quanto partiamo?” le domandò Callum, costringendola a distogliere l’attenzione da Nolan.

“Nel giro di un’ora. Devo accendere i motori, tracciare la rotta, controllare le previsioni del tempo...” Imogen sollevò lo sguardo guardandolo. “Sai quale rotta dovremo seguire, vero?”

“La scopriremo strada facendo.”

“Perfetto, proprio perfetto.” Imogen si allontanò rapidamente da Nolan, sospirando quando finalmente la lasciò andare. Si rifiutava di voltarsi e incrociare il suo sguardo per paura di ciò che avrebbe visto nei suoi occhi, dunque si rivolse a Bianca. “Non mi fido di loro due, ma di te sì. Promettimi che non mi farai del male.”

“Ti posso promettere che nessuno di *noi* ti farà del male,” disse la donna.

"'Noi'? Quanti siete?" le domandò Imogen con tono tagliente.

"Manco solo io!" All'improvviso apparve un uomo allampanato dal viso allegro, i capelli rossi e un sorriso smagliante.

"Lui è mio, quindi giù le mani," disse Bianca facendo l'occhiolino al nuovo arrivato in modo malizioso.

"Tranquilla," ribatté Imogen. "Ho deciso di rinunciare agli uomini per il prossimo futuro."

"Peggio per te, allora." Bianca la prese sottobraccio e insieme superarono Callum. "Avvisiamo il tuo equipaggio e andiamocene prima che Callum esploda."

"Non mi piacciono." Imogen girò la testa per lanciare un'occhiata torva a Nolan. I loro sguardi si incrociarono per alcuni lunghi e tesi istanti prima che la giovane si voltasse di nuovo.

"Beh, questa è una situazione particolare. Forse col tempo capirai che non sono così male," disse Bianca.

"Ne dubito."

CAPITOLO SEI

"Perché non ti copri? Fa un po' freddo fuori," disse Bianca.

"Va bene." La mente di Imogen era in subbuglio mentre oltrepassava la porta che conduceva alla cabina di comando e alla sua camera. L'altra donna la seguì, guardandosi intorno nella piccola stanza quando Imogen accese le luci.

"Che carina! È più accogliente di quanto mi aspettassi."

"È perfetta per me." Imogen afferrò il maglione di lana appeso vicino alla porta e lo indossò, senza perdere nemmeno tempo a infilare il reggiseno. Aveva un seno generoso, tuttavia non si sentiva a suo agio nel cambiarsi davanti a un'estranea, per quanto Bianca facesse del proprio meglio per essere gentile, o almeno desse quell'impressione. Imogen si fermò a guardarla. Forse era tutto un trucco, come la tattica del poliziotto buono e di quello cattivo che mostravano nelle serie TV. Probabilmente, quando le maniere forti degli uomini non avevano funzionato, l'avevano fatta intervenire per calmare le acque. Strinse gli occhi, sospettosa.

"Cosa c'è?" le domandò Bianca, inclinando la testa nella sua direzione con un'aria interrogativa. Imogen la guardò dalla testa ai piedi. Da qualsiasi altro punto di vista, era una donna attraente sulla cinquantina che indossava un maglioncino azzurro, jeans aderenti e scarponi da trekking resistenti. Avrebbe potuto passare per la madre di Imogen, se Shauna avesse seguito una dieta salutare e si fosse tenuta alla larga dai propri demoni interiori.

"Sto solo cercando di capire se mi stai ingannando," ammise Imogen, raddrizzandosi e sistemando la treccia fuori dal colletto del maglione.

"Lo farei anch'io," annuì Bianca, comprensiva. "Posso sedermi?" Indicò il letto e Imogen alzò le spalle acconsentendo.

"Ho delle domande da farti."

"Lo spero davvero," rispose Bianca accomodandosi e voltandosi a guardare i quadri appesi alle pareti della cabina di Imogen. "Che belli."

Quel comportamento allentò la tensione di Imogen: se Bianca l'avesse ritenuta pericolosa, non le avrebbe mai staccato gli occhi di dosso.

"Ti ringrazio. Li ha dipinti un artista di strada che ho incontrato girovagando in un paesino sulla costa." Imogen si voltò prima di sfilarsi il resto del pigiama e indossare dei pantaloni resistenti di tela che l'avrebbero protetta dal vento pungente.

"Non so quanto tempo avrò per rispondere alle tue domande prima che il principe... Voglio dire, prima che

Callum ci raggiunga e butti giù la porta," disse Bianca frettolosamente. "Ma chiedimi pure tutto quello che vuoi."

"Hai detto 'principe'?" le domandò Imogen seccamente.

"Ops. Beh, ripeto... Non ho molto tempo." Un sorriso leggero si allargò sulle labbra di Bianca. "E probabilmente in questa situazione a una domanda seguiranno altre cento."

"Non sono umani, vero?" Imogen andò dritta al dunque e Bianca indietreggiò un po', sorpresa.

"Interessante. Perché me lo chiedi?"

Imogen si sentì subito in imbarazzo. Che stupida, pensò. Stupida, stupida, stupida. Sapeva benissimo che non avrebbe dovuto parlare di determinati argomenti.

"Lascia perdere." Imogen aprì un armadio, ci gettò dentro i pantaloni del pigiama e chiuse l'anta sbattendola. "Devo controllare le nostre provviste e il livello del carburante. Non so dove andremo né per quanto tempo staremo via."

"Non ho detto che ti sbagli."

Quelle parole le impedirono di muoversi e Imogen rimase in piedi, dando le spalle a Bianca, finché non fece qualche passo in avanti e premette la fronte contro il legno freddo della porta. Le mancava il fiato mentre rifletteva su ciò che la donna aveva appena dichiarato

"Cosa... Cosa vuoi dire?" domandò Imogen con voce roca, e aspettò. Aspettò di sentire le parole che forse, *forse*, le avrebbero fatto capire di non essere davvero impazzita. Che le apparizioni che la perseguitavano da anni non erano allucinazioni. Che probabilmente c'era di più in quel mondo di quanto chiunque potesse immaginare.

"Callum... Anzi, il principe Callum... È il principe dei Fae."

Fae.

La parola riecheggiò nella sua mente, come un dono e allo stesso tempo una maledizione, e Imogen si girò di scatto a guardare Bianca, sconvolta.

"È davvero tanto da accettare in una sola volta, lo so." Bianca sollevò una mano e rise. "Però devi ammettere che è davvero una figata. È affascinante scoprire che tutti questi miti e leggende avevano un fondo di verità. Voglio dire, esiste davvero un altro regno! Sono passati più di vent'anni e continuo a scoprire dei nuovi aspetti del loro mondo. Devo dirtelo, i Fae sono straordinariamente complessi..." Bianca si interruppe quando Imogen alzò una mano per fermarla. "Scusa, mi sono lasciata prendere dall'entusiasmo."

"Mi... Mi stai dicendo che i Fae sono reali? E che quegli uomini..." Imogen sollevò il mento in direzione della porta. "Sono dei Fae? Non sono umani, ma hanno dei poteri magici?"

"Certo. Sembra una sciocchezza, vero?" rise Bianca. "Però è la verità."

"Fae," sussurrò Imogen, e il suo sguardo si posò sul comodino in cui teneva custodito l'anello.

"È davvero una sorpresa per te? È come se sapessi già che non appartengono a questo mondo. Com'è possibile?" Bianca la osservò inclinando la testa.

"Io..." Gli anni in cui si era tenuta tutto dentro le rendevano difficile parlare.

Bianca aspettò la sua risposta guardandola con un'espressione affettuosa e comprensiva.

"È solo... È solo una sensazione. Non so come spiegarla..." O forse Imogen non era pronta a farlo. Sentiva di poter credere a ciò che quella donna le stava dicendo, eppure quella sera erano successe delle cose così assurde che aveva ancora bisogno di assimilarle. Non era il momento più indicato per rivelare i suoi segreti più reconditi.

"Mi sembra giusto. Vuol dire che hai un buon istinto. Possiamo continuare a parlarne, tuttavia ho il presentimento che Nolan andrà su tutte le furie se non ci diamo una mossa. Non dovremmo contattare il tuo equipaggio e preparare il necessario per la partenza?" Bianca parlava in un tono così tranquillo che era come se stesse organizzando un picnic.

"Sì, andiamo." Imogen alzò di nuovo la guardia. Non era pronta a rivelare altri aspetti di sé.

"Solo una cosa..." Bianca toccò il braccio di Imogen e le disse in un tono serio: "Se vedi qualcuno con un alone argenteo intorno, uccidilo."

"Tu... Un momento..." Imogen inarcò le sopracciglia. "Vuoi che uccida qualcuno? Non posso farlo. Non pensavo che... Non voglio farmi coinvolgere in..."

"Sei già coinvolta. Adesso daranno la caccia anche a te. I bagliori argentei circondano i Domnua, che sono i Fae malvagi. I Fae oscuri. Ti uccideranno in un attimo se penseranno che tu possa ostacolare i loro piani. Non parlare con loro. Non fidarti di loro. Non lasciare che si avvicinino."

"Dici sul serio?" Imogen non riusciva a credere che Bianca le stesse parlando di esseri luccicanti argentei. Se i Fae brillavano debolmente come gli uomini che si trovavano fuori, sul ponte, allora li aveva sempre visti. E lo stesso valeva per quelli malvagi.

Aveva ragione, doveva assimilare molte cose. Era sempre stata in pericolo? Perché non l'avevano già uccisa?

"Sì, dico sul serio. Di solito non sono a favore della violenza, ma i Fae malvagi rendono praticamente impossibile vivere in armonia insieme a loro. Credimi, in una situazione in cui dovrei uccidere per non essere uccisa, sono disposta a fare fuori il nemico per prima."

Per poco Imogen non inciampò al pensiero di Bianca che uccideva... qualcosa. Sembrava così dolce e materna.

"Me lo ricorderò," disse. "Però Nolan ha il mio pugnale."

"Te lo restituiremo. E forse ti daremo delle altre armi, a patto ovviamente che tu prometta di non usarle contro di noi."

"Tranquilla, non lo farò. O almeno non contro di te o il tuo uomo. Per ora non mi esprimo sugli altri due. Tecnicamente, sono ancora un vostro ostaggio e avete preso possesso della mia barca come dei pirati. Col tempo capirò come comportarmi."

"Devo dire a Nolan di non abbassare la guardia con te? Del resto, sarà lui a proteggere il principe."

"Sì, avvertilo pure. Non mi fido ancora di lui, quindi... Sì, penso sia giusto avvisarlo," disse Imogen aprendo la porta, ma si bloccò subito: Nolan era lì, nel corridoio, e le sbarrava la strada.

"Allora perché dovrei restituirti il pugnale?" le chiese, e la sua voce roca la fece rabbrividire nuovamente.

"Se fai bene il tuo lavoro, non dovresti temere di avermi armata." Imogen sollevò il mento.

"Per fare bene il mio lavoro dovrei disarmare ogni

potenziale minaccia." Nolan incrociò le braccia muscolose sul suo petto ampio.

"Avrà bisogno di un mezzo per difendersi, Nolan. E se fossimo in mare aperto e un Fae oscuro salisse sulla barca mentre lei è sul ponte? Non avremmo più un capitano."

"Troveremmo comunque il modo di cavarcela." A giudicare dal modo in cui aveva liquidato l'ipotesi di Bianca, la morte di Imogen sarebbe stata una semplice seccatura.

"Wow, sei davvero un incanto." Imogen lo guardò torva e lo superò per raggiungere la cabina di comando.

"Essere cortesi non serve a nulla," rispose lui seguendola.

"Ti sorprenderebbe scoprire quanto la cortesia possa essere utile al momento giusto," ribatté lei, tirando fuori un taccuino e piazzandosi di fronte agli apparecchi.

"So essere cortese, tranquilla." La voce di Nolan si fece roca, e un'ondata di desiderio si formò nel ventre di Imogen.

"Nolan, restituiscile il pugnale. Le stai chiedendo troppo. Mostrale che ti fidi un minimo di lei." Bianca diede un colpetto all'uomo. "Dai, fai il bravo."

"Non le stiamo chiedendo niente. Le stiamo dando degli ordini," puntualizzò Nolan. Imogen si voltò per dirgli cosa pensava esattamente di lui, tuttavia si bloccò quando le restituì il pugnale.

"Ho altre armi." Imogen si costrinse a guardare gli occhi tempestosi di Nolan. "Non mi sottovalutare. Questa è ancora la mia barca, e qui comando io. Ti suggerisco di starmi alla larga se non vuoi che ti faccia del male."

"Assolutamente no, *mavourneen*."

"Non sono il tuo tesoro," sbottò Imogen nel sentire quel vezzeggiativo irlandese. "Il mio nome è Imogen, ma puoi chiamarmi 'capitano'."

CAPITOLO SETTE

"Voglio convocare una riunione," dichiarò Bianca aprendo la porta della cabina di comando e fischiando per chiamare Callum e Seamus. Nolan seguì Imogen oltre una porticina e lungo alcuni gradini che portavano a una zona relax arredata con dei tavoli da pranzo e un divanetto curvo.

"Pensavo che l'uomo rimasto fuori fosse il capo." Imogen sollevò il mento guardando Nolan, e un brivido di desiderio si irradiò dentro di lui. Non *voleva* che la presenza di quella donna sarcastica e difficile gli suscitasse una reazione del genere. Non voleva pensare a come era stato sentire i suoi morbidi seni premuti contro il braccio mentre la stringeva a sé, né al fatto che il suo profumo gli aveva offuscato la mente per un istante. I capelli della donna avevano l'odore della rugiada fresca del mattino sui petali di rosa, e aveva dovuto resistere all'impulso di seppellire il viso nella sua treccia e inspirare ancora più a fondo. No, molto probabilmente Imogen era una distrazione, una che Nolan non poteva permettersi, non con la vita del principe in gioco.

Eppure... I suoi occhi, di un azzurro glaciale talmente chiaro da sembrare argento, avrebbero potuto fermare un uomo a dieci passi di distanza. A Nolan prudevano le mani dalla voglia di sciogliere quella treccia solo per vedere i suoi capelli ramati sparsi sulle lenzuola...

Imprecò sottovoce scuotendo la testa, scacciando *quella* immagine in particolare dalla mente, mentre il desiderio scorreva nelle sue vene. Era passato un po' di tempo dall'ultima volta che era andato a letto con una donna, pensò, era sicuramente quello il motivo per cui stava avendo una reazione del genere per la donna che lo stava fulminando con lo sguardo. Probabilmente si trattava di una trappola, si ripeté Nolan. Perché aveva vagato per le strade cantando quella melodia magica? Una cosa era certa: non era completamente umana. Tuttavia, non capiva bene cosa fosse, e si chiese se sarebbe mai riuscito a convincerla a confidarsi.

"Sì, il capo è il principe Callum, ma siamo una squadra. E Bianca e Seamus hanno già dato prova del loro valore in battaglia. Non la sottovaluterei così facilmente."

"Non la stavo sottovalutando. Stavo chiedendo se fosse anche lei al comando." Per un secondo, un lampo di irritazione attraversò il bellissimo viso di Imogen e Nolan rimase suo malgrado affascinato dal modo in cui le emozioni della donna si dipingevano rapidamente sul suo volto. "A dire il vero, per ora è lei l'unica persona che sono disposta ad ascoltare. Mi stupisce che un uomo come te si degni di riconoscere il suo valore."

A quel punto fu Nolan a innervosirsi. La sua mano si posò sull'impugnatura della lama infilata nella cintura, era una reazione involontaria alle provocazioni, e si dondolò leggermente sui talloni, come per controllarsi.

"Noi Fae siamo governati da una donna, la regina Aurelia, che in battaglia è feroce quanto qualsiasi uomo, se non più forte grazie alla sua astuzia. Non ho alcun problema con le donne al potere, *mavourneen*, anzi, spesso le preferisco." Nolan parlò volutamente in un tono seducente: era curioso di vedere se le sue parole avrebbero turbato Imogen, e un leggero rossore colorò le guance diafane della donna. A quanto pareva, non era l'unico a essere colpito dalle loro interazioni, tuttavia non sarebbe stato saggio oltrepassare il limite con lei. Per quanto gli dispiacesse ammetterlo, non potevano usare la magia arcana per arrivare dove Callum credeva che Lily fosse tenuta prigioniera. Di conseguenza, avevano bisogno di Imogen. E della sua barca.

No, avrebbe dunque finto di non averla vista arrossire, di non aver notato il modo in cui aveva sgranato leggermente gli occhi guardandolo, di non essersi accorto di quanto l'atmosfera si fosse fatta così carica di desiderio che riusciva quasi ad assaporarlo. Se doveva essere sincero con se stesso, nessuna donna gli aveva mai suscitato delle emozioni del genere. Ma non era quello il momento di ascoltare il proprio cuore, e Nolan si mise di guardia accanto alla porta quando Callum e Seamus li raggiunsero nell'area relax.

"Tra quanto ce ne potremo andare?" chiese Callum in un tono autoritario, e Imogen sospirò immediatamente.

"Mi servono altre informazioni," iniziò a dire la donna, ma Bianca sollevò entrambe le mani per interromperli.

"Per prima cosa, perché non ci sediamo e beviamo un po' di té?" Bianca lanciò un'occhiata alla cambusa. "Imogen, hai una mappa della zona?"

"Sì, ne ho una digitale che posso aprire sul tablet." Imogen si stava già avviando verso la cucina, dove Nolan la vide accendere un bollitore elettrico.

Callum fissò in cagnesco Bianca, che si limitò ad alzare le spalle e agitare le mani.

"Ascoltatemi, voi due in particolare," disse la donna posando le mani sui fianchi. Nolan voleva curvare le spalle quando capì che stava per rimproverarli. "Capisco la posta in gioco. Anche noi vogliamo bene a Lily. Tuttavia, non è la prima volta che raduniamo gli umani e i Fae e siamo costretti a spiegare tutto ai primi. E dobbiamo farlo al più presto. Se adesso non vi prendete un momento per parlare all'umana degli antefatti e permetterle di comprendere come e perché dovrebbe aiutarvi, prima o poi avrete dei problemi. Capito? Da quello che vedo, non è stupida. Imparerà rapidamente, ma dovreste davvero darle qualche informazione."

"Ti ringrazio, Bianca." Imogen tornò nell'area relax con un vassoio pieno di biscotti e alcune tazzine. "Ha ragione. Se dovrò mettere a rischio la mia vita e i miei guadagni, ho il diritto di sapere perché. Quello che forse non sapete è che questa barca è tutto ciò che ho al mondo. Se venisse danneggiata, o peggio, distrutta, mi resterebbe soltanto un enorme debito con la banca. Soprattutto se non potrò spiegare il motivo all'agenzia di assicurazioni. Ho davvero bisogno di sapere cosa sta succedendo e quali sono i pericoli a cui andiamo incontro. Mi state chiedendo molto, ed è giusto che io abbia delle risposte."

"Non siamo obbligati a dirti nulla," disse Nolan. Non capiva perché lo facesse innervosire così tanto. "Abbiamo requisito la tua barca, e l'unica motivazione che dovresti avere è il desiderio di restare viva."

"Nolan, non è molto carino da parte tua," disse Bianca fissandolo.

"È la verità." Nolan alzò le spalle. Non era la sua prima battaglia, e come in ogni conflitto qualcuno ci avrebbe rimesso in nome del bene superiore. In quel caso, si sarebbe trattato di Imogen.

"Preferirei affondare questa barca piuttosto che lasciare te al suo comando." Lo sguardo gelido di Imogen incrociò il suo, e Nolan riusciva a sentire il calore della sua rabbia nel profondo dell'animo.

"Beh, devi ammettere che se lo facessi davvero avresti un po' di problemi a spiegarlo a quel posto per le assicurazioni." Nolan si ripeté che avrebbe dovuto chiedere a Bianca cosa fosse esattamente, dato che non esisteva nel mondo dei Fae.

Il labbro di Imogen si arricciò, ma Bianca sollevò di nuovo la mano prima ancora che la donna potesse ribattere.

"Okay, voi due, smettetela. Sì, tecnicamente abbiamo requisito la barca. Tuttavia, Imogen ha accettato di aiutarci perché ha un cuore grande e sa che una donna è in pericolo. Per questo abbiamo il dovere di spiegarle ciò che sta succedendo, almeno in parte, almeno quello che sappiamo al momento. Imogen, per prima cosa abbiamo bisogno della tua barca perché, se usassimo troppo i nostri poteri per raggiungere Lily, i Fae malvagi riuscirebbero a rintracciarci."

"Tu non sei umano." Lo sguardo di Nolan si posò nuovamente su Imogen, che si stava attorcigliando nervosamente la treccia intorno alla mano. La donna guardava Callum mentre parlava, tuttavia Nolan riusciva a percepire la preoccupazione nella sua voce tremante, accompagnata da qualcos'altro... Era forse spaventata?

"No, non lo sono." Callum aveva deciso di seguire l'esempio di Bianca e parlava in un tono dolce osservando Imogen, seduta all'altra estremità del tavolo. "Sono il principe dei Fae Danula, ossia i Fae buoni."

"E tua madre è la regina Aurelia?" gli domandò Imogen. Nolan fu impressionato dalla rapidità con cui collegava le informazioni.

"Sì. Hai già sentito parlare di lei?" le chiese Callum, e il suo viso si illuminò per la sorpresa. L'uomo si appoggiò allo schienale del divanetto, inclinando la testa nella direzione di Imogen.

"No, è stato quello lì a nominarla." Imogen indicò Nolan, che era rimasto in piedi, senza nemmeno guardarlo. Per qualche motivo, il fatto che non volesse dire il suo nome lo faceva arrabbiare.

"Sì. È la regina e governa i Fae in tutto e per tutto. Il trono passerà a me quando deciderà che sarà giunto il momento. Prima, però, devo salvare la mia compagna predestinata."

"Lily?" gli chiese Imogen.

"Già. Anche lei è umana. Non succede spesso che un membro della famiglia reale abbia una compagna umana, ma non è improbabile."

"E come si fa a sapere di avere un compagno predestinato?" continuò Imogen prima di mordersi le labbra, come se si fosse pentita di ciò che aveva appena chiesto. Il gesto attirò l'attenzione di Nolan sulla sua bocca, e l'uomo si ritrovò a passarsi la lingua sulle labbra. Voleva sentire il suo sapore.

Sì, era davvero un problema. Nolan si costrinse a distogliere lo sguardo e osservò attentamente le finestre scure, affinando i propri sensi per capire se ci fosse qualche pericolo nelle vicinanze. Non vide niente, quindi tornò a concentrarsi sulla conversazione. Quella donna era forse un'incantatrice che voleva corromperlo? O era soltanto la sua bellezza mozzafiato a distrarlo così tanto?

"Nel mondo dei Fae prendiamo molto sul serio la questione dei compagni predestinati," iniziò a spiegare Callum. La sua pazienza sorprese Nolan. Doveva aver deciso che avevano bisogno di Imogen come alleata. Tuttavia, non ne capiva il motivo: non poteva limitarsi a governare la barca e restare in disparte? "Tutto ha inizio quando un Fae comincia a intonare il canto del cuore dell'altra persona. Nel corso degli anni diventa sempre più forte e insistente, fino a diventare quasi fastidioso o persino una distrazione costante. Non riesci a pensare ad altro finché non trovi il tuo compagno predestinato. Oppure, in alcuni casi, si può ricorrere alla magia per recidere concretamente il legame con l'anima gemella. Pochi scelgono questa strada, ma chi non vuole rischiare di soffrire per amore lo fa."

"Un canto, hai detto?" In qualche modo, il viso di Imogen era diventato ancora più pallido, attirando di nuovo l'attenzione di Nolan. Sapeva già che la voce della donna aveva un certo potere.

"Sì, il canto del cuore. I Fae la sentono nei momenti più assurdi," rise Callum passandosi una mano sul viso. "Al di là del mare. Mentre lavorano. In battaglia. Nei sogni. Non puoi sfuggire a quella melodia: il cuore vuole ciò che vuole. E se hai un compagno predestinato, verrà il giorno in cui dovrai decidere cosa fare."

Imogen fece alcuni respiri profondi prima di riprendere a parlare. Un lampo di irritazione attraversò Nolan per la sua crescente fissazione con quella donna.

"E cosa succede quando lo incontri?"

"Nel migliore dei casi, vi innamorate. Si stabilisce subito un legame tra voi, è come il momento della verità. Sei consapevole di quella persona come non ti è mai successo con gli altri. Riesci a percepire le sue emozioni, a sentire la sua presenza, e... sai che è così che dovrebbe essere. Che è la persona giusta per te."

Lo sguardo di Nolan si posò su Imogen e il suo cuore iniziò a battere più forte. La donna continuava ad attorcigliare la lunga treccia intorno alla mano, e lui era affascinato dal modo in cui la luce danzava sui suoi capelli, facendo risaltare delle ciocche dorate e del colore del miele contro quelle ramate. Per un breve istante pensò che potesse essere la sua compagna predestinata, poi scartò subito quell'ipotesi e per poco non alzò gli occhi al cielo. Aveva detto molto chiaramente alle divinità del fato di non essere interessato, e credeva che l'avessero ascoltato.

"Allora, Lily è un'umana. L'hai incontrata qui? A Grace's Cove? È la tua compagna predestinata?"

"Sì, ed è stata rapita dai Fae dell'acqua, o almeno pensiamo che siano stati loro. Abbiamo solo un piccolo indizio su cui basarci."

"I Fae dell'acqua. Certo." Imogen si tirò di nuovo la treccia e Bianca si chinò in avanti.

"Ascolta, durante il viaggio passerò del tempo con te per spiegarti tutti i dettagli del mondo dei Fae. In pratica, quelli buoni hanno un lieve bagliore viola e governano sui Fae degli Elementi. Mantengono l'ordine nella nostra natura e fanno in modo che noi umani possiamo usufruire di cose come l'acqua, il fuoco, le stagioni e così via. I Fae malvagi, invece, preferiscono la forza alla bontà. Vogliono assoggettare gli Elementali."

"Perché?" chiese Imogen a Bianca, sbattendo le palpebre.

"Perché il loro obiettivo finale è abbandonare il regno oscuro e popolare l'Irlanda."

"Aspetta, cosa?! L'Irlanda? E vivrebbero in mezzo agli umani? Prenderebbero il potere?" Imogen sgranò gli occhi.

"Sì. Dire che sarebbe un disastro è riduttivo." Bianca si sporse in avanti e diede un colpetto alla mano di Imogen. "Ripeto, i Fae malvagi ti ucciderebbero immediatamente se pensassero che così riuscirebbero a trovare il principe Callum o a realizzare il loro obiettivo. Non puoi assolutamente esitare."

"Sono... Sono tante cose da accettare. Come potrebbe difendersi l'Irlanda? O il mondo? Sto solo... Sto ancora cercando di abituarmi all'esistenza dei Fae, e tu mi hai appena parlato di una fazione cattiva che vuole conquistare il pianeta." Imogen scosse la testa arricciando il naso, disgustata.

"Eppure non sembravi così sorpresa..." Bianca le sorrise dolcemente. "Sei stata tu a dire che loro non sono umani, quindi in qualche modo dovevi essere già a conoscenza della loro esistenza."

Un'espressione di puro panico attraversò il viso di Imogen prima che la nascondesse immediatamente sotto una maschera. Interessante, pensò Nolan. Sapeva più di quanto volesse far credere, ma perché? Bianca gli lanciò un'occhiata veloce e in quel momento l'uomo si accorse che era arrivata alla sua stessa conclusione. Tuttavia, quando Nolan aprì la bocca per parlare, lei lo guardò scuotendo la testa in modo quasi impercettibile.

"Voglio dire... Sono irlandese, no?! E sono anche una marinaia. È difficile trovare un marinaio che non creda alle leggende, vero?" rispose Imogen, e Nolan si accorse che stava mentendo. Riusciva a sentirlo. Beh, forse non su tutto, ma non stava comunque dicendo tutta la verità.

"Cosa stai nascondendo?" sbottò. Se tra loro c'era un traditore, doveva saperlo.

"I miei segreti sono solo miei, soldatino." Imogen gli lanciò un'occhiataccia dall'altra estremità del tavolo e incrociò le braccia sul petto. Nolan cercò di ignorare il modo in cui il gesto metteva in risalto i seni sotto il maglione, e si concentrò sulle sue parole.

"Non sono affatto un soldatino." Nolan arricciò il labbro, schifato.

"Sei al servizio del principe, no? Allora sei un soldatino." Imogen alzò le spalle e un lampo di soddisfazione le attraversò lo sguardo, facendo sembrare i suoi occhi ancora più azzurri.

"Attenta, *mavourneen*. Non sai a che gioco stai giocando." Nolan parlava a voce bassa, tuttavia aggiunse un po' di magia arcana alle proprie parole, in modo che lei riuscisse a sentire la sua forza.

"Non mi sono offerta di giocare, ma ciò non vuol dire che non mi farò valere." Nolan rimase sconvolto dall'indifferenza di Imogen nei confronti dei suoi poteri. Non li aveva sentiti? Era come se la sua magia avesse colpito un muro.

"Basta così, bambini." Callum spezzò la tensione. "Non

abbiamo molto tempo, e la mia pazienza si sta esaurendo. Imogen, hai capito qual è la posta in gioco?"

"Sì. I Fae cattivi sono malvagi. Sui Fae buoni... ho dei dubbi." Imogen inarcò un sopracciglio guardando Nolan con un'espressione beffarda. Voleva torcerle il collo, o baciarla fino allo sfinimento. Non riusciva a decidere, il che lo faceva infuriare ancora di più. "Non devo fidarmi di nessuno. Dobbiamo trovare Lily e riportarla a casa sana e salva."

"In sostanza, sì. Tuttavia, puoi fare affidamento su di me." Bianca indicò se stessa. "E su Seamus. È una brava persona."

Seamus, che era rimasto in silenzio per tutto il tempo, si chinò su di lei e le baciò la guancia.

"Esatto. Ti proteggerò come meglio potrò, Imogen."

"Beh, ti ringrazio." Imogen gli sorrise, e un'ondata di gelosia si irradiò nelle viscere di Nolan. Perché si comportava in quel modo con Seamus mentre a lui si rivolgeva così astiosamente? Non capiva che avrebbe ucciso chiunque avesse provato a farle del male?

"Sento il suo canto..." Callum attirò di nuovo l'attenzione di Imogen. "Posso guidarvi nella direzione giusta. Ho avuto una visione su una specie di grotta, però non ho molti elementi su cui basarmi. Quando sarò più vicino, riuscirò a percepire le barriere magiche erette dai Domnua e capire meglio i loro incantesimi. Puoi aiutarmi?"

"Sì, certo. Possiamo controllare subito, vero? Non ho idea di cosa siano queste barriere di cui parli, ma so che ci sono delle grotte lungo le scogliere qui intorno e alcuni posti che avevo intenzione di esplorare per vedere se potessero andar bene per i miei tour." Imogen toccò lo schermo del tablet mostrando una mappa, poi tutti e quattro si chinarono sul tavolo e iniziarono a pensare a un piano.

Nolan si sentiva turbato e frustrato senza alcun motivo e decise di sgattaiolare fuori. Voleva sentire l'aria fredda sulla pelle. Troppi pensieri gli stavano facendo perdere la concentrazione, e non poteva permetterlo. Il principe aveva forse dei dubbi sulla sua lealtà, o credeva che in qualche modo fosse in combutta con i Fae dell'acqua? Cosa sapeva Imogen del loro mondo? I Fae dell'acqua avrebbero fatto del male a Lily? Quando li avrebbero attaccati di nuovo i Domnua?

E, soprattutto, perché Imogen aveva assunto quell'espressione quando Callum le aveva parlato del canto del cuore?

Era già stata reclamata da un Fae, oppure sapeva più di quanto lasciasse intendere?

CAPITOLO OTTO

"Non mi piace."

Imogen e Bianca stavano facendo l'inventario delle provviste della cucina: di solito questo compito era delegato a un membro dell'equipaggio, quindi non aveva idea di cosa ci fosse esattamente nelle loro dispense.

"Callum? Beh, è un principe. È abituato a dare ordini." Bianca, sbucando da dietro una credenza, alzò le spalle e annotò qualcosa sul suo taccuino.

"Non stavo parlando di lui. Capisco perché è turbato. Penso che lo sarei anch'io se sapessi com'è quel tipo di amore."

"È una sensazione totalizzante, credimi," disse Bianca. "Non riesco a immaginare cosa farei se rapissero il mio Seamus. Andrei su tutte le furie."

"Non mi sembra il tipo che si farebbe rapire facilmente." Imogen fece spallucce e osservò dei barattoli di fagioli disposti su un ripiano.

"Non lo è, infatti. Uno dei punti di forza di Seamus è l'essere sottovalutato dagli altri. A me succede la stessa cosa."

"Certo. Ti capisco anche da questo punto di vista, credo." Imogen annuì, pensando a quante volte era stata ignorata come capitano della barca in quanto donna.

"Allora è Nolan quello che ti dà fastidio?" Bianca inclinò la testa guardando Imogen con un'aria interrogativa. Lei alzò le spalle, irritata con se stessa, e ispezionò un'altra credenza.

"Non direi che mi dà fastidio. Non mi piace e basta."

"In questo periodo è un po' teso. Io lo lascerei stare," disse Bianca.

"Secondo te dovrei lasciarlo stare?" Imogen sollevò il capo di scatto e strinse gli occhi guardandola. "Mi ha tenuta ferma e mi ha rubato la barca. Scusami se non sono disposta a coccolarlo e trattarlo con gentilezza. Inoltre, dovrebbe imparare a comportarsi meglio."

"A dire il vero, l'hai quasi colpito in testa con un pugnale." Bianca sollevò le mani quando Imogen si voltò immediatamente verso di lei. "Ovviamente non ti biasimo. L'avrei fatto anch'io."

"Beh..." Imogen alzò le spalle nel tentativo di smorzare la tensione opprimente. "Non mi piace. E sono certa che la cosa sia reciproca."

"Io..." Bianca sembrava sul punto di dire qualcos'altro, ma poi strinse le labbra.

"Cosa c'è?" le domandò Imogen.

"Non devi fartelo piacere, però siamo nella stessa squadra, e ricorda che ti proteggerà con la propria vita se necessario."

"Perché? Non sono nessuno per la vostra missione, l'ha detto lui stesso. Sarebbe più saggio da parte sua proteggere se stesso, o mi sbaglio?"

"Farà anche quello," disse Bianca sorridendo legger-mente, poi chiuse l'anta della credenza e sollevò il taccuino. "Credo di avere ciò che mi serve. Direi che siamo ben forniti. So cucinare e mi piace, quindi sono ben felice di fare la mia parte."

"Se non ti dispiace... Io non sono un granché come cuoca. Non vi farei morire di fame, tuttavia so cucinare solo alcuni piatti semplici," disse Imogen, chiudendo anche lei l'anta di un'altra credenza. Si guardò intorno nella cambusa luminosa, dove ogni cosa era riposta ordinatamente. Cillian, il suo cuoco e ingegnere, sarebbe andato su tutte le furie nello scoprire che qualcuno aveva usato la sua cucina. Beh, se ne sarebbe preoccupata quando fosse arrivato il momento.

"Avete finito di spettegolare, signore?" Nolan infilò la testa nella cambusa, facendo irritare Imogen immediata-mente. Gli costava tanto essere educato? In ogni caso, era abituata a essere circondata da uomini rozzi, avendo lavo-rato per anni nei porti, quindi non si fece problemi a rispondergli subito a tono.

"Oh, stavamo per tirare fuori lo smalto e parlare della notte più bollente che abbiamo passato con un uomo."

"Dubito che ti sia già successo," disse Nolan con voce roca, e un'ondata di desiderio si formò nel ventre di Imogen. Perché quell'uomo le suscitava tali reazioni? La cosa la irritava, e questo la spingeva solo a voler essere ancora più acida.

"E come fai a saperlo? Voi Fae vi divertite anche a spiare noi umani? Mi controlli dalla finestra di notte? Non pensavo fossi uno spione."

"Non ho bisogno di ricorrere ai sotterfugi per soddisfare i miei bisogni, *mavourneen*. Lo so perché non sei ancora andata a letto con un Fae."

"Ah, sei davvero così sicuro delle qualità di tutto il tuo popolo? Credi davvero che siate tutti degli amanti eccezionali e migliori degli umani?"

"Se lo sai, lo sai..." Nolan fece l'occhiolino a Bianca e uscì dalla cambusa, svanendo nuovamente nell'oscurità della sera.

"Riesci a credere a quello che ha detto?" sbottò Imogen.

"Beh, non ho molta esperienza in questo campo, dato che sono stata solo con il *mio* irresistibile Fae, tuttavia ha ragione."

"Non mi importa sapere se i Fae sono bravi a letto o no. Perché ne stiamo parlando?" Imogen si tirò la treccia, esasperata. "Non ci stiamo preparando ad affrontare una battaglia o qualcosa del genere? Non è questo il momento di discutere di certi argomenti."

"Hai iniziato tu." Bianca alzò una spalla.

"Oh... Non..." L'aveva fatto davvero? "Beh, sì, ho iniziato io, ma solo per rispondergli a tono. Crede che stiamo perdendo tempo parlando del nulla. Non ha idea di cosa serva per preparare una barca per una spedizione come questa. Persino adesso sono nervosa all'idea di andarmene senza il mio equipaggio."

"L'hai mai governata da sola?" Bianca si irrigidì.

"Certo. È la mia *Mystic Pirate*. Tuttavia, avere un ingegnere a bordo è di grande aiuto in caso di problemi ai motori."

"Beh, allora immagino che per quello dovremo ricorrere alla magia arcana."

"Lo dici così tranquillamente..." Imogen si girò e afferrò

Bianca per le spalle, cogliendola alla sprovvista. "Ma ti sei mai trovata in mezzo alle onde agitate con i motori in avaria? Senza un segnale radio? Non è una bella situazione, credimi, soprattutto se ci aggiungiamo dei Fae che probabilmente vogliono farti fuori."

"No, non posso dire che mi sia mai successo." Bianca allontanò gentilmente le mani di Imogen dalle proprie spalle. "Però ho partecipato a delle battaglie incredibilmente intense e spaventose. Con delle creature che non riesci nemmeno a immaginare. Come i draghi. O i mutaforma. O le selkie. Tu non hai idea di cosa c'è là fuori, Imogen, noi invece sì. Certo, non siamo i tuoi ingegneri, ma saremo noi a salvarti la vita finché non riuscirai a reggere il ritmo."

Le sue parole infastidirono Imogen, che reagì come faceva sempre quando era turbata: andò verso l'oceano. Il morso del vento fresco le raffreddò le guance surriscaldate mentre attraversava silenziosamente il ponte fino a raggiungere Seamus, che stava facendo la guardia.

"Possiamo partire, per quanto mi riguarda. Pensi di riuscire a occuparti degli ormeggi e nel frattempo io accendo i motori?"

"Certo. Dammi solo il segnale."

"D'accordo. Dove sono gli altri uomini?"

"A prua," rispose Seamus indicando la parte anteriore della barca. "Stanno di guardia. Parlano di strategie. Quel genere di cose."

"Strategie..." Imogen rise, malgrado l'inquietudine profonda che l'assaliva quando rifletteva sulla loro spedizione. "A quanto pare non c'è un granché da discutere."

"No. È difficile fare piani quando si procede alla cieca.

Secondo me, tenere la testa alta e non arrendersi è il modo migliore per affrontare ciò che la vita riserva."

Imogen non sapeva cosa pensare del filosofare di quel Fae allegro, quindi si limitò ad annuire prima di camminare vicino al piccolo bar accanto alle panche sulla poppa della barca. Si rifiutò di guardare nell'acqua scura mentre raggiungeva l'altra estremità del bancone: aveva paura di ciò che avrebbe potuto vedere, e aveva deciso che si era già agitata abbastanza per quella sera.

Non riusciva ancora a capire come fosse passata dal sonno profondo alla pianificazione di una spedizione per salvare la compagna predestinata del principe dei Fae. Persino in quel momento aveva tantissime domande in mente, che si sommavano al senso di disagio per la partenza imminente. Quella notte si era ritrovata in una di quelle situazioni da cui non si torna indietro, e Imogen non era affatto sicura di essere pronta a farsi catapultare in un mondo nuovo che non comprendeva. Aveva finalmente trovato un equilibrio nel proprio ambiente, e l'idea di sconvolgerlo non la entusiasmava affatto. *Le piaceva* la sua vita.

Stava rimuginando proprio su quello nel momento in cui scorse un piccolo movimento con la coda dell'occhio e la barca si abbassò leggermente sotto i suoi piedi. Un brivido le attraversò la schiena quando una sagoma circondata da un tenue bagliore argentato si issò sul lato della *Mystic Pirate* e scavalcò il parapetto.

Era un Domnua.

Non esitare.

Imogen ripensò alle parole di Bianca e allungò la mano verso il pugnale prima di afferrarlo e muoversi senza fare rumore, seguendo il ritmo della propria imbarcazione con naturalezza, come avrebbe fatto sulla terraferma. Il Fae malvagio camminava a grandi falcate dandole le spalle. Era palesemente diretto verso Nolan, che stava scrutando l'acqua presso la prua.

Imogen capì di non avere molto tempo e gridò per avvisarlo del pericolo mentre si lanciava in avanti. Nolan si voltò con un'espressione stupita e la spada in pugno, ma lei fu più veloce.

Il Domnua cadde con il suo pugnale conficcato nel collo e si dissolse in una pozza argentea e viscida. Imogen osservò le macchie che aveva lasciato sul suo ponte di comando con il cuore che le martellava in gola. Aveva ucciso qualcuno. *Qualcosa*. In ogni caso, le veniva da vomitare. Nolan si inginocchiò ed estrasse l'arma dalla poltiglia argentata, poi lo ripulì sui pantaloni prima di porgerglielo. Aveva uno sguardo assassino.

"Sono in debito con te," disse Nolan. Imogen si chiese quanto gli fosse costato pronunciare quelle parole.

"Sei davvero un'ottima sentinella," ribatté Imogen, sfogando l'ansia e la sensazione di vulnerabilità.

"Le mie barriere mentali avrebbero dovuto avvisarmi del pericolo." Un lampo di confusione attraversò lo sguardo di Nolan, facendo esitare Imogen per un istante.

"Forse hai bisogno di aiuto per attivarle, qualunque cosa siano."

"Non serve. È un gioco da ragazzi." Nolan la guardò in cagnesco dall'alto. "E le barriere mentali sono magie arcane potenti. Ci avvisano quando qualcuno le attraversa. In base al tipo di incantesimo, possono anche definire il tipo di trasgressore. Inoltre, se sono attivate bene, sono in grado di impedire ad alcuni di superarle."

"Allora probabilmente non sei forte come sembri, dato che un Domnua è appena sfuggito al tuo sistema di sicurezza magico!" Imogen sollevò una mano per impedire a Nolan di risponderle a tono. "In ogni caso, se fossi in te rimedierei a questa situazione prima che qualche altro Fae malvagio ci attacchi di nuovo."

"Non succederà più." La luce del porto si rifletteva negli occhi di Nolan, e a giudicare dal suo tono sembrava sincero.

"Me lo auguro. Mi piace tenere il ponte pulito."

"Va bene, capitano. Ci penseremo noi." Nolan fece finta di mettersi sull'attenti, il che la indispettì ancora di più.

"Lo spero. Finalmente siamo pronti ad andarcene. Preparati per la partenza."

"Sissignora." Il tono della sua voce fece rabbrividire Imogen che si voltò, correndo verso la cabina di comando prima di imbattersi in qualche altro Fae.

"Dobbiamo andarcene." Nolan l'aveva seguita fino a lì.

"È proprio quello che sto facendo!" Imogen non lo degnò nemmeno di uno sguardo. Bastava la sua presenza a cambiare l'atmosfera della cabina.

Imogen finì di spuntare le voci della sua lista e lanciò un'occhiata alla finestra: Seamus stava agitando la mano verso di loro dalla prua, facendole segno di aver tolto gli ormeggi. Imogen schiacciò un altro pulsante e Nolan trasalì quando una canzone iniziò a risuonare. Anche Seamus si voltò, dunque la musica doveva riecheggiare anche dagli altoparlanti sul ponte.

"Di certo c'è un modo più discreto di uscire dal porto. Spegni questa cosa," le ordinò Nolan, chiaramente infastidito dal comportamento di Imogen.

"No," si limitò a rispondere lei e la barca oscillò sotto di loro mentre faceva retromarcia nella baia.

"Imogen. Non puoi..." Nolan non finì la frase quando il suo sguardo incrociò quello gelido della donna.

"Sì che posso. Questa è la *mia* barca. Non esco mai dal porto senza ascoltare questa canzone. Considerala un portafortuna."

L'uomo aprì la bocca per protestare nuovamente, ma lei gli indicò la porta.

"Vattene."

"Penso che resterò qui."

"Sono io il capitano, e ti ordino di uscire dalla mia cabina di comando. Mi stai facendo perdere la concentrazione, e questo è un passaggio fondamentale della partenza, soprattutto dal momento che non posso usare le luci di navigazione. Vattene."

Imogen osservò il paesino mentre le note della malinconica canzone celtica risuonavano nella barca. Altre luci punteggiavano le colline buie: i pescatori, i fornai e i contadini si stavano già sistemando per andare al lavoro. Si alzavano da letti ancora caldi lasciando i loro cari, preparavano il caffè, seguendo la routine quotidiana, pensando soltanto a ciò che li attendeva. Loro, invece, si allontanavano dal porto avvolti dall'oscurità, probabilmente verso una battaglia, vincolati dal dovere di proteggere sia i Fae degli Elementi che gli umani che vivevano in Irlanda.

Il nostro amore era un canto,
I sogni veri sembravan tanto,
Ma solitaria è la riva di Innisfail.

CAPITOLO NOVE

La superficie dell'oceano era piatta come una tavola quando la *Mystic Pirate* uscì dal porto di Grace's Cove. Una volta superato il primo sperone roccioso che li avrebbe nascosti alla vista degli abitanti del paesino, Imogen accese le luci di navigazione e scrutò l'oceano davanti a sé: era calmo in modo inquietante e non capitava spesso che l'acqua fosse *così* tranquilla di mattina. Non era un fenomeno impossibile, certo, tuttavia Imogen aveva appena ucciso un Fae e ovviamente si sentiva diffidente. Non sapeva esattamente cosa avrebbe dovuto fare se avesse individuato una minaccia in mare aperto, ma almeno avrebbe potuto dare l'allarme agli altri.

La donna si mordicchiò il labbro inferiore, e il suo sguardo si posò involontariamente su Nolan, in piedi sulla prua. Teneva una cima nella sua mano grande e aveva un piede poggiato su un piolo più basso del parapetto. Fissava l'oceano restando immobile, con le spalle larghe dritte, e Imogen si chiese cosa gli stesse passando per la mente.

Stava pensando a lei?

Scacciò subito quell'idea dalla mente e approfittò del momento di calma per cercare di mettere insieme tutto quello che aveva imparato in così poco tempo. I Fae esistevano davvero: *sapeva* che era una cosa importante, poiché quella singola verità le era rimasta impressa come se l'avessero marchiata a fuoco nella sua anima. Col tempo, forse, ciò avrebbe potuto persino spiegare tutte le stranezze che aveva visto nel corso della sua vita, o forse no. Imogen si sistemò la treccia dietro la spalla in preda alla frustrazione. Se aveva sempre visto i Fae, allora perché non li aveva mai riconosciuti prima? E perché riusciva a vederli, a patto che fossero davvero dei Fae?

Aveva troppe domande e poche risposte. Imogen non si sentiva a proprio agio in una situazione del genere. Le piaceva avere il controllo, e non ne esercitava alcuno su quella missione con esseri sovrannaturali, al punto che si sorprese persino nel vedere il sole sorgere a est quella mattina. Per quanto ne sapeva, dopo quello che era successo, avrebbe potuto trovarsi su un altro pianeta.

Imogen sentì un brivido nel profondo, e, colpita ancora una volta dalla presenza di Nolan, osservò attentamente l'uomo sul ponte di comando della barca. Anzi, il Fae. *Non era umano*, si ripeté Imogen, e forse era per quello che provava dei sentimenti strani nei suoi confronti. Bianca aveva insinuato che i Fae fossero amanti straordinari; chissà, magari erano semplicemente più carismatici degli umani, o avevano più feromoni? Non importava quanto si sforzasse di ignorare Nolan e il modo in cui il suo corpo reagiva quando lui era nei paraggi: i suoi pensieri continuavano a concentrarsi sul suo corpo. Su lui sotto di lei. Su lui sopra di lei. Su lui che la premeva contro un muro baciandola...

Imogen gemette frustrata e si costrinse a distogliere lo sguardo da quelle spalle larghe per concentrarsi sul pannello della cabina di comando, sbattendo le palpebre confusa quando il piccolo schermo che indicava la rotta che stavano seguendo si spense all'improvviso. Ma che...? Imogen lo toccò prima di mormorare qualcosa tra sé e sé mentre apriva la porticina sottostante e controllava i cavi. Perfetto, pensò, doveva riparare qualcos'altro. Era per quello che avere a bordo il proprio equipaggio sarebbe stato utile. La donna si raddrizzò e guardò l'oceano davanti a sé, perplessa. La distesa d'acqua era ancora liscia come l'olio, eppure una nube scura e minacciosa all'orizzonte si stava avvicinando alla barca e non prometteva nulla di buono. Da dove diavolo era spuntata? Le previsioni non avevano segnalato nulla, né c'era stato alcun indizio che quel giorno ci sarebbe stato brutto tempo. Imogen prese il microfono.

"Sta arrivando un temporale... o qualcos'altro. Guardate in avanti. Tutti ai vostri posti. Fate qualunque cosa serva per prepararsi a un attacco. Perché sta per succedere qualcosa." Prima ancora che lei iniziasse a parlare, Nolan si era già messo in azione, correndo sul ponte e scomparendo dalla sua vista. Imogen sentiva delle urla provenire dall'esterno, ma non poteva fare molto se non mantenere la rotta. Non aveva mai preso parte a una battaglia. Diamine, non le piaceva nemmeno guardare i film dell'orrore. Sarebbe stata utile quanto un bagnino in una squadra olimpica di nuoto.

Il temporale attraversava l'oceano muovendosi verso di loro e tuonando, molto più velocemente di qualsiasi altra tempesta. Un brivido di paura corse lungo la schiena di Imogen, che si pentì subito di non aver opposto una maggiore resistenza quando Nolan aveva requisito la sua barca. La donna sgranò gli occhi nel vedere la superficie dell'oceano sollevarsi come una voragine sul punto di inghiottirli e un'onda enorme infrangersi sulla prua. Imogen rimase sconvolta quando la *Mystic Pirate* sembrò tremare violentemente a mezz'aria prima di schiantarsi sull'acqua in tumulto. L'impatto fece cadere la donna, che scivolò finendo sulla parete opposta della cabina urtando il fianco contro la maniglia della porta. Si passò subito una mano sulle costole, gemendo e pregando di non essersi fratturata qualche osso. La barca si inclinò, e si sarebbe rovesciata se nessuno avesse ripreso il comando del timone. Imogen si rialzò di scatto e corse verso le apparecchiature, piantando i piedi contro il mobile e stringendo la ruota di governo con tutta la forza che aveva in corpo.

L'imbarcazione si inclinò nuovamente e la donna virò contro le onde, cercando di farla rimanere dritta e affrontare di petto la furia della tempesta. Se fosse stata colpita di lato, beh, la loro spedizione sarebbe finita ancor prima di iniziare. Un altro enorme flutto sbatté contro la prua e si infranse sul ponte. Per poco Imogen non rischiò di scivolare di nuovo da una parte all'altra della cabina mentre tutto il legno tremava sotto la forza dell'oceano. Con una mano resse il timone e con l'altra afferrò l'imbracatura che aveva realizzato alcuni anni prima durante un temporale particolarmente forte. L'aveva usata solo due volte, perché, beh, la sua barca era un charter, dunque non lasciava il porto in caso di brutto tempo. In quel momento, tuttavia, Imogen fu grata di averla e l'allacciò stretta sulla vita: le avrebbe permesso di restare ancorata al timone e allo stesso tempo governare la nave. Si sentiva un po' più sicura, e resistette alla violenza dell'onda successiva prima di allungare una mano per prendere il giubbotto di salvataggio. Aveva già spiegato agli altri dove fossero riposti i dispositivi di sicurezza, ma in quel momento si maledisse per non aver preteso che tutti ne indossassero uno fin dall'inizio.

Una volta ritrovato l'equilibrio, sentendosi il più protetta possibile, Imogen scrutò l'oscurità: la barca era circondata dalla tempesta che nascondeva le prime luci dell'alba, ed era quasi impossibile capire da quale direzione sarebbe giunta l'onda successiva. La pioggia cadeva a scrosci fitti e Imogen riuscì a malapena a distinguere Seamus che lottava con qualcosa sul ponte. Una sensazione di panico le trafisse il petto. Non voleva che gli succedesse qualcosa, lui era sempre stato gentile con lei.

Abbassò lo sguardo sulla console, sforzandosi di pensare. Come avrebbe potuto aiutare? Si rese conto che, per prima cosa, avrebbe potuto accendere le luci. La barca era dotata di lampade industriali che avrebbero illuminato intensamente entrambi i ponti e l'acqua davanti a loro. Accese tutte quelle che poteva e un bagliore accecante fece prendere vita alla *Mystic Pirate*.

Per un attimo, Imogen desiderò quasi di non averlo fatto. La sua barca pullulava letteralmente di Fae, o di... altre creature magiche? Doveva presumere che fossero Fae, perché non aveva mai visto nulla di simile prima di allora, o forse sì...

Brontolò nel momento in cui un'altra onda si schiantò contro la prua, e, benché le facessero male i muscoli e il timone cercasse di sfuggire alla sua presa, riuscì a tenerlo fermo. Aveva già visto quelle facce. Nell'acqua. Quelle erano le creature che le sorridevano dall'oceano. La salutavano da quando era piccola. Ogni notte, mentre Imogen era sola sul ponte e osservava le onde scure, loro nuotavano velocemente sotto la superficie dell'oceano, sebbene lei facesse finta di non vederle.

Eppure ora erano lì, fuori dall'acqua, come se fossero uscite dalle sue visioni, dai suoi sogni, e Imogen si sentì in trappola. Quei Fae dell'acqua si stavano avvicinando con fare terrificante. Attraversavano la barca in modo quasi sinuoso, come se si trovassero ancora nell'oceano, e si riversarono sul ponte di comando cercando di raggiungere Nolan, che manteneva la propria posizione. La loro pelle era traslucida come il tenue bagliore della superficie lunare ed emanavano una luce iridescente sotto le lampade che Imogen aveva acceso. Uno di loro si voltò e incrociò i suoi occhi, e il tempo si fermò per un istante mentre Imogen osservava quegli occhi simili a opali che irradiavano dei guizzi di un rosa brillante e turchese scuro. Cosa vedeva la creatura quando la guardava? Le onde che continuavano a infrangersi sulla sua barca attirarono nuovamente la sua attenzione: per quanto volesse uscire nella tempesta e dare una mano agli altri, era certa di poter essere più utile nella cabina di comando. Se la barca si fosse capovolta, non ci sarebbe stata nessuna battaglia.

Strinse i denti e cercò di resistere, il sudore le colava sotto il maglione e raffreddava la sua pelle umida. Il cuore le martellava nel petto, e la donna si lasciò sfuggire una risata roca quando Bianca si precipitò sul ponte, uccise un Domnua e subito dopo si aggrappò al parapetto per vomitare nell'oceano. Evidentemente non si era ancora abituata a stare su una barca, pensò Imogen. Come faceva a combattere malgrado il mal di mare? La resilienza di Bianca la diceva lunga sulla sua forza d'animo. Seamus corse al suo fianco e l'accarezzò: Imogen riuscì a malapena a intravedere un lieve guizzo di luce prima che Bianca si raddrizzasse e indicasse il proprio ventre al suo uomo sorridendo. Seamus doveva aver lanciato un incantesimo su di lei. Non male come asso nella manica, rifletté Imogen, e le scappò un'altra risatina quando Bianca si chinò istintivamente verso il marito per baciarlo e lui la fermò con una mano, puntando il dito prima contro la sua bocca e poi contro l'oceano. Non aveva tutti i torti: del resto, chi avrebbe voluto un bacio da una persona che aveva appena vomitato? Bianca parve capire la reticenza del marito e gli strinse il braccio per un secondo prima di tornare alla battaglia.

Stava succedendo qualcosa di strano, in realtà. Imogen strinse i denti e riuscì a resistere mentre la barca si sollevava e si abbassava dopo essere stata colpita da un'altra onda impressionante. Da quello che riusciva a vedere, Nolan non stava uccidendo i Fae dell'acqua, ma li stava scagliando oltre il parapetto, giù nell'oceano. Aveva persino usato la magia arcana, o almeno così sembrava, per allontanare un gruppo di nemici dal ponte e spingerli violentemente nell'acqua burrascosa.

Non stava uccidendo i Fae dell'acqua.

Quindi... dovevano fare fuori soltanto i Domnua? Qualcuno avrebbe potuto prendersi la briga di spiegarle le regole. Altrimenti, con quei bastardi Fae dal bagliore argenteo lì a bordo, le cose si sarebbero messe male. Imogen trasalì nel vedere uno di essi attaccare Nolan alle spalle lanciandosi sulla sua schiena, e fece suonare la sirena senza pensarci. Sapeva benissimo quanto fosse rumorosa, e in effetti tutti i combattenti sul ponte ebbero un sussulto. Tuttavia, quell'attimo di distrazione era bastato a Nolan per togliersi il Domnua di dosso e trafiggerlo al cuore con la sua spada. Imogen fece una smorfia nel vederlo esplodere in una poltiglia argentea come un mirtillo schiacciato.

I loro sguardi si incrociarono da una parte all'altra del ponte e Nolan sollevò la mano fingendo di fare un saluto militare. Imogen sorrise suo malgrado e gli rivolse un leggero cenno di riconoscimento, ma sgranò gli occhi per la sorpresa quando una brezza fresca le colpì il collo. Non aveva bisogno di voltarsi per capire cosa fosse successo: qualcuno era entrato nella sua cabina di comando. Benché Nolan la stesse già raggiungendo di corsa, Imogen sapeva che era troppo lontano. Non aveva alcuna intenzione di guardarsi alle spalle, quindi si concentrò sull'oceano in tempesta davanti a loro. Sarebbe rimasta al timone della barca fino al suo ultimo respiro.

"Sorella..."

La voce del Domnua strisciò sulla sua pelle, riscaldandola e allo stesso tempo disgustandola. Imogen voleva voltarsi, parlargli, chiedergli cosa intendesse con quel commento, tuttavia si rifiutava di lasciare che qualcosa la distraesse dal suo dovere. Certo, il bizzarro gruppetto che aveva requisito la sua barca non era il suo equipaggio, ma aveva finito per apprezzare alcuni di loro. No, Imogen non li avrebbe delusi, né si sarebbe arresa all'impulso di girarsi verso il Domnua alle sue spalle. Per quanto ne sapeva, sarebbe stato come incrociare lo sguardo di un vampiro e magari il Fae oscuro l'avrebbe costretta a fare qualcosa di strano. No. No. No. Non l'avrebbe guardato negli occhi.

Imogen sapeva che la morte era vicina e aspettò il colpo di grazia, mentre il tempo sembrava rallentare, e il suo cervello iniziò a comprendere che quelli erano i suoi ultimi attimi di vita. La prua si sollevò di nuovo, questa volta in modo esasperatamente lento, e un'altra onda, alta come un palazzo a due piani, colpì la *Mystic Pirate*. Qualcuno gridò e un lampo squarciò le nuvole scure che accerchiavano freneticamente la barca. Dopo un secondo di stasi, sembrava che il cuore stesse per esploderle fuori dal petto.

"Stai bene?"

Una forte sensazione di sollievo la travolse, proprio come l'onda riversatasi sul ponte, e Imogen sbatté le palpebre per scacciare le lacrime che le erano salite agli occhi senza che lei lo volesse.

"Sì, sto facendo del mio meglio per tenerci in vita." Imogen sospirò tremando, ma si rifiutò di voltarsi verso Nolan o verso la creatura che, molto probabilmente, si era sciolta in una viscida pozza argentea sul legno della cabina di comando.

"Non ha cercato di farti del male?" le chiese Nolan, piazzandosi per qualche istante al suo fianco. La sua vicinanza la riscaldava, e Imogen cercò di concentrarsi sulle sue parole piuttosto che sull'impulso di girarsi e gettarsi tra le sue braccia. Era stata sicurissima di essere sul punto di morire e iniziò a rabbrividire leggermente. Un abbraccio le sarebbe davvero servito in quel momento.

"No, ma non ho mai distolto lo sguardo dall'acqua. Era troppo pericoloso." Imogen imprecò quando un'altra onda enorme fece tremare nuovamente la barca, e si chiese per quanto tempo ancora la *Mystic Pirate* avrebbe retto. Era solida, tuttavia c'era un limite agli scossoni che poteva subire. "Non possiamo continuare così a lungo. Dobbiamo trovare riparo."

"Rifugiamoci lì." Nolan indicò un punto davanti a loro

e Imogen inclinò la testa, dubbiosa. Forse il suo cervello le stava giocando dei brutti scherzi? Oppure c'era davvero una luce bluastra che brillava attraverso il temporale?

"Cos'è?"

"È la baia." Bianca si precipitò ansimando nella cabina di comando. Si era bagnata sotto la pioggia. "È la baia di Grace. Ci sta chiamando. Riesci a portarci lì?"

"Non abbiamo appena lasciato il paese chiamato Grace's Cove? La baia di Grace?" Imogen stava già aumentando la velocità.

"Sì, ma la baia si trova più lontano, tra due enormi scogliere. È protetta da un incantesimo, ed è lì che si trova la tomba di Grace O'Malley."

"*Quella* Grace O'Malley?" Imogen era elettrizzata. Si era ispirata alla famosa piratessa irlandese per dare un nome alla sua imbarcazione. Quella donna era una leggenda per i marinai in Irlanda.

"Proprio lei. La baia ci sta invitando a raggiungerla. Non capisci? Ci sta chiamando a casa." Bianca le strinse la spalla quando un'altra onda scosse la barca come un bambino capriccioso con i suoi giocattoli. Lei e Nolan mantennero l'equilibrio mentre Imogen stringeva il timone osservando la luce blu.

La *Mystic Pirate* stava per incontrare la donna da cui aveva preso il nome.

CAPITOLO DIECI

La tempesta si placò appena la *Mystic Pirate* superò il punto in cui le scogliere quasi si toccavano, un po' come i cancelli mitologici di un'antica fortezza. L'acqua tra le pareti rocciose della baia lambiva dolcemente lo scafo e una luce brillante risplendeva dal fondale.

"Qui siamo al sicuro," promise Bianca.

"Devo gettare l'ancora, altrimenti danneggeremo lo scafo sulle rocce." Imogen indicò la costa con un cenno del capo. "Tuttavia, gli apparecchi non funzionano e dovrò basarmi sui suoni. Potete mantenere il timone mentre vado a calare l'ancora?"

"Ci penso io," disse Nolan, avviandosi già verso la porta.

"Sai almeno cosa fare?" esclamò Imogen, preoccupata che la cima dell'ancora si potesse attorcigliare. C'erano molte cose che potevano andare storte durante un'operazione del genere, e ritrovarsi con la catena aggrovigliata non era certo un problema che Imogen voleva affrontare in quel momento.

Nolan si limitò ad agitare la mano e si diresse verso la prua, dove l'ancora era fissata. La esaminò per un istante e Seamus lo raggiunse.

"Sicuro e certo, sono felice di vedere che il mio tesoro è sano e salvo," sospirò Bianca dal suo posto accanto a Imogen, passandosi distrattamente una mano sul ventre.

"Anch'io. Ero davvero preoccupata per voi due."

"Vale lo stesso per me. È stato... intenso. E nemmeno semplice, perché non potevamo uccidere i Fae dell'acqua."

"È proprio quello che mi sono chiesta." Imogen sollevò una mano per ringraziare i due uomini quando si girarono entrambi verso di lei. Bianca rimase in silenzio mentre l'ancora calava rumorosamente sul fondale, poi Nolan e Seamus agitarono di nuovo le mani e Imogen spense i motori una volta ormeggiata la barca. Dovevano usare meno carburante possibile.

"Era un ordine di Nolan. Parte del suo lavoro nella Corte Reale consiste nel governare sui Fae dell'acqua, e per questo motivo ha una certa affinità con quella fazione. Inoltre, tecnicamente è un suo dovere assicurarsi che non succeda loro nulla di male. Se li uccidesse, ne andrebbe della sua reputazione."

"Anche se l'hanno attaccato per primi? Voglio dire, è palesemente un problema, no?!" Imogen finì di spegnere le apparecchiature, segnò alcuni parametri sul taccuino, poi lesse le coordinate e appuntò tutto sul diario di bordo. Infine, si sfilò l'imbracatura che le aveva impedito di cadere e indietreggiò tremando.

"Credo che stia cercando di comportarsi nel modo più onorevole possibile," rispose Bianca appoggiandosi al mobile e tamburellando un dito sulle labbra. "Perché, se i miei sospetti sono fondati e i Domnua stanno ingannando i Fae dell'acqua, allora la colpa non è tutta di questi ultimi. I Fae oscuri stanno causando e fomentando questo problema, usando gli Elementali per attaccare. Credo che Nolan abbia ragione, anche se è difficile evitare di difendermi in battaglia."

Imogen si piegò stiracchiandosi e dondolò avanti e indietro sui talloni. La tensione accumulata per aver stretto il timone per troppo tempo le opprimeva le spalle e il resto del corpo. Si raddrizzò e sollevò le mani nel tentativo di alleviare il dolore alla schiena.

"Qualcuno dei Fae dell'acqua ti ha fatto del male? Un momento... Dov'è Callum? Non l'ho ancora visto..." Imogen si interruppe quando Nolan si riaffacciò nella cabina di comando. Il suo corpo massiccio sembrava riempire la saletta, che pareva più piccola, e la donna distolse lo sguardo da lui prima di stiracchiarsi nuovamente.

"Stava proteggendo la poppa. Abbiamo catturato uno dei Fae dell'acqua e stiamo per interrogarlo, se ti va di unirti a noi."

"Certo. Devo solo prendere dell'acqua, o preferireste del whiskey?" Bianca arricciò il naso. "Anzi, no, solo acqua per me."

"Ti ho vista vomitare. Stai meglio adesso?" Imogen allungò nuovamente le braccia sopra la testa, stiracchiando il collo.

"Certo. Il mio uomo super sexy mi ha aiutata con un incantesimo. Non è fantastico? Pensavo che non mi sarei più ripresa. Hai idea di quanto sia difficile combattere mentre si ha la nausea? Anche se, a dire il vero, potrebbe essere un'ottima strategia di difesa."

"Beh, io non mi avvicinerei a una persona che mi vomita addosso," rise Imogen.

"Okay, vado a prendere da bere. Dove ci incontriamo, Nolan?"

"A poppa. Non possiamo tenerlo a lungo fuori dall'acqua o soffrirà."

"Va bene." Bianca sparì nella cambusa e Imogen continuò a rilassare le spalle irrigidite, ma rimase immobile nel sentire le mani di Nolan sul suo collo.

"Stai male."

"Non è facile reggere il timone durante un temporale del genere. Ho solo i nervi della schiena tesi, tutto qui."

"Lascia che ti aiuti." Non era tanto una domanda quanto un ordine, e Imogen deglutì a fatica sentendo le mani di Nolan scendere lungo la sua schiena. Le sfuggì un gemito quando toccò un punto particolarmente sensibile, sussurrandole dolcemente: "Così, *mavourneen*. Shh. Ti farò stare meglio."

Imogen voleva sciogliersi in una pozza ai suoi piedi, tanto era eccitata mentre lui le massaggiava il collo e la schiena, alleviando lentamente la tensione che sentiva nei muscoli. All'improvviso si sentì indolenzita in mezzo alle gambe e fece un passo frettoloso in avanti quando si accorse della direzione che avevano preso i suoi pensieri.

"Ti ringrazio, va molto meglio adesso. Vuoi che stia lontana da voi quando interrogate il Fae? Non ho idea di quanto tu voglia condividere con un'umana come me."

"Adesso fai parte della squadra." Le parole di Nolan erano come una carezza e bastarono a convincerla. Imogen provava un bisogno profondo, quasi istintivo, di sentirsi parte di qualcosa; forse era per questo che si era sempre aggrappata così tanto al suo equipaggio. Non aveva mai avuto davvero una famiglia o amici stretti crescendo, e proprio per questo motivo l'idea di appartenere a un gruppo aveva un significato importante per lei. Entrare in quella squadra, anche se all'inizio contro la sua volontà, riusciva comunque a scaldarle il cuore.

"Va bene. Arrivo subito. Devo..." Imogen agitò la mano in modo vago in direzione della propria cabina e Nolan sembrò capire cosa intendesse. La donna si infilò nella stanza e chiuse la porta prima di entrare nel piccolo bagno: doveva usarlo, e allo stesso tempo aveva la necessità di restare sola per un istante.

Anzi, per più di un minuto, a dirla tutta, tuttavia non aveva scelta: doveva accontentarsi di qualche secondo. Usò il bagno frettolosamente, poi si lavò le mani e si immobilizzò, sconvolta dal suo riflesso nello specchio. I capelli erano in parte sfuggiti alla treccia e le ricadevano attorno al volto in riccioli selvaggi, facendola sembrare una Medusa furiosa. Aveva gli occhi sgranati e un lieve rossore le colorava le guance; sembrava selvaggia, pensò, ma in un modo bellissimo.

Imogen si soffermava così raramente a osservare il proprio aspetto, se non per accertarsi di non avere qualcosa tra i denti, che per un attimo rimase sorpresa mentre risistemava i capelli nella treccia. Ora che l'adrenalina si era placata, una stanchezza profonda iniziava a farsi sentire. Beh, era anche a causa del tocco di Nolan: era riuscito ad alleviare la tensione nei suoi muscoli, oltre a risvegliare un altro tipo di indolenzimento che in quel momento reclamava la sua attenzione. Imogen, però, si ripromise di pensarci più tardi, sperando di reprimere quell'improvvisa ondata di lussuria. Tutte quelle emozioni l'avrebbero sicuramente distratta.

Il vento era più tranquillo nella baia, protetta dalle due grandi scogliere lambite dall'acqua tranquilla. L'aria lì sembrava un po' più tiepida e i raggi del sole filtravano dolcemente attraverso le nuvole sparse nel cielo. Se non si fossero appena salvati da una battaglia, Imogen si sarebbe fermata ad ammirare quella spiaggia incantevole o a sollevare il viso verso il sole, e invece si affrettò a raggiungere la poppa, dove il gruppo si era radunato intorno a un Fae dell'acqua che era in piedi con le spalle curve. Il sole brillava sulla sua pelle quasi trasparente. Era diverso dall'uomo che la seguiva da anni, benché Imogen potesse notare delle somiglianze tra i due. Respirava a fatica e la donna si chiese se fosse a questo che Nolan si era riferito quando aveva accennato al dolore che i Fae dell'acqua provavano se restavano per troppo tempo fuori dall'oceano. Immaginò che fosse un po' come quello che succedeva ai pesci, per quanto chiamare quello straordinario essere scintillante un pesce le sembrasse decisamente dispregiativo e terribile. Quell'uomo aveva un aspetto sia bello che grottesco, eppure questa sua peculiarità lo rendeva ancora più affascinante. Imogen si rese conto di non essere nemmeno turbata dalla sua nudità, che le sembrava del tutto normale: del resto, era difficile nuotare liberamente con dei vestiti addosso, no?

Rabbrividì e inspirò tremando quando gli inquietanti occhi opalescenti del Fae dell'acqua incrociarono i suoi. Bene, non era pazza. Aveva davvero visto i Fae per tutta la sua vita. Esistevano veramente. Erano un popolo reale. E gli umani non ne avevano la più pallida idea, oppure ne parlavano soltanto nei racconti popolari. Cercando di rimettere insieme i pensieri, dopo che tutto ciò che sapeva del mondo era stato stravolto, Imogen sbatté le palpebre rapidamente quando il Fae dell'acqua sembrò sorpreso di vederla.

E poi chinò il capo.

Imogen lanciò un'occhiata alle proprie spalle, domandandosi a chi fosse rivolto quel gesto, e si rese conto che non c'era nessuno dietro di lei. Callum e Nolan, due uomini straordinariamente belli, si voltarono entrambi e la osservarono con sguardi indagatori.

Tornarono a concentrarsi sul Fae dell'acqua quando questo emise un altro verso roco.

"Non gli resta molto tempo. È come se lo stessimo torturando," disse Nolan, che sembrava preoccupato.

"Fae, dicci: perché ci dai la caccia?" gli domandò Callum.

"Avete rubato il nostro amuleto e il nostro capo soffre molto. Il potere... svanisce ogni giorno di più. Dovete restituircelo."

"Devi dire al tuo popolo che non abbiamo rubato nulla. Sono stati i Domnua," insistette Callum.

Lo sguardo del Fae si posò su Nolan.

"Lui è stato nel nostro luogo sacro, e poi l'amuleto è sparito."

"Sono qui per proteggerti," disse Nolan chinandosi in avanti, in modo che il Fae fosse costretto a guardarlo negli occhi. "Nel caso non te ne fossi accorto, ho ordinato di non fare del male al tuo popolo durante il vostro attacco, quando avrei avuto tutto il diritto di difendermi con la forza. Non voglio arrecarvi dei danni né farvi soffrire. Questa non è la risposta al vostro problema, fratello."

"Non abbiamo altra scelta," rispose il Fae, iniziando a

respirare con maggiore difficoltà. Aveva bisogno di aria, anzi, di acqua, pensò Imogen e trasalì quando quello riprese a guardarla. "Non sapevo che fossi qui. Mi dispiace."

"Io?" Imogen indicò il proprio petto con un dito. "Beh, se ti riferisci al fatto che non avresti dovuto attaccare la mia barca, la fonte dei miei guadagni, accetto le tue scuse. In caso contrario, non sono sicura di cosa tu voglia dire."

Il Fae si limitò a sbattere le palpebre fissandola con quegli occhi opalescenti e tutto il suo corpo tremò per lo sforzo di respirare.

"Mi dispiace, *mo bhanríon*."

"Adesso torna nell'oceano." Nolan lanciò un'occhiata preoccupata a Callum e allungò una mano per sollevare il Fae dell'acqua. "Di' ai tuoi compagni che non è a noi che dovrebbero dare la caccia, ma ai Domnua. Non ho il vostro amuleto."

Il Fae non disse nulla e si abbandonò quasi svenuto tra le braccia di Nolan, che camminò a grandi falcate verso la piattaforma posteriore, poi si inginocchiò e lo fece scivolare gentilmente nell'acqua. L'uomo guizzò via immediatamente: aveva chiaramente fretta di allontanarsi dalla barca. Nolan rimase per un attimo a fissare le onde e Imogen si chiese cosa stesse pensando.

"Come ti ha chiamato?" intervenne Bianca. "Il mio irlandese fa ancora un po' schifo."

"Mia regina." Lo sguardo severo che Nolan le lanciò era così intenso che Imogen era tentata di seguire il Fae nell'acqua.

CAPITOLO UNDICI

Per quanto Bianca sembrasse desiderosa di parlare subito di ciò che era appena successo, non c'era molto da dire, e Seamus la spinse gentilmente sottocoperta ricordandole schiettamente che puzzava di vomito, mentre gli altri tornarono nelle rispettive cabine per riposarsi. Perfino Callum pareva sul punto di svenire dalla stanchezza, benché la cosa gli desse probabilmente fastidio. Negli anni Imogen aveva imparato che un equipaggio esausto si comportava in modo avventato, quindi si era detta pienamente d'accordo con la loro decisione. In quel momento, però, non riusciva a dormire e fissava il soffitto sdraiata sul letto.

Un pensiero continuava a emergere sugli altri.

Non era pazza.

E forse ciò voleva dire che nemmeno sua madre lo era. Imogen aveva creduto per tanto tempo che la donna avesse ceduto una volta per tutte alla follia, quando in realtà aveva lottato contro una verità con cui non riusciva a fare i conti. Shauna si era data all'alcol e alle droghe per sopportarla, rifugiandosi in un mondo in cui non era costretta ad affrontare una realtà che non voleva accettare. Imogen provava ancora del risentimento nei suoi confronti, tuttavia in quel momento pensò a lei con un po' di dolcezza, cosa mai successa prima. Certo, non era stata *affatto* una buona madre, ma per una volta Imogen prese in considerazione l'idea che non fosse per colpa sua, perché lei era impossibile da amare.

Era stato il ritornello che, dopotutto, aveva finito per definire la sua vita. Sua madre l'aveva cacciata di casa quando era soltanto un'adolescente, dopo averle detto per anni che era diversa, mentalmente diversa, e che non avrebbe dovuto parlare delle sue visioni. Per quel motivo, Imogen aveva a lungo nutrito dei seri dubbi sulle proprie capacità mentali. Le ci erano voluti anni per combattere contro quello stigma nella propria psiche, realizzarsi professionalmente e ignorare intenzionalmente le cose "strane" che spesso non riusciva a spiegarsi. Imogen non si era mai confidata con un'altra persona, benché una sera fosse stata sul punto di parlarne con il proprio equipaggio dopo che avevano tutti esagerato con il whiskey. Non aveva mai provato a cercare l'amore: si era a malapena concessa di fare amicizia con qualcuno, preferendo invece convincersi che, se avesse lavorato sodo e tenuto la bocca chiusa, sarebbe riuscita a liberarsi di quell'alone di stranezza che la seguiva ovunque andasse.

E in quel momento...

In quel momento era tutto vero, a meno che non stesse ancora sognando. Doveva essere un incubo assurdo, tuttavia l'istinto le diceva che era fin troppo sveglia e che quindi i Fae erano reali. Sua madre *sapeva* della loro esistenza, a cui in qualche modo Imogen era legata. Non aveva idea di come ciò fosse possibile, eppure il semplice fatto che qualcun altro riuscisse a vedere le sue stesse "allucinazioni" era un vero toccasana per la sua anima. Imogen si coprì il viso con un cuscino e si abbandonò alle lacrime, soffocando i singhiozzi nel tessuto.

Qualcuno bussò alla porta.

"Sto dormendo," rispose da sotto il cuscino.

"Non è vero." Nolan entrò nella sua cabina senza chiederle il permesso e Imogen strillò. La donna allontanò il cuscino, poi afferrò la coperta e la tirò sulle gambe nude. Si era sfilata i pantaloni e il maglione prima di coricarsi, indossando solo una canotta semplice e le mutandine.

"Cosa posso fare per te, Nolan? C'è del cibo in cucina, se ne sta occupando Bianca." Imogen distolse lo sguardo: sapeva di avere le guance di un rosso acceso, come le succedeva sempre quando piangeva. Non le capitava spesso, ma quando si lasciava andare non aveva certo l'aspetto di una bambola con la lacrima perfetta che solca la pelle diafana. Il suo viso si macchiava di chiazze rosa, gli occhi si arrossavano subito. Non era certo un bello spettacolo, e Imogen non voleva affatto che Nolan la vedesse in quello stato.

"Stai piangendo."

"Wow, sei davvero perspicace. *Sì*, sto piangendo. Che c'è di male? È stata una notte difficile per me, va bene? Non sono abituata a tutto ciò." Imogen fece un gesto vago, esasperata, prima di premere il dorso della mano contro le guance.

"In che modo posso aiutarti?" Nolan si avvicinò al letto, sovrastandolo, con le mani alzate a mezz'aria, come se non sapesse cosa fare.

"Vuoi aiutarmi? Oh. Adesso vuoi aiutarmi." Imogen

scoppiò a ridere. "Innanzitutto, avresti potuto evitare di rubare la mia barca."

"Dovevo farlo."

"C'erano altre barche." Imogen gli lanciò un'occhiata torva e sollevò ancora di più la coperta di lana, fino a sopra il petto. Come faceva a sembrare così attraente pur essendo probabilmente stanco quanto lei, se non di più? Aveva chiaramente combattuto duramente contro i Fae oscuri, e Imogen immaginava che un'attività fisica così intensa l'avrebbe sfinito. Forse per i Fae era diverso e recuperavano le energie più rapidamente...

Quel pensiero fece sì che la sua mente si soffermasse allegramente su *altri* modi in cui probabilmente Nolan avrebbe recuperato la propria energia.

"Nessuna di esse aveva il capitano a bordo."

"Siete stati fortunati, allora," brontolò Imogen.

"In questo caso, sì." Gli occhi di Nolan si fecero più tempestosi, ammesso che ciò fosse possibile, mentre guardava Imogen dall'alto. Passarono alcuni istanti silenziosi durante i quali il cuore della donna iniziò a battere più forte. Nolan allungò una mano e le accarezzò la guancia, asciugandole una lacrima con un dito. Il suo tocco era straordinariamente delicato.

"Perché il Fae dell'acqua ti ha chiamato 'mia regina'?" le domandò Nolan, e Imogen si bloccò.

"Non saprei..." Imogen si ritrasse leggermente per allontanarsi dal tocco dell'uomo.

"Non lo sai o non vuoi dirmelo?" Nolan aggrottò la fronte.

"Non lo so, va bene?! Sono strana! È questo che vuoi sentire? Ci dev'essere qualcosa di sbagliato in me."

Imogen diede un pugno al cuscino con cui si era coperta il ventre.

"Non c'è niente di sbagliato in te, che io sappia... per ora." Nolan incrociò le braccia sul petto e dondolò sui talloni.

"Wow, grazie." Imogen si sentiva irritata. Perché se la stava prendendo con lei per qualcosa che quel Fae aveva detto?

"Hai paura dei Fae?" le chiese Nolan. "Ti ho giurato che ti avremmo protetta durante il viaggio. È per questo che piangi?"

"No. È solo che..." Imogen si morse il labbro inferiore, cercando di decidere quanto volesse rivelare a quell'uomo. La infastidiva. Non era nemmeno sicura che Nolan le piacesse, eppure, allo stesso tempo, l'affascinava profondamente, e quella combinazione confusa di emozioni le impediva di capire come comportarsi. "Credo di aver paura di ciò che non conosco. E il mondo dei Fae... beh, è una novità per me. Non ho idea dei pericoli che mi attendono. Non ho idea di come prepararmi per tutto ciò. Mi piace essere preparata. Ho bisogno di..."

"Hai bisogno di... cosa?"

"Ho bisogno di riuscire a prendermi cura di me stessa." Imogen sollevò il mento e incrociò il suo sguardo. "E non sono sicura di sapere come farlo in questo caso."

"Mi prenderò cura di te, Imogen." La voce di Nolan la riscaldò, benché l'intento dietro le sue parole la facesse infuriare.

"Non hai capito. Devo essere *io* a occuparmene. Non posso fare affidamento su qualcun altro."

"Come mai?" Nolan inclinò la testa guardandola con

un'aria interrogativa, e Imogen aveva voglia di urlare in preda alla frustrazione. Non poteva nemmeno piangere tranquillamente senza dover intavolare una conversazione profonda e introspettiva?

"Sono affari miei, Nolan. E poi perché sei qui? Non dovresti dormire?"

"Stavo dormendo, ma poi mi sono svegliato." Sembrò confuso per un momento e si strofinò una mano sul petto. Indossava dei jeans e una semplice maglietta grigia con lo scollo a bottoni: aveva un aspetto assolutamente normale, a eccezione dell'energia che sembrava sprigionare. Imogen non capiva se fosse per la sua sicurezza, per la sua prestanza o per la forza dei suoi poteri da Fae, e si chiese come facessero gli umani a non capire immediatamente che non era di quel mondo. Forse si nascondeva attraverso un incantesimo? Mentre attendeva che Nolan continuasse a parlare, si ripromise di chiedere a Bianca come i Fae riuscissero a vivere assieme agli umani senza che questi se ne accorgessero. "Sapevo soltanto che avevi bisogno di me."

"Non ho bisogno di te," esclamò Imogen, improvvisamente imbarazzata. Non aveva bisogno di nessuno! Sapeva cavarsela da sola, lo faceva da quando era piccola.

"Beh, stai piangendo, quindi direi che ti sbagli." Nolan alzò una spalla muscolosa e le rivolse un sorriso pigro che le fece venire immediatamente voglia di inginocchiarsi e mostrargli di cosa avesse bisogno esattamente. Per tutti i santi, pensò Imogen tirandosi la treccia. Quando era diventata così sfrontata? Ultimamente aveva dei pensieri sempre più spinti.

"Adesso non si può nemmeno piangere in santa pace?

Ognuno di noi ha un modo diverso di scaricare la tensione."

"Sono certo che ci siano delle maniere più piacevoli di farlo." Le sorrise di nuovo pigramente, facendola innervosire ancora una volta. Riusciva per caso a capire quale direzione avessero preso i suoi pensieri? Detestava gli uomini che erano tanto sicuri di sapere quale effetto avessero sulle donne. Tendevano ad avere un ego più grande della *Mystic Pirate*, e nel corso degli anni Imogen si era divertita a far abbassare la cresta ad alcuni di loro.

"Beh, di solito vado a farmi una nuotata, ma al momento sembra fuori discussione." Imogen inarcò un sopracciglio guardando Nolan, aspettando di sentire se avrebbe fatto un'altra battutina.

"Già. Sei stata molto coraggiosa oggi, Imogen. Suonare la sirena in quel modo è stata un'idea davvero brillante."

Imogen non si aspettava un complimento, o almeno non uno che non fosse a sfondo sessuale, e per un attimo la cosa la colse alla sprovvista, ma allo stesso tempo le fece piacere.

"Oh, beh, uscire dalla cabina di comando non mi sembrava una mossa intelligente."

"Hai fatto bene, perché avresti intralciato la battaglia e probabilmente avremmo perso la barca."

"*Avrei* perso la barca, vuoi dire." Imogen indicò il proprio petto. "È la mia barca. La mia vita. Salverei la mia imbarcazione prima di salvare te. Non dimenticarlo, Nolan." Si stava comportando in modo sgradevole, tuttavia Imogen si era stufata di quella presenza imponente che riempiva lo spazio angusto della sua cabina e interrompeva il suo momento di fragilità. "Ti conosco a malapena, la mia barca invece è l'unica costante della mia esistenza. È l'unica cosa su cui possa contare, quindi no, non lascerò mai la cabina di comando durante una battaglia. Glielo devo."

"Ne parli come se fosse viva..." disse Nolan in un tono dolce ma non canzonatorio.

"Per me lo è. È la mia libertà, la mia gioia, la mia vita. E sì, molte volte è anche una rottura di scatole, però per alcune cose vale la pena sopportare delle seccature, non credi?" Imogen guardò Nolan con aria di sfida, e lui la sorprese allungando una mano e tirandole la treccia una volta. Il suo tocco la fece irrigidire.

"Già. Le cose più importanti sono difficili." La guardò negli occhi, e per un istante Imogen pensò che l'avrebbe baciata. Le si chiuse lo stomaco per il nervosismo e indietreggiò leggermente appoggiandosi ai cuscini.

"Adesso puoi andartene, Nolan. Non ho bisogno di te."

"Se cambierai idea, me lo farai sapere?" Nolan aveva già raggiunto la porta e Imogen fu costretta ad ammettere a se stessa che apprezzava gli uomini in grado di obbedire a un ordine senza insistere o restare più del dovuto.

"Probabilmente sarai l'ultimo a cui lo dirò," rispose Imogen sorridendo allegramente, e Nolan rise.

"Sei una persona difficile," commentò lui prima di uscire dalla cabina. Era come se avesse portato via tutto l'ossigeno della stanza.

Beh, se l'intento di Nolan era stato quello di farla smettere di piangere, ci era riuscito. Imogen posò di nuovo la testa sui cuscini per poi fissare ancora una volta il soffitto. Ora aveva un problema molto diverso. Chiuse gli occhi e lasciò scivolare la mano sotto le coperte, sopra il ventre e verso il basso, verso il punto che le faceva quasi male, tanto era eccitata. Era passato un po' di tempo dall'ultima volta che si era concessa uno sfogo del genere, ed era ovvio che i suoi bisogni non soddisfatti la stavano confondendo. Non aveva affatto bisogno di una distrazione, non quando si era ritrovata catapultata in una guerra tra fazioni di Fae, e ovviamente un uomo affascinante aveva catturato la sua attenzione... Diamine, non sentiva il tocco di un uomo da così tanto tempo che in quel momento chiunque avrebbe potuto risvegliare qualcosa dentro di lei. Lasciandosi andare a quella debolezza, Imogen accarezzò il punto del suo corpo che pulsava in modo insistente per il desiderio. Con l'altra mano si coprì il viso con il cuscino e ansimò contro la stoffa della federa quando arrivò dolcemente all'apice. Ecco, non c'era voluto molto, ridacchiò. Finalmente i suoi pensieri si placarono e si abbandonò a un sonno senza sogni.

CAPITOLO DODICI

Nolan dovette compiere uno sforzo immane per non tornare di corsa nella cabina di Imogen e darle il piacere che stava cercando in quel momento, e strinse le dita intorno al corrimano così forte che si sorprese quando non si spezzò a metà. Delle gocce di sudore gli imperlavano la fronte mentre un'ondata di lussuria attraversava il suo corpo, facendogli sentire i pantaloni stretti all'altezza del cavallo e mettendo a dura prova il suo autocontrollo. Com'era possibile che riuscisse ad avvertire la presenza di quella donna così intensamente? Nolan cercò di respirare regolarmente ripensando a quando si era svegliato, dopo un breve riposo, con la consapevolezza che Imogen aveva bisogno di lui. Temendo che fosse in pericolo, non aveva esitato nemmeno per un secondo e si era precipitato verso la sua cabina, dove l'aveva trovata in lacrime.

Santo cielo, le donne che piangevano lo facevano sentire estremamente protettivo. Nolan aveva sentito l'impulso di prendere a pugni qualunque cosa facesse soffrire Imogen, ma lei si era chiusa in se stessa. Quella donna attraente, il capitano della barca, aveva dei segreti, ed evidentemente non era pronta a rivelarglieli, il che lo irritava un po', se doveva essere sincero. In quel momento, però, un'altra ondata di estasi si irradiò dentro di lui, facendogli dimenticare quasi del tutto cosa lo indispettisse.

Quella donna avrebbe fatto meglio ad arrivare subito all'apice, perché il desiderio lo stava uccidendo. Nolan strinse i denti e quasi ansimò mentre un altro impulso di piacere lo attraversava con violenza. Si chiese che aspetto avesse Imogen in quel momento: probabilmente aveva lo sguardo appannato dalla lussuria, la pelle diafana colorata da un lieve rossore e quei capelli selvaggi sul cuscino. Forse sarebbe dovuto tornare da lei, nella sua stanza...

Anzi, no. Teneva alla propria testa. Nolan soppresse un sorriso: se aveva capito qualcosa del capitano, di quella donna minuta e impertinente, era che non avrebbe permesso a nessuno di invadere i suoi spazi. L'aveva scoperto nel modo peggiore la sera precedente, quando per poco non l'aveva colpito al viso con un pugnale. Certo, doveva ammirare la sua abilità, sebbene lo infastidisse l'essere stato preso alla sprovvista già due volte: la prima lanciando l'arma, la seconda abbattendo un Domnua per salvarlo. Quest'ultima azione lo irritava persino in quel momento. Nolan si passò una mano sul volto e si ricompose.

Avrebbe anche dovuto ignorare il fatto che continuava a pensare che la fiera Imogen appartenesse a lui. Avevano problemi molto più gravi di un semplice capriccio da soddisfare, per quanto quell'espressione gli facesse arricciare il naso, essendo troppo banale per ciò che provava. Era sempre stato un amante generoso e passionale e, come la maggior parte dei Fae, celebrava apertamente i piaceri della carne. Il suo popolo amava gli eccessi, in qualsiasi ambito: i grandi festeggiamenti, le danze, fare l'amore, le battaglie... La sua gente non se ne stava a guardare la vita passare. No, i Fae amavano ogni cosa, ed era per questo che il mondo degli umani continuava ad affascinarli. Ammiravano la loro tenacia, così come il modo in cui riuscivano a evolversi continuamente anche senza l'aiuto della magia arcana.

Nolan allentò la presa ferrea sul corrimano e inspirò tremando. Imogen doveva essere arrivata all'apice, dato che le ondate di piacere, o qualunque cosa lo legasse a lei, avevano smesso di attraversare anche il suo corpo. Si osservò attentamente le mani, pensando ai propri poteri e cercando di capire la connessione che sentiva con Imogen.

Fin da piccolo, Nolan aveva sempre saputo di essere più potente degli altri Fae della sua famiglia. Non era un fenomeno raro, e i bambini come lui venivano individuati e inseriti in programmi speciali per affinare le loro capacità. Era stato così che aveva conosciuto Callum, in un corso di metallurgia incentrato sull'infusione della magia arcana nei metalli, anzi, in tutti i metalli a eccezione del ferro. I Fae detestavano quel materiale, prediligendo l'argento e l'oro. Creare strumenti o gioielli e infonderli con la magia era il campo in cui eccellevano entrambi. Da allora Nolan e Callum furono quasi inseparabili, benché il secondo fosse il principe dei Danula. Da bambini, avevano avuto il permesso di essere amici e giocare insieme senza l'interferenza di alcun protocollo reale. Soltanto durante l'adolescenza il loro rapporto cambiò e furono costretti a seguire le regole, con le interazioni di Callum sottoposte a un controllo più stretto. Era evidente che la loro amicizia sarebbe dovuta passare in secondo piano: Nolan l'aveva accettato senza problemi, consapevole delle responsabilità e delle aspettative che gravavano sul giovane principe.

Ricordava ancora il giorno in cui la regina Aurelia era andata a casa della sua famiglia. I suoi genitori erano persone semplici, grandi lavoratori, allegri e facili da amare. Non si era mai sentito come se non soddisfacessero i suoi bisogni o senza il loro affetto. A dire il vero, non avevano molto, tuttavia i Fae si supportavano a vicenda all'interno della loro comunità. A volte l'affetto di sua madre gli sembrava opprimente, ma per fortuna lei lo divideva anche con le sue due sorelle. In ogni caso, quella visita aveva cambiato ogni cosa per la sua famiglia.

La regina, una donna dagli occhi viola e dagli splendidi capelli rosa, si era seduta tranquillamente al tavolo nel loro giardino a bere una tazza di tè, osservando Nolan mentre creava in silenzio una coroncina d'oro per una delle sue sorelle. Avrebbe dovuto farne due, naturalmente, perché anche l'altra l'avrebbe sicuramente voluta. Succedeva sempre con le sorelle, eppure a Nolan non dispiaceva: era un'altra occasione per esercitarsi con i propri poteri.

"Nolan," l'aveva chiamato sua madre dal tavolo, con gli occhi grigi che brillavano. Nolan si avvicinò e si inchinò. Aveva incontrato la regina diverse volte: l'aveva trovata affettuosa... e anche un po' terrificante, il che, secondo lui era la combinazione perfetta in una guida forte.

"Nolan, sono felice di vedere che stai bene. Callum parla spesso di te. Gli manchi, sai?"

"Anche lui mi manca," aveva risposto Nolan sorridendo tranquillamente. Non provava alcun imbarazzo nel mostrare quanto volesse bene a Callum, dal momento che i Fae erano piuttosto aperti con i loro sentimenti. Nolan si era chiesto spesso se gli umani desiderassero avere una vita più semplice seguendo il loro esempio.

"Abbiamo seguito i tuoi studi e notato la tua padronanza della magia arcana, Nolan. Crediamo che tu sia perfetto per la Corte Reale, se ti interessa farne parte. Potresti passare più tempo con Callum. Dovresti trasferirti nel castello e iniziare a lavorare per ottenere un ruolo più importante a corte."

La madre di Nolan si era coperta la bocca con le mani e aveva gli occhi lucidi. Suo figlio sapeva che si sentiva combattuta proprio come lui.

"Potrò ancora vedere la mia famiglia?" aveva chiesto Nolan guardando la madre e poi la regina. La luce del sole filtrava dall'alto, facendo risaltare i riflessi color lavanda dei capelli della regina, e in quel momento il bambino aveva pensato che fosse la donna più bella che avesse mai visto.

"Certo, è una scelta che incoraggeremmo. Forse potrebbero persino trasferirsi nel castello insieme a te, se lo vorranno," aveva sorriso la regina Aurelia.

"E non lo state facendo solo perché io e Callum siamo amici?" Nolan le aveva fatto l'altra domanda che lo stava turbando, e sua madre ebbe un sussulto.

"Nolan, come sei scortese! Lo perdoni, mia regina."

"Non ce n'è alcun bisogno, è una domanda legittima. Vuoi essere scelto per i tuoi meriti e non per un semplice favoritismo, è così?" La regina aveva inarcato un sopracciglio guardandolo.

"Sì." Nolan aveva alzato le spalle.

"Abbiamo parlato con i tuoi insegnanti e con gli altri studenti che hanno lavorato con te. Parlano tutti molto bene sia di te che dei tuoi risultati. Sei un motivo d'orgoglio per tua madre." La regina Aurelia aveva stretto la mano della donna. "Offriamo questa opportunità a tutti i bambini che scegliamo di far entrare nella Corte Reale. Come sai, non crediamo che sia necessario avere legami di sangue con la nostra famiglia per essere consiglieri reali. Riteniamo che l'opzione migliore sia affidarsi a persone dotate delle qualità e delle doti di comando che stiamo cercando. Una mente curiosa e aperta è una caratteristica dei leader migliori. Io stessa cerco di esserlo il più possibile. E tu, mio caro Nolan, un giorno diventerai un consigliere coraggioso, se accetterai la mia proposta."

"E se rifiutassi?" Nolan aveva affondato la punta del piede nella terra. "Finirei nei guai? O non potrei più vedere Callum?"

"Certo che no." La risata della regina Aurelia era come il tintinnio delle campanelle a vento. "Non è una richiesta che comporta delle conseguenze. Potrai ancora vedere il nostro caro Callum, anche se il tempo che dedicherà alla socializzazione diminuirà man mano che assumerà nuovi incarichi. Sta a te scegliere, Nolan. Ti lascio riflettere. Pensaci bene, perché la tua vita cambierà se accetterai." Detto ciò, la regina era uscita dalla loro piccola proprietà, lasciando Nolan alle prese con una decisione importante. Aveva passato i giorni successivi a parlarne con la famiglia e, alla fine, aveva seguito il proprio cuore. Quella scelta aveva portato loro dei benefici che all'epoca non avrebbe mai immaginato e Nolan si sentiva in debito con la famiglia reale. Portava ancora il peso di quella responsabilità, dato che amava profondamente la sua famiglia e non avrebbe mai fatto nulla che potesse mettere a rischio la vita che conducevano.

Quella decisione l'aveva portato lì, a quel momento. Controllava da solo un'intera fazione di Elementali in rivolta, e sembrava che i suoi poteri non fossero più forti come prima. Il principe Callum, il suo migliore amico, si stava comportando in modo freddo e accusatorio. I Domnua si stavano ribellando ancora una volta, nonostante fossero stati esiliati nel loro regno oscuro dopo la distruzione dell'incantesimo dei Quattro Tesori. E, come se non bastasse, la sua mente era altrove, distratta da una donna dura come lana d'acciaio e con un carattere altrettanto rigido e freddo. Non era la prima volta che si trovava in una posizione di comando difficile, ma questa era senza dubbio quella che lo faceva sentire più combattuto nel profondo. Il suo cervello si rifiutava di concentrarsi su un solo problema, passando dalla paura per Lily alla preoccupazione per il suo rapporto con Callum, all'incertezza su quale sarebbe dovuto essere il loro prossimo passo. Perché Imogen non aveva avuto tutti i torti nel fargli notare che stavano procedendo alla cieca. Era vero, e la situazione non gli piaceva. Nolan sentì delle voci, alzò la testa e si avviò verso la poppa, dove vide Callum e Seamus seduti sulle panche. Stavano osservando un pugnale poggiato sul tavolo davanti a loro.

"Allora, mi stai dicendo che può sparare fulmini?" domandò Seamus, era così divertito che gli brillavano gli occhi. "Come... Un po' come in Guerre Stellari?"

"Non capisco perché le stelle dovrebbero farsi la guerra." Callum aggrottò la fronte, confuso. "Nemmeno i lampi riescono a colpirle."

"No, è solo..." Seamus rise. "È una serie di film famosa nel mondo degli umani."

"Ah, i film. Quindi le stelle scendono in battaglia?"

"No, sono gli umani a combattere, insieme a, beh, esseri magici, e... Sai che ti dico? Te la farò vedere una sera, quando tutto questo sarà finito. Organizzeremo una serata dedicata ai film, così capirai di cosa parlo."

"Ne vale la pena," intervenne Nolan, e Callum gli lanciò un'occhiata circospetta.

"Mi sta soltanto mostrando cosa posso fare con il mio pugnale reale. È un regalo di Natale." Seamus sollevò l'arma con le incisioni intricate e la lama brillò sotto la luce del sole. L'aveva realizzata Callum, a giudicare dallo stile, e conteneva della magia arcana potente.

"Che bella. È bravissimo." Nolan fece un cenno in direzione di Callum mentre si sedeva sulla panca e allungò le gambe davanti a sé. Fuori faceva freddo, tuttavia il sole era riuscito a scacciare le nuvole ed erano protetti dal vento nella baia. Nolan non soffriva particolarmente né per il freddo intenso né per il caldo, quindi stava bene anche senza cappotto.

"È uno dei tuoi lavori, allora? Non lo sapevo." Seamus sorrise raggiante e rigirò il pugnale nella mano. "Ne farò tesoro."

"Te lo sei meritato."

"Ti sei riposato?" domandò Nolan a Callum. Era preoccupato per il principe e il suo stato mentale.

"Un po'." Callum fece spallucce e distolse lo sguardo, scrutando l'acqua. "E tu?"

"Anch'io un po'. Mi sono... Ehm, mi sono fermato da Imogen."

"È così che lo chiamano adesso?" Callum riprese a guardare Nolan.

"No, non è come pensi. Semplicemente mi sono

svegliato e sapevo che aveva bisogno di aiuto." Nolan si strofinò nuovamente una mano sul petto, dove aveva percepito il dolore sordo della donna.

"Era nei guai?" gli chiese Seamus con aria turbata.

"Stava piangendo. E sai com'è, non sono riuscito a farmi spiegare bene il perché, ma quando me ne sono andato aveva smesso."

"Hai fatto l'amore con lei?" domandò Callum.

"Cosa! No. No." Nolan rise e si passò una mano sul viso. "Non è la distrazione di cui ho bisogno in questo momento. Sono... davvero inquieto, Callum. Non voglio che venga fatto del male ai Fae dell'acqua. E ho paura di ciò che i Domnua potrebbero fare per arrivare a te. E se..." Non aveva il coraggio di continuare.

Per la prima volta, il calore che solitamente illuminava lo sguardo di Callum quando guardava Nolan tornò a splendere nei suoi occhi.

"Già. Anch'io sono molto preoccupato. Dobbiamo capire come comportarci. Rispetto il tuo desiderio di non fare del male ai Fae dell'acqua, ma la mia clemenza ha un limite. Dobbiamo trovare Lily, e al più presto." Callum abbassò lo sguardo sulla riva. "Prima, però, dobbiamo scendere a terra."

"Sulla spiaggia? Perché mai?"

"Perché lì c'è una donna con un cucciolo che ci sta salutando."

CAPITOLO TREDICI

Imogen osservò l'acqua che brillava dolcemente in cerca di qualcosa che indicasse la provenienza della luce, poi lanciò un'occhiata a Bianca.

"Quindi questa è solo magia arcana?"

"Sì, è la magia arcana di Grace O'Malley. Ha lanciato un incantesimo su questa baia e sulla propria discendenza nella notte in cui è morta qui."

"Non riesco a credere che questo sia il posto dov'è seppellita," disse Imogen in un tono carico di rispetto. "Era una donna incredibile."

"È ancora con noi."

"Certo." Imogen fece un cenno in direzione della luce splendente. "Il suo spirito risiede qui."

"No." Bianca sembrava divertita per un istante. "Si è reincarnata, nella sua stessa stirpe. Gracie vive nel cottage in cui un tempo abitava la nostra fantastica Fiona. Un giorno te la farò conoscere. Beh, sempre se riesci a vedere i fantasmi. Grace, invece, ha trovato il suo grande amore di un'altra vita e l'ha sposato. Nel presente."

Imogen spalancò la bocca. Era davvero tanto da assimilare.

"Ho *così* tante domande. Voglio dire... wow. Le vite che ha vissuto... E cosa intendi con la mia capacità di vedere i fantasmi? Non avevi detto che Grace è viva?"

"Sì, Grace è viva. Fiona è una sua discendente. È morta, certo, ma è ancora con noi come fantasma." Bianca lo disse con una calma tale che era come se stesse parlando della pioggia prevista per qualche ora più tardi.

"Ehm, va bene. Allora, abbiamo una famosa piratessa irlandese che si è reincarnata e vive a Grace's Cove, e la sua discendente morta che è diventata un fantasma?"

"In pratica, sì," disse allegramente Bianca.

"E io che pensavo di essere quella pazza," mormorò Imogen fissando l'acqua che risplendeva dolcemente. "In ogni caso, ho sempre amato la storia di Grace O'Malley."

"Ti dico solo che è davvero incredibile." Bianca indicò l'acqua, di un azzurro acceso, con un cenno del capo. "Tuttavia, non è per quello che la luce brilla. Beh, voglio dire, *è* per quello, per il suo incantesimo arcano legato a questo posto, però, secondo una credenza popolare, la baia si illumina in presenza del vero amore."

"Oooh," disse Imogen sorridendo a Bianca e dandole una gomitata scherzosa. "Tu e Seamus siete troppo adorabili."

"Oppure..." Bianca strinse i vivaci occhi azzurri prima di serrare le labbra e scuotere la testa, poi tornò a guardare l'acqua. "È una bella vista, vero? Non sai quanto ho adorato scoprire che la magia arcana esiste davvero. Ha cambiato la mia vita per sempre. Certo, ci sono stati dei momenti difficili, non lo nego, eppure non cambierei nulla."

"'Momenti difficili', dici." Imogen rise di nuovo. Non aveva nessuna amica, tuttavia si stava affezionando alla personalità sarcastica, premurosa e coraggiosa di Bianca. L'aveva vista dare il colpo di grazia a più di un Domnua, e per giunta mentre aveva una nausea tremenda. In generale, secondo Imogen, le donne erano incredibilmente sottovalutate. "Come le battaglie epiche contro i draghi e altre creature simili?"

"Esatto," ridacchiò Bianca. "Anche se i draghi erano dalla nostra parte, quindi è stato piuttosto fantastico."

"Okay, da una parte ti invidio da morire, e dall'altra sto ancora cercando di capirci qualcosa."

"Dovrai imparare in fretta allora. Se senti il bisogno di parlarne, sono qui per te." Bianca cinse il corpo di Imogen con un braccio, stringendola leggermente a sé e lei si irrigidì. Non riusciva a ricordare l'ultima volta che qualcuno aveva fatto una cosa del genere, né con tanto affetto e naturalezza. Semplicemente, non era da lei. Era strano? *Sì, lo era*, pensò Imogen e le si seccò la gola. Scambiarsi abbracci e gesti affettuosi era normale per gli altri, e lei, in fondo, non lo era.

"Signore..." Seamus le raggiunse davanti al parapetto. "Stiamo andando a fare una piccola gita."

"Così presto?" Bianca si appoggiò senza pensarci a Seamus, che le cinse le spalle con un braccio. Lei era minuta e rotondetta, lui alto e allampanato.

"Credo che Fiona sia qui e ci stia invitando a scendere." Seamus fece un cenno in direzione della distesa di sabbia limpida dove una persona che brillava dolcemente li stava salutando.

"Quella è..." Imogen inclinò la testa, confusa. La sua

vista era ottima, ciononostante dovette stringere gli occhi. Era come se la donna fosse leggermente trasparente.

"Sì, è la Fiona di cui ti ho parlato. Non è più nel mondo dei vivi, ma te ne accorgeresti a malapena, a giudicare da quanto interagisce con la realtà," disse Bianca facendo l'occhiolino a Imogen. "Andiamo a sentire cosa vuole dirci."

"Dunque è un fantasma, non una Fae?" le domandò Imogen espirando profondamente. E se la piratessa Grace O'Malley in realtà fosse stata una Fae? Doveva ancora scoprire parecchi aspetti della storia e aveva la strana sensazione che non restasse molto tempo.

"No, Fiona non è una Fae. Era, anzi, è una grande guaritrice, e, come ti ho detto, i suoi poteri arcani derivano dall'incantesimo che Grace O'Malley ha lanciato sulla sua stirpe proprio in questa baia."

"Io..." Imogen si interruppe e scosse la testa, impotente.

"Lo so, è un po' dura da accettare. Farò del mio meglio per spiegarti tutto, ma adesso andiamo a parlare con Fiona, che forse potrà aiutarci."

"Non ho una scialuppa," protestò Imogen osservando l'acqua azzurra che brillava. Sapeva che era gelida. "È un po' fredda per fare una nuotata, non trovi?"

"Non è un problema."

Imogen trasalì nel sentire quella voce sussurrarle all'orecchio e si voltò sollevando i pugni: Nolan era dietro di lei e le sorrideva in un modo che la lasciò senza fiato e con i brividi per il desiderio. Non si aspettava un comportamento del genere da lui, essendo così abituata a vederlo arrabbiato. Indossava di nuovo quei pantaloni di pelle che glielo facevano immaginare in sella a una moto. O sopra di lei...

"Non avrai certo intenzione di nuotare con quelli

addosso?" gli domandò Imogen posando le mani sui fianchi. "Non credo che la pelle sia adatta per farsi una
nuotata."

"Nessuno si bagnerà." Il sorriso di Nolan si allargò e per
un istante Imogen intravide un lampo di lussuria nei suoi
occhi. Ripensò a cosa aveva fatto privatamente e per poco
non si contorse per l'imbarazzo di fronte al suo sguardo. Era
come se quell'uomo riuscisse a leggerle nel pensiero, il che
non le piaceva affatto.

"Io non mi bagnerò, questo è certo. Fa troppo freddo
per..." Imogen non finì la frase e trasalì quando Nolan fece
un passo in avanti e la prese tra le braccia stringendola al
petto. Prima ancora che potesse rendersi conto di ciò che
stava succedendo, ci fu un leggero sibilo d'aria. La donna
avvertì una sensazione di vuoto, poi i suoi piedi affondarono
nella sabbia morbida della spiaggia. Nolan la lasciò andare
immediatamente: probabilmente aveva capito che avrebbe
dato in escandescenze per quel contatto fisico. Imogen
barcollò all'indietro e si voltò su se stessa prima di sollevare
lo sguardo verso le pareti della scogliera. Erano così vicine
che avrebbe potuto allungare una mano e toccarle. La
Mystic Pirate dondolava placidamente nella baia ancora
luminosa e lei era... Beh, solo pochi secondi prima *tutti loro*
si trovavano sulla barca e in quel momento non lo erano
più, quindi...

"Ti puoi teletrasportare?" strillò Imogen, e raggiunse
Nolan camminando a grandi falcate. Non le importava del
fatto che gli altri stessero apparendo dal nulla e la fissassero
sorpresi. "Ti puoi teletrasportare come un dannato razzo
magico?"

"Ehm, beh... Suppongo di sì." Nolan afferrò il dito di

Imogen, impedendole di affondarlo di nuovo nel suo petto. Lei indietreggiò furibonda e gli diede un calcio forte nello stinco con gli stivali. Nolan fece una smorfia, tuttavia non arretrò.

"Avrei dovuto mirare più in alto." Imogen stava per sputargli addosso, ma poi si rese conto che quel gesto l'avrebbe fatta apparire troppo poco femminile.

"Mi dite qual è il problema?" Callum si avvicinò con cautela.

"Voi siete il mio problema!" urlò Imogen, furiosa. "Avreste potuto teletrasportarvi da Lily, maledizione! Non avevate bisogno di una stupida barca! Avete dei poteri magici! *Magici*! E invece non avete pensato né a me né alla mia vita! Avete rubato la mia dannata barca e mi avete trascinata in una stupida missione, quando avreste potuto semplicemente usare la vostra maledetta magia per arrivare a destinazione e lasciarmi in pace." Imogen lanciò loro un'ultima occhiataccia e si allontanò a grandi falcate sulla sabbia, avanzando alla cieca, spinta dalla rabbia.

Fu solo quando raggiunse l'estremità della spiaggia, dove non aveva altre opzioni se non scalare la parete rocciosa della scogliera oppure nuotare fino alla barca, che Imogen si arrese e si fermò. Si arrampicò su un grosso masso e si voltò dando le spalle alla spiaggia prima di stringere le ginocchia al petto, fissando l'acqua che brillava davanti a lei. Sentiva di essere nuovamente sul punto di piangere, ma scacciò le lacrime con la stessa forza di volontà che l'aveva guidata fino a quel momento. Era una combattente, su questo non c'erano dubbi, e quel piccolo sgangherato gruppo di esseri magici avrebbe dovuto imparare a rispettarla. Le emozioni ribollivano dentro di lei come un groviglio di serpenti velenosi che Imogen cercava disperatamente di districare per provare a capire il motivo della sua rabbia.

Aveva passato troppo tempo a innalzare dei muri e chiudersi in se stessa, e se ne rese conto fissando l'acqua, come sempre: l'oceano aveva un effetto calmante su di lei. Aveva tenuto gli altri alla larga, temendo che l'avrebbero presa per pazza se avesse raccontato loro delle sue visioni, o peggio, delle cose che faceva succedere anche solo pensandoci, se lo voleva. Aveva perso *troppo* tempo a dubitare di se stessa. Come se ciò non bastasse, Nolan era incredibilmente attraente e l'effetto che la sua presenza aveva su di lei la infastidiva. Quell'uomo aveva rubato la sua barca, l'aveva costretta a prendere parte a quella missione e aveva persino avuto il coraggio di tentare di tranquillizzarla mentre piangeva. Imogen gemette di nuovo pensando al fatto che l'aveva vista in un momento di vulnerabilità e le venne voglia di dargli un altro calcio negli stinchi.

Per poco non cadde nell'acqua quando un cucciolo le corse incontro e solo allora si rese conto che riusciva a vedergli attraverso. A essere sincera, pensò Imogen, non era una bella immagine, però era *davvero* quasi trasparente. Non vedeva le sue interiora o cose del genere, ma il pelo morbido di un cagnolino. Era come se fosse stato stampato con pochissimo inchiostro. Un cucciolo fantasma, che strano! L'animale si sedette di fronte a lei tirando fuori la lingua allegramente e Imogen si intenerì. Aveva sempre desiderato avere un cane, tuttavia gli animali domestici non erano adatti alla vita di mare.

"Stai passando una brutta giornata?"

Imogen si costrinse a distogliere lo sguardo dal cucciolo fantasma e a posarlo sulla donna fantasma e... rise. Rise sguaiatamente e si piegò in due, continuando finché le lacrime che aveva scacciato poco prima non le rigarono le guance.

"Wow, questo non era mai successo! Di solito le persone hanno paura o si infastidiscono quando mi vedono. Mi chiamo Fiona, comunque."

"Oh. Mi dispiace, non volevo essere così scortese." Imogen si strofinò gli occhi, continuando a ridacchiare. "È tutto così..."

"Sconvolgente?"

"Sì, diciamo di sì." Imogen si asciugò le lacrime e si prese finalmente un momento per osservare attentamente la donna. Il fantasma. La donna spettrale. Non sapeva nemmeno come definirla. I capelli bianchi e ricci le incorniciavano il viso, sistemati in un'elaborata acconciatura semi-raccolta. Indossava un fitto groviglio di collane e una tunica bianca semplice. Anche i suoi polsi erano coperti dai braccialetti. La donna aveva gli occhi gentili, e Imogen si sentì subito meno tesa.

"Ieri ero normale, oggi invece vedo un cucciolo fantasma." Imogen indicò il cane.

"Eri *davvero* normale?" le chiese Fiona schiettamente.

"Io..." E va bene, non era del tutto normale come credeva di essere, ma non era nemmeno una Fae, o un drago.

"Il tuo uomo non ti lascerà stare seduta qui ancora a lungo. Si sta già avvicinando..." Fiona lanciò un'occhiata alle proprie spalle: Nolan stava attraversando la spiaggia a passo deciso.

"Non è il mio uomo," si affrettò a correggerla Imogen.

"In ogni caso, Imogen, finché siamo sole, ti dirò questo..."

Per un istante, Imogen si chiese come facesse a sapere il suo nome, ma poi scacciò quel pensiero dalla propria mente e si concentrò.

"Hai già tutto ciò di cui hai bisogno." Fiona tamburellò un dito sul proprio petto e i bracciali tintinnarono dolcemente. "Capito?"

"No, non ho capito affatto." Imogen sospirò e sollevò lo sguardo verso di lei. "Potresti essere un po' più chiara?"

"No." Fiona sorrise leggermente. "Devi semplicemente ricordare le mie parole. Abbi fiducia in te stessa, Imogen."

"Sì, certo, è facile a dirsi..." Imogen non finì la frase, dato che Nolan aveva raggiunto il masso su cui si era seduta.

"Hai finito di fare i capricci? Perché, nel caso non te ne fossi accorta, una donna è in pericolo di vita. Un'umana. Potresti come minimo mettere da parte i tuoi problemi per aiutarla."

"Tu..." Imogen sgranò gli occhi, era di nuovo furiosa, ma Fiona si voltò verso Nolan prima ancora che lei potesse reagire.

"Beh, vedo che l'educazione non fa parte delle tue doti da leader, vero?"

"Non c'è tempo per essere educati. Dobbiamo agire." Nolan si passò una mano tra i capelli scuri, frustrato.

"Dovresti sapere che non è così," lo rimproverò Fiona e lui si ingobbì, il che fece ridere Imogen: era come se fosse sua nonna a sgridarlo. Tuttavia, quell'allusione ai suoi presunti capricci le faceva venir voglia di fare molto male a quell'uomo. A quel Fae. A qualunque cosa fosse.

"Dico sul serio, non abbiamo tempo per queste cose," insistette Nolan.

"C'è sempre tempo per essere gentili, Nolan." Detto ciò, Fiona scomparve lasciando Imogen e Nolan soli, a fissarsi.

"Mi..." iniziò a dire lui, però Imogen gli impedì di continuare. Non le interessava ascoltare le sue scuse, o qualunque cosa volesse dirle. A dire il vero, sperava con tutto il cuore che quella missione finisse presto. Imogen avrebbe potuto considerarla come una semplice escursione sulla sua barca, se necessario. Fin troppe volte nel corso degli anni aveva dovuto fare buon viso a cattivo gioco con dei clienti difficili, ed era diventata bravissima a indossare una maschera.

"Non c'è bisogno che parli. Capisco perfettamente." Imogen gli sorrise raggiante e scese dal masso, dandogli una pacca sul braccio quando gli passò accanto. "Hai ragione, dobbiamo rimanere concentrati e riportare Lily a casa. Ascoltiamo un po' cos'ha da dirci Fiona." Detto ciò, Imogen attraversò la spiaggia, aggrappandosi all'unica verità assoluta che conosceva da anni.

Non importava quanto si lamentasse dei problemi della vita: nulla sarebbe mai cambiato se non l'avesse fatto lei per prima. Doveva accettare la realtà dei fatti, esaminare la situazione in cui si trovava e andare avanti.

E lasciarsi alle spalle quegli uomini attraenti e scontrosi.

CAPITOLO QUATTORDICI

"Stai bene?" domandò Bianca raggiungendo Imogen e sorprendendola di nuovo con un abbraccio.

"Ehm, sì. Sto bene." Imogen si liberò dalla sua stretta e le rivolse il sorriso finto che riservava ai clienti.

"Mmmh," annuì Bianca inarcando un sopracciglio. "Secondo te non sono in grado di riconoscere una donna furibonda quando la vedo?"

"Beh, non c'è tempo per fare i capricci nel bel mezzo di una missione, o mi sbaglio?" Imogen continuò a sorridere.

"Sembri un po' agitata," le sussurrò Bianca mentre gli altri si avvicinavano, disponendosi in un piccolo cerchio. "Se fossi in te, sorriderei un po' meno. E poi... Ti ha detto davvero che stavi facendo i capricci?"

"Sì."

"Wow, non è stato molto carino da parte sua, vero?"

"Già," convenne Imogen, benché parte della tensione che le opprimeva il petto si stesse alleviando. Era così che ci si sentiva ad avere delle amiche? Perché in pochi secondi Bianca le aveva dimostrato la propria lealtà e l'aveva aiutata a stare meglio. Imogen seguì il suo consiglio e assunse un'espressione un po' più seria.

"Va tutto bene?" domandò il principe Callum. Si teneva un po' in disparte dal gruppo e la tenue luce del giorno splendeva sul suo volto stanco. Imogen provava pena per lui, sebbene anche lei si sentisse turbata.

"Sissignore. Andiamo," disse la donna fingendo di essere allegra.

Il principe Callum la scrutò per un istante, ma poi decise di crederle, o forse semplicemente non aveva alcuna voglia di parlare di ciò che era appena successo, quindi annuì e si girò verso Fiona che era appena riapparsa.

"Ci hai convocati qui?"

"Che termine sofisticato..." Fiona posò le mani sui fianchi e osservò il gruppo. "Non avete ancora mangiato."

"Non ci avrai fatto venire fin qui per parlare dei nostri bisogni alimentari?" Il principe Callum inarcò un sopracciglio.

"No, tuttavia, adesso che siete qui, mi rendo conto che dovete mangiare. So che sei impaziente, principe Callum, però sono irlandese e come tale mi rifiuto di lasciare che qualcuno intorno a me abbia fame. Potresti...?" Fiona inclinò la testa guardandolo con aria interrogativa e sorrise quando lui si pizzicò il naso prima di agitare la mano in aria. Imogen sussultò nel veder apparire due grandi teli da spiaggia con sopra un vero e proprio banchetto.

"Un momento... Perché ho dovuto controllare le provviste se siete in grado di fare... questo?" Imogen perse il controllo della maschera allegra che indossava e iniziò a infuriarsi.

"Sembra una cosa comoda, eppure non lo è." Per la

prima volta, Nolan le rivolse un sorriso, pur continuando ad avere un'espressione esausta. "Quando si usa la magia arcana in questo modo, si sottrae energia ad altre forze del mondo. Non si può esagerare, altrimenti finirà per diventare distruttiva o ridurre i nostri poteri. È una sorta di meccanismo intrinseco che ricorda ai Fae di non diventare *troppo* potenti."

"Perché in tal caso sareste tutti dei fannulloni e fareste apparire tutto ciò che vi serve in qualsiasi momento?" gli domandò Imogen.

"Esatto. Fa bene al corpo sforzarsi un po' per ottenere le cose che si vogliono o di cui si ha bisogno."

Imogen, suo malgrado, lanciò un'occhiata a Nolan: i suoi occhi tempestosi erano già fissi su di lei. La donna, indispettita, distolse lo sguardo e decise di lasciar perdere ogni formalità, dunque si avvicinò al telo prima di sedersi, felice di vedere uno dei suoi cibi di conforto preferiti. Afferrò un panino tostato al formaggio, si sistemò alla meglio e aspettò che gli altri la raggiungessero. Quando Nolan si sedette accanto a lei sul telo, Imogen si voltò deliberatamente dall'altra parte per dire qualcosa a Bianca, ma fu interrotta da Fiona che si unì al picnic.

"Siete i benvenuti qui, in questa baia, perché le vostre intenzioni sono pure e la vostra missione è importante," iniziò a dire Fiona, allargando le braccia per indicare la splendida cala alle sue spalle. "La baia non permette a tutti di entrare, dunque sono contenta di potervi accogliere tra queste acque dal grande potere."

Imogen inarcò le sopracciglia, tuttavia non proferì parola e decise di dare un altro morso al suo toast.

"Grazie per averci dato un riparo dall'attacco," disse il

principe Callum. Fiona gli fece un cenno inclinando la testa. Quella donna era regale quanto un principe, pensò Imogen.

"Mi dispiace che abbiano rapito Lily. L'ho conosciuta solo di sfuggita, però è una persona adorabile, Callum. Sei fortunato ad averla."

"Lo sono," rispose Callum con voce roca.

"Sei preoccupato per la sua scomparsa?" Il tono di Fiona era gentile.

"Non... Non riesco più a sentire il suo canto," ammise il principe Callum coprendosi il viso con le mani. "L'ho sentito fino a dopo la battaglia stamattina, ma adesso tace. Mi angoscia pensare a cosa possa esserle accaduto."

Imogen aprì la bocca per parlare, per rassicurarlo in qualche modo, tuttavia si rese conto di non potergli dire granché. Nolan si alzò e raggiunse Callum, poi si inginocchiò accanto a lui e gli cinse le spalle con un braccio, sussurrandogli qualcosa all'orecchio. Quel gesto era la prova di anni di intima amicizia e di un senso di fratellanza che Imogen desiderava con tutta se stessa. Certo, aveva un rapporto simile con il suo equipaggio, o almeno così credeva, però non era la stessa cosa. No, i due Fae erano come una famiglia l'uno per l'altro, erano uniti da un legame profondo, il che la fece addolcire un po' nei confronti di Nolan.

"È ancora con noi, principe."

Callum sollevò lo sguardo nell'udire le parole di Fiona. Aveva gli occhi spalancati.

"Ne sei sicura?" chiese il principe Callum con voce roca.

"Sì, ne sono sicura. È ancora nel mondo degli umani, perché in caso contrario lo saprei. No, credo che dopo la battaglia i Domnua abbiano trovato un modo per metterla a tacere. Devono essersi accorti che stavi usando il suo canto per rintracciarla."

"Bastardi! Danzerò sulle loro tombe, lo giuro!" disse Callum, e per un istante sembrò allo stesso tempo sollevato e arrabbiato.

"Non ne dubito..." disse Fiona. "Eppure non hai fatto del male a nessun Fae dell'acqua quando sono saliti sulla vostra barca. Quando hanno cercato di colpirti, di colpire la tua squadra. Li hai allontanati, ma non hai fatto loro del male. Perché, Callum? Mi sbaglio nel dire che per poco non ti avevano ucciso la primissima notte in cui eri arrivato a Grace's Cove per trovare Lily? Solo qualche mese fa? Erano stati i Fae dell'acqua a ferirti, vero?"

"Sì."

Imogen guardò prima Callum e poi Fiona, cercando di assimilare quante più informazioni possibile.

"L'avevo aiutata quella notte, sai? Il richiamo del vero amore esigeva che andasse così." Lo sguardo di Fiona era così intenso che i suoi occhi quasi brillavano.

"Lo so. Te ne sarò per sempre grato." Callum fece una smorfia di dolore.

"Dovresti essere grato anche a te stesso. Avevi con te un elisir forte e potente, e non credo che saremmo riuscite a salvarti senza di esso."

"Bisogna essere previdenti," disse Callum alzando le spalle.

"Già, tuttavia siamo di nuovo in conflitto con quegli stessi Fae che in passato hanno attentato alla tua vita, eppure tu non hai fatto loro del male. Come mai?"

"Ehm, l'ho deciso io." Nolan si schiarì la gola e allontanò il braccio dalle spalle di Callum. "I Fae dell'acqua sono sotto la mia giurisdizione. Credo stiano agendo sulla base di informazioni errate e vorrei fare del mio meglio per non ferirli finché questa situazione non sarà chiarita. Non c'è bisogno di causare altra sofferenza. Ognuno di quei Fae probabilmente ha una famiglia che lo aspetta a casa."

Wow, pensò Imogen. Quell'uomo aveva davvero una coscienza, ma non quando si trattava di rubare la sua barca.

"La gentilezza viene ricompensata." Fiona sorrise guardando Nolan. "Ti chiedo di rifletterci su."

"Mi hai appena detto che sono stato gentile con i Fae dell'acqua?" Nolan alzò gli occhi al cielo e il sorrisetto di Fiona si allargò.

"In ogni caso, dovrai lasciare che la gentilezza guidi sempre le tue azioni, guerriero. Non te lo ricorderò un'altra volta. Il nostro tempo qui è breve. Vi dico solo che le dee ci stanno guardando..."

"Dee?" sibilò Imogen a Bianca, che sgranò gli occhi. La bionda aprì la bocca per parlare, tuttavia Fiona le lanciò un'occhiata che gliela fece richiudere.

"E sono disposte a ricompensare coloro che agiscono con intenti puri e non con perfide intenzioni. Finora la vostra missione si è svolta proprio così, dunque posso svelarvi che Lily è tenuta prigioniera su una delle isole dell'arcipelago di Aran."

"Davvero?" Callum scattò in piedi, mascherando ancora una volta le proprie emozioni. "Dobbiamo partire. Adesso."

"Avete ancora un po' di tempo," gli assicurò Fiona. "Mangiate, per favore. Affronterete diversi problemi durante il viaggio e avrete bisogno di energia."

"Ma..." iniziò a dire Callum.

"Mangia." Il tono di Fiona era così autoritario che Imogen allungò automaticamente la mano e prese una mela dal cesto.

"Questo pasticcio di carne è divino," disse Bianca sospirando soddisfatta e affondando la forchetta nel piatto. "Complimenti allo chef e tutto il resto."

Per un po' mangiarono in silenzio, tutti assorti nei propri pensieri, eppure Imogen non capiva come riuscisse a mangiare in pace con tutte quelle domande che le ronzavano in testa. Forse arrivava un momento in cui il cervello semplicemente raggiungeva un livello di accettazione per qualsiasi nuova situazione in cui si trovasse. Doveva proprio essere così, pensò: l'adattabilità era pur sempre una caratteristica del genere umano. Si chiese se anche i Fae dovessero imparare ad adattarsi o se invece fosse il mondo a doversi adattare a loro.

A eccezione del tenue bagliore intorno ai Fae, non c'era niente di bizzarro che le dimostrasse che non erano umani. Non avevano le orecchie appuntite né i denti affilati, come aveva letto in alcune leggende. No, riuscivano a passare per esseri umani, anche se molto più carismatici. Imogen si chiese come potesse qualcuno restare indifferente quando quegli uomini entravano in una stanza. Non potevano non rendersi conto di quanto fossero diversi da loro.

"Imogen... Parlami di te. Sei in buoni rapporti con la tua famiglia?" Le parole di Fiona la fecero trasalire, come una secchiata d'acqua gelida sul suo viso.

"Ah," disse Fiona, cercando di restare impassibile.

"Non parlo con mia madre e non ho mai conosciuto mio padre." Imogen sperava vivamente che le domande su quell'argomento sarebbero finite lì. All'improvviso, la mela che stava gustando aveva perso sapore.

"Davvero? Tua madre non ti ha mai parlato di tuo padre?" la incalzò Fiona e Imogen si irrigidì.

"Non sarebbe stata una conversazione allegra da avere con una bambina, non credi? 'Il tuo papà non ti vuole, piccola. Se n'è andato. Non gli servi'."

"È questo che ti ha detto?" sobbalzò Bianca, posandosi una mano sul cuore e guardandola con un'espressione triste.

"Più o meno. Non c'è molto da dire, vero? A volte il silenzio parla più di mille parole, no?" Imogen fece spallucce tirando un filo penzolante del telo.

"Non riesci a pensare a qualche altro dettaglio? Il suo nome, per esempio?" le domandò Fiona e Imogen iniziò a non sopportare più quel fantasma.

Prionsa.

Quel nome le attraversò la mente così rapidamente che Imogen se ne accorse a malapena. Sembrava carico di significato, eppure non aveva la più pallida idea di quale fosse esattamente. Era sicuramente un nome strano, ma anche irlandese. Se non avesse abbandonato gli studi così presto, forse avrebbe potuto capirlo meglio.

"No, non mi viene in mente niente." Imogen alzò le spalle e distolse lo sguardo dall'espressione indagatrice di Fiona.

"Oh, che peccato. Mi dispiace di averti fatto così tante domande. Non è semplice crescere in una famiglia complicata."

"Quale famiglia? Vivo da sola più o meno da quando avevo dieci anni. Mi ha ufficialmente cacciata di casa qualche anno dopo." Imogen spalancò la bocca. Non parlava mai della propria infanzia, nemmeno con il suo equipaggio. Lasciava che capissero ciò che potevano, dando loro meno informazioni possibile. Guardò la mela che aveva in mano. Non conteneva mica un magico siero della verità o qualcosa del genere?

Bianca sembrò rendersi conto che Imogen non aveva bisogno di essere compatita, né lo desiderava, quindi le porse un biscotto. Lei lo accettò prima di dargli un morso, grata del fatto che nessuno la stesse incalzando. Quando sollevò di nuovo lo sguardo, si accorse che Nolan la stava osservando attentamente. I suoi occhi seriosi sembravano imperscrutabili.

No, un biscotto non sarebbe bastato a risolvere il problema, pensò Imogen, tuttavia gli zuccheri l'aiutavano a sollevare il morale. Fece dunque segno a Bianca di dargliene un altro e lei sorrise.

"L'ho già detto e lo ripeto... I biscotti migliorano sempre le cose."

CAPITOLO QUINDICI

"La traversata durerà almeno dieci ore, se non di più. Dipenderà dal tempo."

Si erano teletrasportati senza problemi sulla *Mystic Pirate* e come la volta precedente Imogen aveva provato una leggera nausea. Ora stava esaminando una cartina nella sua cabina di comando.

"Come può volerci così tanto tempo?" Solo il principe Callum si era unito a Imogen. Gli altri, invece, si stavano preparando per la partenza.

"Beh, in linea d'aria direi che la distanza è di circa sessanta miglia nautiche, senza però contare il fatto che dobbiamo aggirare la punta di Grace's Cove, dove la penisola sporge. Potremmo seguire la costa mentre ci dirigiamo verso nord." Imogen seguì il percorso con un dito. "Se andrà tutto bene, arriveremo nel cuore della notte, il che potrebbe presentare delle difficoltà nel caso non ci fosse un posto libero dove attraccare. Certo, potresti anche teletrasportarci lì con uno di quei tuoi incantesimi, se lo volessi..."

"Magari. Purtroppo i nostri poteri non basterebbero.

Possiamo spostare delle persone per brevi distanze, ma farlo con barche grandi ed eserciti comprometterebbe il flusso dell'energia naturale, dato che agiremmo su più elementi nello stesso momento. A dire il vero, è addirittura vietato per i Fae."

"Ah," disse Imogen, come se la cosa avesse perfettamente senso. Non aveva ancora capito bene le regole della magia arcana.

"Sei mai stata in quelle isole prima?"

"Sono stata a Inis Mór, la più grande delle tre isole. Tuttavia, è difficile dire in quale la stanno tenendo prigioniera."

"Si possono visitare?"

"Certo, c'è anche una piccola comunità che vive lì. Non ci sono molti turisti in questo periodo dell'anno, dunque spero di trovare un posto in cui attraccare senza problemi. Sono stata solo lì però, quindi non so quale sia la situazione sulle altre due isole. Ci sono un paio di pub e un posto per dormire, ma per il resto è piuttosto selvaggia, anche se piena di vecchie rovine e cerchi di pietra."

"I cerchi di pietra nascondono dei grandi poteri." Il principe Callum tamburellò un dito sul timone, perso nei propri pensieri. "Chissà se lì c'è un portale."

"Come, scusa? Un... cosa?" Imogen lanciò un'occhiata al principe.

"Ci sono diversi portali tra il regno dei Fae e quello degli umani."

"Quindi si può andare e venire quando si vuole?" gli domandò Imogen.

"No." Callum sorrise leggermente per un istante. "Riesci a immaginare una cosa del genere? I Fae adorano il mondo degli umani, bighellonerebbero qui per tutto il giorno se potessero. I portali ci consentono di controllare in qualche modo chi passa da un regno all'altro."

Imogen si chiese se sarebbe mai arrivato il momento in cui il suo cervello avrebbe smesso di funzionare per il sovraccarico di informazioni.

"Okay, ed essendo tu un principe, riusciresti ad avvertire la presenza di un portale, vero?"

"Sì, di tutti i portali, in teoria, a meno che i Domnua non siano riusciti a crearne uno loro. Se è un portale non autorizzato, beh, dovrei comunque riuscire a percepirlo."

"C'è qualche possibilità che tu riesca a sentirlo in questo momento? Sai, con i tuoi poteri. Renderebbe la mia vita molto più semplice," puntualizzò Imogen.

"Anche la mia. No, purtroppo i miei poteri hanno davvero dei limiti. Dovrei essere più vicino per avvertire meglio la presenza di un portale. Inoltre, preferirei aspettare per non condurti fuori strada. So che abbiamo rubato la *Mystic Pirate* e ti abbiamo costretta ad affrontare questo viaggio, ma non vorrei che capitasse qualcosa a te o alla tua barca."

"Oh, ti ringrazio." Imogen scosse la testa, tuttavia, consapevole del dolore dell'uomo, gli diede anche un'amichevole spallata. "Sul serio. Significa molto per me. In ogni caso, farò del mio meglio per cercare di riportare a casa la tua Lily. A giudicare da quello che dice Bianca, sembra davvero meravigliosa."

"È... È come quando le nuvole si diradano nel cielo notturno e lasciano intravedere lo scintillio delle stelle. La sua presenza porta luce persino nell'oscurità più profonda. Un giorno ti racconterò come ci siamo conosciuti. Quella notte mi ha salvato la vita e ha catturato il mio cuore per sempre. Non la merito, e passerò il resto dei miei giorni a dimostrarglielo. Se riuscirò a riaverla."

"*Quando* riuscirai a riaverla," disse Imogen. Le si era stretta la gola sentendo Callum parlare così.

"Sarebbe una buona amica per te." Callum si voltò verso Imogen. "Accoglie tutti. Si prende cura di tutti. Era un'insegnante, sai? Non farebbe del male nemmeno a un topolino. Nel caso stessi cercando una famiglia, dovresti avvicinarti a Bianca e Lily."

"Ehm..." Imogen non sapeva cosa pensare di ciò che le aveva detto. Non aveva mai avuto una famiglia. Non era qualcosa che si offriva nel suo mondo, anzi, quel concetto doveva essere negato o guadagnato, come succedeva con il suo equipaggio. Quel suggerimento così semplice la faceva sentire un po' a disagio.

"Le cicatrici restano, ma le ferite guariscono. Definirai la tua vita in base a un dolore che hai provato da piccola?"

"Cavolo, questo studio delle cartine è diventato un dibattito filosofico!" Imogen inclinò la testa, incrociando lo sguardo complice di Callum. Non parlava mai della famiglia o dei suoi traumi infantili, e ora si trovava nuovamente ad affrontare un argomento imbarazzante e difficile.

"E quale sarebbe un momento migliore per questi discorsi, se non gli attimi che precedono una battaglia?" ribatté il principe Callum.

"Credi che ci saranno altre battaglie?" Imogen rabbrividì e quasi le venne mal di pancia per il nervosismo.

"Certo, anzi, me lo aspetto. Sarebbe folle pensare che andrà tutto liscio."

Imogen serrò le labbra e guardò la prua, dove Nolan e Seamus erano vicini l'uno all'altro sul ponte di comando.

"È un brav'uomo."

"Già. Seamus è fantastico," convenne Imogen, ignorando deliberatamente il significato delle parole del principe, che ridacchiò.

"Sì, lo è, però sto parlando di Nolan. Lo considero come un fratello, pur non avendo legami di sangue con lui. Siamo cresciuti insieme, sai?"

"Eravate due ragazzini ricchi che scorrazzavano nei giardini del palazzo?" Imogen mantenne un tono leggero per non offendere il principe. Non era colpa sua se faceva parte della famiglia reale.

"Io sì, Nolan no. La sua famiglia viveva una vita semplice ma felice, nel villaggio. Quando era piccolo, però, si fece notare per i suoi poteri e fu scelto per entrare a far parte della Corte Reale, così da prepararlo al suo futuro. Le sue abilità hanno fatto sì che la sua famiglia avesse un'esistenza più agiata e le sue sorelle hanno trovato opportunità di lavoro e mariti che non avrebbero mai avuto se non fosse stato per Nolan."

"Wow, buon per lui. Sembra una bella storia, come quella di Cenerentola."

"Cenerentola?" Callum la guardò stringendo gli occhi.

"Ehm, è solo una..." Imogen rise e si tirò la treccia. "Una specie di fiaba per bambini. Una storia di riscatto. La povera Cenerentola viene maltrattata dalla sua famiglia, poi però il principe la sceglie, si innamorano e lei diventa una principessa."

"Beh, Nolan non è stato maltrattato. È molto legato alla

sua famiglia. E anche alla mia. Per quanto riguarda la parte dell'innamoramento... è un tipo testardo."

"Ah sì? Ha respinto un po' di donne, vero?" Imogen tenne gli occhi fissi sul taccuino mentre annotava delle informazioni per il viaggio. Non le importava affatto di cosa le avrebbe risposto, no, per niente.

"Non le ha rifiutate. Ha avuto molte amanti."

Ovviamente. Era troppo attraente. Imogen alzò gli occhi al cielo.

"Non gli è dispiaciuto, ne sono certa."

Le labbra del principe Callum si curvarono. "Non ne ha avute per amore, però. È incredibilmente leale. A me. Alla Corte Reale. Alla sua famiglia. Quasi in modo esagerato, secondo me. Una parte di lui crede che trovare l'amore lo distrarrebbe dai suoi doveri e, dal suo punto di vista, sarebbe un sacrilegio. Si fa carico delle sue responsabilità con orgoglio, senza mai considerarle un peso."

"Beh, che cosa stupida. Nessun altro membro della vostra Corte Reale si è mai innamorato? Sono tutti obbligati a restare soli?" Imogen guardò Callum scuotendo la testa. Se era davvero così, allora i Fae erano strani.

"Certo che no. I Fae, in fondo, sono dei romantici. Per noi, trovare un compagno predestinato è tra le avventure più importanti della nostra vita. Il fatto che Nolan non lo comprenda mi preoccupa."

"Sembra che sia un problema suo, non tuo," ribatté Imogen. Quella conversazione la stava infastidendo. Perché il suo cuore si stava intenerendo nei confronti di Nolan? Non avrebbe dovuto importarle se lui avesse trovato l'amore o no.

"Beh, voglio che mio fratello trovi l'amore. Si frena

perché crede che il suo ruolo di consigliere basterà ad assicurare la felicità della sua famiglia. È talmente concentrato sui propri doveri da non capire che noi saremo felici quando lo sarà anche lui. E invece si comporta come se il suo lavoro fosse l'unica cosa importante."

A dire il vero, Imogen si rivedeva in quel modo di pensare di Nolan. Si sarebbe sentita completamente persa senza la *Mystic Pirate*. La sua vita era strettamente collegata alla sua carriera, il che le dava grande conforto.

"Sembra che lo tratti con freddezza, però." Imogen cambiò argomento con cautela: non era assolutamente interessata a sentire altri dettagli sull'inesistenza o meno della vita sentimentale di Nolan. A quanto pareva, però, trovare qualcuna che condividesse il suo letto non era un problema per lui, e la cosa non la sorprendeva affatto. Il suo sguardo si posò involontariamente sul punto in cui si era fermato per legare un nodo in alto: la maglietta dell'uomo si sollevò sulla vita, rivelando i suoi muscoli ben definiti.

"Sei attenta." Il principe Callum non negò la sua affermazione.

"Fa parte del mio lavoro. Un capitano distratto è un capitano pericoloso."

"Potrei aver erroneamente rivolto parte della mia rabbia nei suoi confronti, dato che i Fae dell'acqua sono sotto la sua giurisdizione e sono stati loro ad attaccare."

"Eppure sta rischiando la vita per aiutarti." Imogen non sapeva bene perché stesse difendendo Nolan, ma in fondo riteneva fosse la cosa più giusta da fare.

"È vero. È il suo dovere."

"È più di un dovere." Imogen lanciò un'occhiata al principe. "Non puoi chiamarlo tuo fratello e subito dopo dire che sta semplicemente facendo il proprio dovere da consigliere."

"Già. Credo che tu abbia ragione." Il principe Callum inspirò profondamente. "Parlerò con lui."

"Ho bisogno che ti occupi della tua squadra," disse Imogen. "Guiderò la barca e farò del mio meglio per farci arrivare a destinazione sani e salvi. Tuttavia, il tuo gruppo deve lavorare in perfetta sinergia. Ogni equipaggio che si rispetti funziona così. Se c'è un problema di comunicazione o un fraintendimento, ti suggerisco di rimediare adesso, prima della partenza."

"Sì, capitano." Callum sorrise leggermente mentre usciva dalla cabina di comando, sembrava palesemente divertito all'idea di ricevere ordini. A Imogen non importava quale tipo di principe fosse: la barca era sua, quindi era lei a comandare. Non capiva appieno l'entità di ciò che stava affrontando, ma sapeva come governare con successo un'imbarcazione, quindi Callum avrebbe fatto meglio a risolvere i problemi del suo gruppo, altrimenti avrebbero avuto più difficoltà del previsto.

Imogen si immobilizzò, colpita nel vedere Callum avvicinarsi a Nolan e abbracciarlo. C'era qualcosa di così... *affascinante* nel modo in cui esprimevano liberamente ciò che provavano l'uno per l'altro. Era raro vedere gli uomini del suo mondo comportarsi in modo così affettuoso tra loro. Solitamente si scambiavano solo battute rozze e insulti crudeli. Certo, ogni tanto capitava che si dessero una pacca sulla schiena, tuttavia Imogen non aveva mai visto dei membri del suo equipaggio abbracciarsi. Si rese conto che quel gesto non li rendeva meno attraenti, anzi, li faceva sembrare più potenti ai suoi occhi. I due parlavano tranquillamente e con sincerità, tanto che Imogen faticava a decidere chi dei due fosse più bello.

Beh, c'era qualcosa di intrigante nell'aspetto tenebroso e nei sorrisi abbaglianti di Nolan. Oh, quel sorriso... Il cuore di Imogen palpitò per un istante mentre ripensava a quando le aveva rivolto quel sorrisetto qualche ora prima. Era come se le avesse fatto un dono raro il cui calore l'aveva sopraffatta. Per quel motivo, forse, era riuscito a prenderla in braccio e teletrasportarla così facilmente. L'aveva presa alla sprovvista e lei avrebbe fatto meglio a tenere alta la guardia durante il viaggio, eppure continuò a fissarlo così tanto che Nolan si voltò di colpo, come se riuscisse a percepire il suo sguardo, osservandola negli occhi dall'altra parte del vetro.

Il tempo si fermò per un attimo ed Imogen si innervosì. Fu la prima a interrompere il contatto visivo, benché la cosa la seccasse. Aveva da fare, del resto. Voltò una pagina del taccuino, scacciando dalla mente ogni pensiero che riguardasse Nolan, quell'uomo sexy, e finì di tracciare la rotta.

CAPITOLO SEDICI

La traversata era stata sorprendentemente tranquilla, rifletté Imogen strofinandosi gli occhi stanchi. Navigavano da quasi dieci ore, proprio come aveva previsto, ed era rimasta in piedi per la maggior parte del tempo. Ogni tanto gli altri si erano affacciati nella cabina di comando offrendosi di prendere il suo posto per farla riposare, tuttavia Imogen aveva resistito. Non si fidava sufficientemente di nessuno al punto di affidargli la barca, soprattutto nel caso ci fosse stata un'altra battaglia. Era tremendamente esausta, dal momento che aveva dormito solo per pochissime ore in due giorni, ma presto sarebbero arrivati a Inis Mór, dove Imogen sperava di trovare un posto sicuro in cui attraccare e di chiudere gli occhi per qualche ora.

Gli altri avevano deciso di fare dei turni di guardia, in modo da poter riposare proteggendo comunque il perimetro. Ognuno di loro, poi, era passato a fare due chiacchiere con Imogen durante il proprio turno, e la donna aveva trascorso momenti piacevoli imparando qualcos'altro sul mondo dei Fae grazie a Seamus e Bianca. Callum non era stato altrettanto loquace, tuttavia non gliene faceva una colpa: aveva il cuore spezzato.

Solo Nolan aveva evitato la cabina di comando mentre era di guardia, preferendo vagare sul ponte come un gatto irrequieto. Imogen non riuscì a fare a meno di chiedersi a cosa stesse pensando. Le era sembrato più felice dopo aver parlato con Callum qualche ora prima, ma non era semplice capire la differenza tra la sua espressione contenta e quella irritata, dato che le nascondeva entrambe sotto una maschera severa. Si chiese se quell'atteggiamento lo aiutasse a essere un leader migliore per i Fae dell'acqua.

Imogen controllò la rotta e la sistemò leggermente. Stavano entrando nello stretto di Foul Sound, noto per le sue correnti insidiose, poi avrebbero dovuto circumnavigare l'isola di Inis Meáin e arrivare nella baia di Inis Mór. Aveva sentito che lì le acque a volte erano agitate e che avrebbe dovuto fare molta attenzione, rifletté Imogen fissando il cielo notturno e l'oceano rischiarato dalle luci di navigazione sulla parte anteriore della barca. Non era da lei guidare di notte con così tanta luce, ma probabilmente i Domnua sapevano già dove si trovavano, proprio come i Fae dell'Acqua. La luce, dunque, non poteva che giocare a loro favore: almeno avrebbero visto qualcosa se avessero tentato di attaccarli una seconda volta.

Alcune sagome erano scivolate sotto la superficie dell'acqua, seguendoli, ma nessuna di esse aveva cercato di imbarcarsi nuovamente. I Fae dell'acqua avevano deciso di affrontarli in modo meno violento? La decisione di Nolan di non far loro del male li aveva portati a rivalutare le loro azioni?

O forse stavano semplicemente aspettando, lasciando

che loro abbassassero la guardia credendo di essere al sicuro? Imogen temeva che fosse proprio così. Un movimento sul suo piccolo schermo attirò l'attenzione di Imogen. Aveva installato le telecamere di sicurezza quando aveva iniziato a offrire escursioni notturne per assicurarsi che gli ospiti alticci venissero subito soccorsi dal suo equipaggio se fossero caduti fuoribordo. Per fortuna non era mai successo, però Imogen era grata di averle, dato che le permettevano di controllare ogni angolo della barca.

Osservò Nolan vagare sul ponte laterale. Il suo maglioncino leggero metteva in mostra le spalle larghe, i pantaloni di pelle esaltavano le gambe muscolose. Era davvero imponente... Che altro poteva dire? Del resto, aveva anche lei gli occhi, no? Tuttavia, un bell'aspetto non bastava certo a fare di qualcuno un compagno, si rimproverò dolcemente Imogen. I loro mondi erano troppo lontani, e, se doveva essere sincera, riusciva a malapena ad affrontare una conversazione con lui senza provare la voglia di lanciarlo nell'oceano... Quindi no, non avrebbe assolutamente dovuto prestare attenzione a quanto gli stessero bene quei pantaloni.

Lo sguardo di Imogen si posò immediatamente su un altro schermo, attirato da un movimento convulso, e la donna trasalì nel vedere il principe Callum che veniva trascinato da alcuni esseri oscuri verso la piattaforma di carico a poppa. Nolan continuava a camminare sul ponte: evidentemente non se n'era accorto.

"Nolan! Ci stanno attaccando! A poppa!" urlò Imogen al microfono prima di guardarlo voltarsi di scatto e iniziare a correre verso la parte posteriore della barca. Spalancò gli occhi e il sudore le imperlava la fronte mentre osservava

Nolan scatenare la sua furia sui Domnua, o almeno su quelli che lei credeva fossero dei Domnua. Le immagini registrate dalle telecamere di sicurezza erano in bianco e nero, quindi Imogen riusciva soltanto a vedere il tenue bagliore che circondava i Fae, non i colori. Per un istante si chiese se qualcun altro sarebbe riuscito a vedere quell'alone tramite il video, un po' come gli acchiappafantasmi quando cercavano di immortalarli con le loro macchine fotografiche. Il video avrebbe mostrato altri Fae? Oppure la capacità di distinguerli dagli umani era riservata solo a certe persone toccate da... qualunque cosa Imogen avesse dentro di sé?

"Per san Patrizio!" ansimò Imogen, guardando a turno il piccolo schermo e l'acqua davanti a sé. Si stava quasi preoccupando più per i Fae malvagi che stavano per abbordare la nave verso prua che per Callum.

Nolan, invece, era semplicemente... incredibile. Si era precipitato verso il gruppo di Domnua, voltandosi e lottando come se gli importasse poco cosa stesse colpendo. Imogen ebbe un sussulto quando l'uomo scaraventò un nemico nell'acqua.

Con una sola mano.

Deglutì nel vederlo infilzare un altro con il pugnale. Il Domnua esplose immediatamente, sciogliendosi in quella piccola pozza viscida e argentea che Imogen aveva già visto.

"Dietro di te!" strillò Imogen al microfono, proprio mentre altri cinque Fae malvagi scavalcavano il parapetto e si lanciavano verso Nolan. Erano troppi. Come avrebbe fatto a sopravvivere a quell'attacco? Avevano bisogno di più aiuto. Imogen allungò la mano e attivò gli allarmi antincendio nella speranza di svegliare Seamus e Bianca. Si sentiva impotente: le onde erano sempre più forti e la barca iniziò a oscillare pesantemente da un lato all'altro. Imogen si irrigidì e tenne saldo il timore, pregando che gli uomini non fossero caduti a causa dei flutti comparsi all'improvviso. Il suo sguardo si posò nuovamente sul piccolo schermo e vide Callum disteso sulla schiena sul ponte di comando. Un Domnua teneva un coltello sollevato sopra la sua testa.

"No!" esclamò Imogen.

In quel momento, Nolan si lanciò in avanti e bloccò il Domnua, colpendolo al viso senza pietà finché quello non si raggomitolò sul ponte, poi prese il coltello e lo usò sul suo proprietario, che si sciolse in un'altra piccola pozza sul pavimento. Nolan ripulì l'arma sui pantaloni e la infilò nella cintura prima di girarsi a esaminare il ponte posteriore. Gli allarmi antincendio avevano funzionato: ora Seamus era fermo accanto a Nolan, mentre Bianca era appena entrata nella cabina di comando. Aveva i capelli in disordine.

"Stai bene?" urlò Bianca.

"Sì, sto bene. Era Callum a essere in pericolo."

"Torno tra poco." Bianca era già scomparsa, e alcuni secondi dopo Imogen la vide piegarsi accanto al punto in cui Callum, seduto, si stava strofinando la testa.

La porta della cabina di comando si spalancò e Nolan entrò in preda alla furia, poi la fissò. L'atmosfera tra loro si fece tesa e pesante.

"Stai bene?"

"Sì, sto bene." Imogen tornò a fissare l'acqua. Le onde continuavano a sferzare lo scafo. "Lo sarò finché riuscirò a tenere la rotta."

"Fa' in modo che sia così. Tornerò."

"Fa' in modo che sia così..." ripeté Imogen imitandolo

nella sala di comando ormai vuota. Come faceva a parlare in quel modo? Poteva essere più irritante di così?

Un tocco leggero all'altra porta alla sua destra la distrasse dalle onde agitate davanti all'imbarcazione. Imogen strinse forte il timone e lanciò un'occhiata da quella parte: un paio di brillanti occhi opalescenti la guardavano dall'ombra. Era l'uomo che vedeva nei suoi sogni. Lo stesso che per anni aveva visto muoversi sotto l'acqua. Si squadrarono attraverso il vetro, ma Imogen non riusciva a vedere il Fae nella sua interezza a causa del riflesso della luce nella cabina. Il cuore le batteva all'impazzata nel petto mentre un'altra onda forte colpiva la barca e lei strinse saldamente il timone.

"Cosa vuoi?" gli domandò Imogen, chiedendosi se riuscisse a sentirla.

Il Fae dell'acqua bussò di nuovo e all'improvviso la donna sentì l'impulso di sporgersi in avanti e sganciare il chiavistello della porta. Era ipnotizzata, non riusciva a distogliere lo sguardo mentre lui entrava nella cabina insieme a lei. Il petto del Fae si alzava e si abbassava in modo regolare: non sembrava ansimare come aveva fatto il suo simile quando l'avevano trattenuto per troppo tempo fuori dall'oceano.

Lui sorrise, come faceva sempre. Imogen sussultò quando la creatura allungò la mano e la strinse a sé, tra le sue braccia gelide. Era così sconvolta che il Fae dell'acqua quasi riuscì a trascinarla fuori dalla porta prima che lei potesse reagire. Il panico, però, si impadronì di lei e seguì il suo primo istinto: inclinò bruscamente il capo all'indietro e diede una testata al Fae, sentendolo emettere un sibilo acuto. Imogen ne approfittò per voltarsi e colpirlo tra le gambe con il ginocchio, riuscendo a farlo piegare. Seguì il movimento, afferrò la sua testa viscida e gli diede una ginocchiata sul naso. Lui, con grande soddisfazione di Imogen, strillò per il dolore prima di lanciarsi fuoribordo. Un tuffo rumoroso le fece capire che era caduto in acqua, e Imogen rientrò nella cabina di comando per afferrare il timone prima che la barca si capovolgesse.

In pochi secondi l'oceano tornò calmo e piatto come una tavola, da agitato e limaccioso che era.

"Qualcosa non quadra," sussurrò Imogen. Non era un fenomeno normale, quindi doveva necessariamente esserci in gioco della magia arcana. Forse i Fae dell'acqua avevano respinto i Domnua? Oppure stavano ancora collaborando? Era impossibile saperlo, pensò la donna scuotendo la testa. C'erano troppe cose da considerare e non c'era da meravigliarsi che i Fae della Corte Reale stessero incontrando delle difficoltà in quelle battaglie. A quanto pare quel mondo era complesso, indipendentemente dal fatto che si fosse un Fae del buio o della luce.

"Tutto bene qui?" Seamus si affacciò nella cabina di comando. Aveva i capelli rossi in completo disordine.

"Sì, tutto bene," rispose Imogen, pur essendo sicura che il suo tono lasciasse trasparire una certa stanchezza. Non era pronta a parlare di ciò che era appena successo, dal momento che il suo cervello stava ancora cercando con difficoltà di elaborarlo. L'adrenalina le scorreva nelle vene, facendola tremare come una corda di violino. Si chiese se Nolan l'avrebbe punita per aver fatto del male a un Fae dell'acqua. "Come hanno fatto i Fae malvagi a sopraffare Callum in quel modo? Non è il Fae più forte, o qualcosa del genere?"

"I suoi poteri sono diminuiti perché hanno rapito la sua compagna predestinata," le spiegò Seamus.

"Davvero?" Imogen guardò Seamus sconcertata.

"Sì. Più tempo sta lontano da lei, più il suo potere si riduce. L'amore è... è tutto, nel nostro mondo."

"Oh... Va bene, allora." Imogen non considerava più il principe un essere onnipotente. "Ho capito, credo."

"Sei pronta per un bel pisolino?"

"Lo sarò quando attraccheremo. Non manca molto ormai: vedo il faro di Straw Island, e la baia è appena dietro. Ecco, vedi la luce?" Imogen indicò un punto, distraendo intenzionalmente Seamus per evitare che le facesse altre domande su ciò che aveva visto.

"È piuttosto buio fuori. Riuscirai ad attraccare?"

"Sì. Ho contattato la capitaneria di porto prima della partenza. Dovrebbero sapere del nostro arrivo, tuttavia occorrerà che paghiate le tasse di ormeggio."

"Non c'è problema. Ai Fae non manca il denaro," la rassicurò Seamus.

"Ho bisogno che tutti i presenti sul ponte siano pronti a lanciare le cime. Una volta che avremo attraccato in modo sicuro, andrò direttamente nella mia cabina. Non voglio essere disturbata, a meno che non siamo di nuovo sotto attacco. Capito?" Imogen alzò la voce quando Nolan si fermò alle spalle di Seamus.

"Cos'hai detto?" le domandò Nolan.

"Una volta che avremo attraccato, andrò a dormire e non voglio essere disturbata. Non mi importa se hai una scopa infilata nel fondoschiena: non si entra nella mia cabina. Capito?"

"Sì, capitano," rispose Nolan fingendo di rivolgerle un saluto militare.

"Attento a come parli," sbottò Imogen, ancora più indispettita con lui a causa dello sfinimento e dell'agitazione. "Sei tu quello che non rispetta gli spazi altrui."

"Questa sarà pure la tua barca, tuttavia è la mia missione. Gli spazi altrui non vogliono dire niente per me."

Oh, che uomo fastidioso. Imogen si voltò per fare un commento sprezzante, ma era rimasto solo Seamus sulla soglia.

"Deve avere qualche pregio, no? Io sto facendo uno sforzo, Seamus, però quell'uomo mi fa venir voglia di strapparmi i capelli," sbottò Imogen riducendo la velocità dei motori mentre superavano l'isola rocciosa con il faro. Era una vista gradita, con la luce che illuminava l'oscurità, e il pensiero di poter dormire la rendeva irrequieta: non vedeva l'ora di attraccare per poter sparire un po'.

"Davvero? Era come se il tuo obiettivo fosse farlo innervosire," disse Seamus. Imogen lo guardò stringendo gli occhi e lui le sorrise ondeggiando sui talloni, con un'espressione affabile e tranquilla sul viso.

"Forse abbiamo due concetti diversi di 'fare uno sforzo'."

"Sì, certo. E a te come sta andando? Bene?"

"Seamus, ce la sto mettendo tutta per apprezzare anche te," lo avvertì Imogen, e lui rise.

"Mi dispiace, capo, dico solo le cose come stanno. Secondo me state entrambi trovando delle scuse per punzecchiarvi, il che per me vuol dire soltanto una cosa..."

"Che non ci sopportiamo e siamo costretti a lavorare insieme perché nessuno dei due vuole morire prima del tempo?" strillò Imogen mentre guidava la barca oltre il faro e guardava con sollievo i moli illuminati.

"Oppure..." iniziò a dire Seamus, ma Imogen lo interruppe.

"Hai mai avuto un collega che odiavi, Seamus? Un momento... Hai mai avuto un vero lavoro?"

"Certo. Nel reparto informatico dell'università, quando lavoravo per i Danula per la prima missione durante l'incantesimo dei Quattro Tesori."

"È lì che mi ha conosciuta," disse Bianca fermandosi sull'uscio accanto a Seamus e avvolgendo immediatamente le braccia intorno alla sua vita. "È stato davvero fortunato."

"Era troppo occupata a uscire con tutti gli altri uomini del campus per degnarmi di uno sguardo. I suoi occhi azzurri si sono posati su di me solo grazie a un epico incantesimo irlandese e a delle battaglie tra Fae."

"Non è vero, ti avevo notato fin dall'inizio. È stata colpa tua se non mi hai chiesto prima di uscire." Bianca gli diede un colpetto sulle costole e lui sobbalzò.

"Quando? Tra la rottura con un ragazzo e un appuntamento con quello dopo nella fila?"

"Ehi, adesso mi stai facendo sembrare una sgualdrina!"

"E come? Non c'è niente di male nel divertirsi." Seamus si chinò su Bianca e la baciò. "Adesso però lo fai solo con me, vero?"

"Certo, tesorino, a meno che tu non voglia far entrare qualcun altro nella nostra relazione." Bianca si tamburellò un dito sulle labbra.

Basta così, pensò Imogen.

"Non guardate me. Ho abbastanza preoccupazioni per la testa senza farmi coinvolgere da un uomo single, figuriamoci con più persone. Riuscite a immaginarlo? No, grazie. Adesso andate ai vostri posti sul ponte, per favore. Attraccheremo tra poco."

"Non penso che mi piacerebbe avere una relazione aperta," convenne Bianca mentre uscivano dalla cabina di comando. "Voglio che ti concentri solo su di me."

"Ho occhi solo per te... ora e per sempre, amore mio."

Imogen lasciò sfuggire un piccolo sospiro di malinconia sentendo le loro smancerie, tuttavia non l'avrebbe mai ammesso con nessuno. Forse un giorno avrebbe trovato un partner del genere, ma chi poteva dirlo? Semplicemente, non era una sua priorità. Né in quel momento, né mai. Avere un compagno significava dover condividere, beh, tutto, e Imogen aveva imparato da tempo a cavarsela da sola. In tutti i sensi, a dire il vero. No, avere qualcuno al proprio fianco non era nei suoi piani. E se doveva essere sincera, le andava bene così. In quel momento, l'unica cosa che le importava era riuscire ad attraccare la nave.

Alla fine era andato tutto per il meglio benché fosse notte fonda, pensò Imogen. Dopo una breve conversazione con il capitano del porto, pagato lautamente da Callum, Imogen si era dileguata nella sua cabina, dando istruzioni precise di non essere disturbata. A meno che la barca non prendesse fuoco, *aveva bisogno* di stare un po' da sola. La donna si spogliò pensando solo al fatto che stava per dormire e abbassò lo sguardo sulla luce brillante che filtrava dal cassetto. Dopo la giornata trascorsa, Imogen non era dell'umore per altre stranezze. Per la prima volta non indossò l'anello prima di coricarsi e si infilò sotto le coperte, sprofondando in un sonno pesante.

CAPITOLO DICIASSETTE

Imogen si svegliò sbattendo le palpebre e il suo sguardo annebbiato si posò sulla sveglia sul comodino. Era primo pomeriggio, quindi aveva dormito più del previsto, ma, dato che nessuno era andato a svegliarla, diede per scontato che stessero ancora bene.

Oppure erano stati tutti ammazzati e i Fae non avevano pensato di controllare nella sua cabina. Perfetto, pensò alzandosi dal letto per usare il bagno e fare una doccia veloce. In quel momento riusciva soltanto a pensare allo strano gruppo a cui si stava lentamente affezionando. Sperava veramente che avessero superato la mattinata senza alcun pericolo. Si asciugò velocemente, si passò un pettine a denti larghi tra la massa di capelli bagnati e li avvolse in un asciugamano per assorbire l'acqua in eccesso mentre tirava fuori dei vestiti puliti. Esitò, con la mano sospesa sul cassetto del comodino, ma poi lo aprì nonostante i sensi di colpa.

Sollevò rapidamente il coperchio della scatola e l'anello iniziò subito a brillare, con l'acquamarina che irradiava dolcemente una tenue luce azzurra. Fantastico, davvero fantastico, pensò Imogen, e richiuse bruscamente la scatola. Se aveva interpretato bene la situazione, probabilmente il suo anello apparteneva ai Fae dell'acqua.

Il che voleva dire... cosa, esattamente?

Era il motivo per cui per tutta la vita era riuscita a vedere quelle creature ultraterrene? Non sapeva da quanto tempo sua madre possedesse l'anello di acquamarina. Imogen si fermò mentre si toglieva l'asciugamano, sconvolta da quell'ipotesi, e i capelli le ricaddero sulle spalle. Osservò attentamente il proprio riflesso nello specchio, gli occhi spalancati e lo sguardo preoccupato, la pelle ancora più pallida del solito. Perlomeno il sonno aveva aiutato a far sparire le occhiaie.

Se davvero per tutti quegli anni aveva avuto con sé una specie di oggetto magico, allora probabilmente non era Imogen a essere anormale. Forse era a causa dell'anello e la cosa non la riguardava affatto. Ci rimuginò su mordicchiandosi il labbro e raggiunse la cabina di comando, pensando al bisogno impellente di bere una bella tazza di caffè. Aveva dormito bene, tuttavia in un certo senso era la sua linfa vitale e non iniziava mai la giornata senza berlo.

"Ops!" esclamò la donna quando urtò contro quello che sembrava un muro e invece era il petto duro di un uomo dalla testa ancora più dura.

"Piano, capitano!" Nolan l'afferrò per le spalle. Il cervello di Imogen andò in tilt e le ci volle un secondo per pensare a qualcosa da dire. La sua vicinanza era quasi opprimente e resistette a malapena all'impulso di chinarsi in avanti per odorargli il collo. Si era per caso lavato con quel sapone tradizionale irlandese? "Hai un aspetto leggermente migliore. Hai dormito bene?"

"Oh sì." Imogen lo superò, grata di aver ritrovato la capacità di parlare, e scese lungo la piccola scalinata che portava alla cucina e all'area relax. Lì trovò Bianca, che stava leggendo un vecchio libro rilegato in pelle, e il suo stomaco esultò quando vide un vassoio pieno di french toast sul tavolo. "Come sta Callum?"

"Sta bene," rispose Nolan.

"Li hai preparati tu? Potrei baciarti," disse Imogen rivolgendo un sorriso allegro a Bianca, che sollevò lo sguardo ricambiando. Indossava un maglioncino rosso vivace e jeans scuri, e portava i capelli acconciati in due codini.

"Allora devi baciare Nolan, perché oggi ha cucinato lui," rispose Bianca indicando l'uomo, che aveva seguito Imogen nella cambusa. Lei fece una smorfia, poi finse un sorriso educato.

"Grazie per aver cucinato, Nolan."

"Che c'è? Non baci lo chef? Non mi farei problemi a guardarti baciare Bianca, se sono quelli i tuoi gusti."

"Perché mi infastidisci sempre di più ogni volta che parli?" si chiese Imogen ad alta voce, voltandosi a prendere una tazza da caffè e versandoci dentro il suo elisir salvavita. Desiderava chiedere a Callum cosa avesse voluto dire Fiona a proposito dell'elisir salvavita che aveva portato con sé e che l'aveva salvato da morte certa, tuttavia non aveva ancora trovato il coraggio di farlo.

"È così che faccio cadere tutte le donne ai miei piedi, tutto qui," rispose Nolan. Imogen era felice di dargli le spalle in quel momento, perché non riusciva a fare a meno di sorridere.

"E... questo spiega perché non vedo una fila di donne qui per te," ribatté cercando di sembrare impassibile e indifferente, prima di girarsi con la tazza di caffè in mano e allungare una mano per prendere un piatto.

"Forse non mi piace far aspettare le donne, ed è per questo che non c'è nessuna fila."

"Oh! Vedi? L'hai fatto di nuovo." Imogen scosse la testa e sospirò. "Bianca, puoi spiegare a quest'uomo perché è insopportabile?"

"Chi ha tutto quel tempo?" sorrise lei dal proprio tavolo, facendo l'occhiolino a Nolan.

"Imparerò tutto ciò che vorrai spiegarmi, Imogen." Le parole di Nolan le scivolarono addosso come seta calda, e Bianca si sventagliò il viso con la mano.

"Forse dovrei andarmene..." disse Bianca alzandosi, tuttavia Imogen le puntò la forchetta contro.

"Tu, resta. Tu..." Imogen si girò verso Nolan. "Vattene."

"Ma volevo mangiare qualcosa..."

"Vai a farlo sul ponte. Ci sono dei tavoli anche lì."

"Qui, però, c'è una vista migliore." Nolan le rivolse un sorriso pigro che per poco non la fece sciogliere. Imogen gli rispose stringendo gli occhi.

"Hai dimenticato quanto sono veloce nel lanciare oggetti affilati?" Agitò la forchetta.

"E va bene, va bene. Me ne vado. È chiaro che una certa persona qui si è svegliata di cattivo umore."

"Non mi piace parlare prima di aver bevuto il caffè." Non era del tutto vero, ma era una scusa semplice, e Imogen aspettò mentre Nolan si riempiva il piatto di cibo per poi andarsene con un'espressione indignata che fece ridacchiare Bianca.

"Beh, *quello* è stato interessante," Bianca sbatté le ciglia guardando Imogen.

"Non lo è stato affatto." Imogen si sedette e bevve un bel sorso di caffè, risollevandosi immediatamente l'animo.

"Ne sei sicura? Secondo me è stata un'interazione davvero affascinante," rispose Bianca canticchiando.

"Sai una cosa, Bianca?" Imogen tagliò con cura un pezzo di toast e lo infilzò con la forchetta. "Stavo iniziando a pensare che mi sarebbe piaciuto avere un'amica."

"Oh, non te la prendere." Bianca batté la mano sul tavolo e scoppiò in una risata fragorosa. "È proprio questo che fanno le amiche, sai? Si confidano l'una con l'altra. E, a dire il vero, secondo me le cose si stanno riscaldando tra te e il Signor Fae Brontolone."

A Imogen andò di traverso il boccone di cibo e Bianca si chinò coraggiosamente in avanti per darle qualche pacca sulla spalla mentre la prima ansimava cercando di respirare. Quando finalmente riuscì a deglutire, guardò Bianca con gli occhi lucidi per le lacrime.

"Come, scusa? L'hai chiamato Signor Fae Brontolone?"

"Mi è venuto spontaneo. È un soprannome adatto a lui, vero? O forse dovremmo dargliene uno diverso?"

"No, no, mi piace." Imogen si sorprese quando le sfuggì una risatina. "È così... Oh, lo detesterà."

"Meglio così. Non riesco a decidere chi sia il più bacchettone tra voi due."

"Io? Cosa c'è, non sei più comprensiva ora che sto imparando in fretta? Che sto cercando di accettare queste stupidaggini sui Fae e sulla magia arcana? Adesso sono io quella bacchettona? Non è affatto giusto," si lamentò Imogen e diede un altro morso al toast. Oh, quell'uomo era davvero un ottimo cuoco.

"Certo, capisco che sia un po' difficile da assimilare." Bianca si sporse verso di lei e le diede un colpetto sul braccio. "Tuttavia, ciò non ti rende meno bacchettona."

"Non sono..." Imogen intravide il segno dell'acqua sotto il bicchiere di Bianca sul tavolo. "Ehi, non hai mai sentito parlare dei sottobicchieri?"

"Vedi?!" Bianca le sorrise raggiante e asciugò frettolosamente le gocce d'acqua.

"Non sono... È solo che..." Imogen sospirò. "Non ho molto in questo mondo. E la banca possiede ancora una parte di questa barca. È veramente importante per me."

"Ti capisco. Anch'io non avevo molto durante l'infanzia, ma non è di quello che sto parlando. Se continuerai a essere così tesa, Imogen, finirai per spezzarti. Hai bisogno di sfogarti un po'."

"E come?" Imogen non riusciva davvero a capire come facesse Bianca a essere così tranquilla. Con quei Fae oscuri che cercavano di ucciderli, poi... "Stiamo vivendo le stesse cose o no? Per esempio... quei Fae che cercano costantemente di farci fuori?"

"Certo, è una bella seccatura, non credi? Tuttavia, devi anche imparare a divertirti un po' comunque."

"'Una bella seccatura'..." Imogen sgranò gli occhi osservando attentamente la donna seduta di fronte a lei. Forse si era fatta un'impressione completamente errata di Bianca. Forse era semplicemente pazza. "Degli esseri magici con coltelli affilati e una poltiglia argentata al posto del sangue sono solo... 'una bella seccatura'? E allora i moscerini cosa sarebbero per te? Amici? Migliori amici? Compagni di coccole?”

Bianca ridacchiò e bevve un sorso di caffè.

“Va bene, lo ammetto: la mia normalità con il tempo è diventata completamente diversa da quella di chiunque altro. E no, non sto sminuendo la serietà della nostra missione. In ogni caso, devi... ehm, rilassarti un po’. Tra un attacco dei Fae assassini e l’altro.”

“Non saprei nemmeno da dove iniziare.” Imogen sospirò. “Dallo yoga, per esempio?”

“Stavo pensando che del sesso bollente con il Signor Fae Brontolone sarebbe la cosa migliore per entrambi.”

“Bianca!” Imogen spalancò la bocca e proprio in quel momento qualcuno si schiarì la gola dietro di lei.

“Mi hai appena chiamato ‘Signor Fae Brontolone’?” chiese Nolan, e Imogen arrossì per l’imbarazzo. Avrebbe preferito trovarsi davanti un Fae oscuro piuttosto che vedere Nolan in quel momento.

“È perfetto per te.” Bianca alzò una spalla con un’espressione impertinente sul viso.

“Donne...” Nolan uscì dalla cambusa sbattendo la porta e borbottando sottovoce.

“Bianca...” sibilò Imogen. Era sicura che sarebbe morta per la vergogna.

“Vedi? Dovete rilassarvi entrambi. E io stavo semplicemente suggerendo un modo perfetto per farlo.”

“Trovane un altro,” ribatté Imogen a denti stretti.

“E va bene. Andiamo a fare una passeggiata.”

“Una passeggiata?” le domandò Imogen.

“Certo. Gli altri possono fare la guardia alla barca. Non pensi che dovremmo conoscere bene il posto?

Cercare qualche indizio o scoprire se ci sono dei Domnua in giro?"

"E questa per te sarebbe un'attività rilassante?"

"No, però io sono già rilassata perché stamattina il mio Seamus mi ha venerata come la dea che sono." Bianca sorrise allegramente quando Imogen si coprì il viso con le mani.

"Non c'era bisogno che me lo dicessi."

"Sai... Non pensavo fossi una bacchettona."

"Non sono una... Per tutti i folletti!"

CAPITOLO DICIOTTO

Nolan guardava in cagnesco l'acqua dalla parte posteriore della barca, cercando di ignorare la sua voglia di possedere Imogen e sentirla vicina. Il desiderio che provava nei suoi confronti gli scorreva potente nelle vene, il che lo faceva infuriare ulteriormente. Più si avvicinava il momento in cui avrebbero trovato Lily, più diventava fondamentale che non si lasciasse distrarre. E Imogen era un'enorme distrazione, in tutto e per tutto.

Aveva un aspetto... Nolan strinse il pugno intorno alla tazza di caffè così forte che si sorprese quando non si ruppe tra le sue mani. Quando era uscita dalla cabina con i capelli bagnati che le ricadevano a riccioli selvaggi sulla pelle umida aveva quasi allungato le mani per toccarla, preso dal desiderio disperato di spingerla contro la porta della sua camera e assaporare le sue dolci labbra. Certo, lei non gli aveva mai rivolto delle parole dolci, tuttavia era certo che un suo bacio lo sarebbe stato. Nolan imprecò a lungo e a bassa voce e socchiuse gli occhi in allerta, notando un movimento nell'acqua.

Era solo un pesce affiorato in superficie per raccogliere un pezzo di alga che galleggiava. E pensare che era stato sul punto di lanciare un incantesimo contro il poveretto. Nolan sospirò e si voltò, osservando il porto di Kilronan. L'aveva chiamato 'Signor Fae Brontolone'... Lo era davvero? Oh sì, e in quel momento era anche incredibilmente teso, ma chi non lo sarebbe stato? Una delle donne più tenere che conoscesse era tenuta prigioniera, ed era suo compito dare una mano per salvarla. Era normale essere agitati in una situazione del genere... Nolan sollevò lo sguardo quando un fischio allegro attirò la sua attenzione.

Seamus avanzava con passo tranquillo verso la poppa, indossando un cappello di lana blu calato sui capelli rossi. Gli brillarono gli occhi quando vide Nolan.

"Quel french toast era fantastico, amico. Grazie per aver cucinato."

"Come mai sei così felice?" gli chiese Nolan, quasi ringhiando.

"È solo che..." Seamus strinse gli occhi osservando il volto di Nolan. "C'è il sole, ho mangiato divinamente e sono sicuro che oggi faremo dei progressi nel trovare Lily. Va tutto bene, non credi?"

"E la tua donna ha soddisfatto i tuoi bisogni," precisò Nolan.

"Anche quello, sì. Tuttavia, mi piace pensare di aver aiutato a soddisfare i suoi," rispose Seamus sorridendo, prima di spostarsi verso il bordo della barca e scrutare l'acqua.

"Ecco perché le coppie non dovrebbero partecipare alle missioni. Rovinano l'atmosfera."

"Dici? A quanto pare siamo stati piuttosto utili nella

missione più importante di tutta la storia dei Fae, nel caso te ne fossi dimenticato." Seamus si voltò e guardò Nolan inarcando un sopracciglio.

Lui fece una smorfia. Non aveva tutti i torti.

"Sono solo..."

"Scorbutico? Così ho sentito."

"Credo che abbiano usato la parola 'brontolone'. Ascolta, secondo te dovremmo andare a farci un giro? Controllare un po' i dintorni?"

"Penso che le ragazze avessero proprio quello in programma. Ah, eccole qui." Seamus sorrise raggiante quando le donne li raggiunsero sul ponte e baciò Bianca sulle labbra. Nolan distolse lo sguardo e osservò il porto silenzioso. Per qualche motivo, le loro effusioni disinvolte lo irritavano.

"Stiamo andando a fare due passi," disse Imogen. "Posso contare su di te per difendere la mia barca?"

"Certo. La proteggerò con la mia stessa vita." Seamus le fece un mezzo inchino.

"Lo farà davvero," annuì Bianca rivolgendosi a Imogen. "Sa quanto è importante per te."

"Non potete... Non vai con loro?" Nolan si voltò verso Seamus, arrabbiato. "Le lascerai andare in giro senza una protezione?"

"Siamo in grado di proteggerci da sole, no?" chiese Bianca posando le mani sui fianchi. Con quei codini e il maglioncino dal colore acceso, sembrava a malapena grande abbastanza da poter guidare una macchina.

"Non andrete in giro da sole. Non ve lo permetterò."

"Io..." iniziò a dire Seamus, ma si interruppe quando Nolan fece un passo deciso in avanti.

"Le accompagnerò io."

"Davvero? Non ricordo di averti invitato," gli sibilò Imogen. Si era infilata un maglioncino verde smeraldo sulla canotta sottile bianca che indossava prima, lasciando però i capelli sciolti, molto probabilmente per farli asciugare, e in quel momento risaltavano come la luce di un faro contro il colore dell'indumento. La sua chioma era selvaggia, come un incendio fuori controllo, e delle ciocche sferzavano il suo viso, mosse dal vento. Nolan voleva affondare le dita tra i suoi capelli e sentire il loro calore: di certo dei ricci di quel colore non avrebbero potuto essere freddi al tatto.

"Forse camminare un po' gli farà bene," decise Bianca. "Non mi sembra un uomo abituato a restare imprigionato su una barca."

"Non sarebbe certo rimasto imprigionato," disse Imogen corrugando la fronte. "La barca si muove e ti porta dove vuoi."

"Sai cosa intendo," rispose Bianca dolcemente. "Nolan, puoi unirti a noi se ti va. Volevamo semplicemente sgranchirci un po' le gambe ed esplorare i dintorni."

"Non credo sia l'attività rilassante a cui mi volevo dedicare," mormorò sottovoce Imogen, poi si fermò davanti a Seamus. "La difenderai?"

"Come se fosse mia, capitano!" Seamus le rivolse un saluto militare e Imogen alzò gli occhi al cielo, sorridendo.

"È una bella giornata, vero?" disse Bianca in un tono allegro mentre attraversavano il molo principale. Il timore di non trovare posto si era rivelato infondato: in quel momento, soltanto il traghetto era ormeggiato lungo la banchina, dove alcuni passeggeri gironzolavano in attesa della partenza. L'alta stagione non era ancora iniziata, probabilmente si effettuavano meno traversate tra l'isola e la baia di Galway.

"Già, non è male come inizio di primavera. È bello non avere la pioggia battente," convenne Imogen. "Avete le stagioni nel regno dei Fae?"

La domanda di Imogen interruppe i pensieri di Nolan, che le lanciò un'occhiata interrogativa.

"Stagioni?"

"Sai, l'autunno, l'inverno..."

"Ah, ho capito. Scusa, stavo pensando ad altro." Raggiunsero la fine del molo e girarono a sinistra, seguendo una strada che portava a un paese piccolo, molto più piccolo di Grace's Cove, con alcuni incantevoli edifici in pietra. "Sì, viviamo gran parte del mondo naturale come fate voi, ed è per questo che governiamo sui Fae degli Elementi."

"Certo. Scusami." Imogen arrossì.

"Non devi scusarti. Immagino che tu voglia sapere parecchie cose sui Fae. Anche noi siamo curiosi di scoprire il mondo degli umani."

"Per esempio?" Imogen lo guardò inarcando un sopracciglio mentre raggiungevano la cima di una collina e si fermavano davanti a un pub dall'aspetto accogliente. Un vecchietto con una coppola in testa era seduto su una panchina vicino alla porta.

"La televisione... Non capisco quei programmi che guardate di continuo, né perché preferiate tornare a casa a vedere persone interagire sullo schermo invece di uscire nel mondo reale e parlare davvero con gli altri."

"Ehm..." Imogen arricciò il naso in modo adorabile, come faceva sempre quando si concentrava su qualcosa. Quel gesto gli fece venir voglia di chinarsi su di lei e baciarla.

"Credo che a volte, quando il nostro lavoro ci costringe a parlare con le persone tutto il giorno, desideriamo semplicemente un po' di intrattenimento che non ci obblighi a consumare altre energie."

"Ma se state tutto il giorno insieme alle persone, perché ne guardate altre sullo schermo?" le domandò Nolan.

"Non ci ho mai pensato seriamente," rise Bianca, poi rivolse un sorriso all'uomo anziano, che stava pressando del tabacco in una pipa di legno intagliato che teneva nella mano nodosa. "Buongiorno."

"Lá maith," li salutò lui con un cenno del capo.

"Parla solo l'irlandese?" gli chiese Bianca.

"Parlo diverse lingue." Un sorriso si allargò sul viso rugoso dell'uomo. "Tuttavia, preferisco parlare in irlandese con i turisti per preservare la nostra antica lingua."

"An bhfaca tú aon rud aisteach?" gli domandò Nolan. Imogen sembrava sorpresa nel sentirlo parlare e lui si chiese perché. Era un Fae irlandese, dopotutto.

"Sea, tá agam." L'uomo annuì e sfregò un fiammifero contro la parete di pietra del pub prima di accendersi la pipa e tirare qualche boccata di fumo. Il dolce profumo del tabacco si diffuse nell'aria e Nolan pensò a suo nonno.

"Cá háit?"

L'uomo iniziò a parlare frettolosamente e a gesticolare, e Nolan annuì mentre lo ascoltava. Sollevò lo sguardo quando Imogen si voltò a osservare il pub. Si chiamava semplicemente 'The Bar' e sembrava un posto piacevole in cui incontrarsi quando faceva più caldo. Il cortile era pieno di tavoli da picnic, vasi che presto si sarebbero riempiti di fiori e delle belle finestre che davano sull'oceano. Molto probabilmente era un posto adorabile per bere una pinta di birra.

Nolan affondò una mano in tasca e gli porse degli spiccioli. Il vecchio lo guardò per un attimo e poi indicò il retro del pub con il pollice.

"Andiamo."

"Che succede?" domandò Imogen, e Bianca alzò le spalle.

"Non parlo l'irlandese abbastanza bene da tradurre tutto ciò che ha detto, ma credo che potrebbero darci delle bici."

"Perché?" Imogen si bloccò davanti a una rastrelliera lunga da cui Nolan stava prendendo delle biciclette.

"Fa un po' freddo per una pedalata, non trovi?" gli chiese Bianca lanciando un'occhiata speranzosa al pub.

"Puoi restare indietro, se vuoi."

"Non esagerare. Non è certo così che funziona. Ci spostiamo tutti insieme, come una squadra, o non ci spostiamo affatto," disse Bianca avanzando verso la bici per regolare il sellino alla sua altezza.

"Che succede, Nolan?" domandò Imogen, incerta, senza muoversi.

"Ho chiesto a quell'uomo se ultimamente ha visto qualcosa di strano. È sempre utile rivolgersi agli anziani. O ai bambini. Loro vedono tutto."

"E cosa ti ha risposto?" Imogen continuò a restare immobile.

"Ha visto delle persone che pensava fossero un po' bizzarre. A quanto pare, si muovevano in modo insolito."

"Potrebbe trattarsi di qualsiasi cosa, vero?" domandò Imogen.

"No, probabilmente ha visto dei Fae." Bianca alzò una spalla. "È normale che gli umani che riescono a vedere i Fae credano che si spostino in modo veloce o strano. È perché i loro movimenti sono più fluidi. I Fae sono molto agili, gli umani invece possono risultare goffi o impacciati. Per me ha senso."

"Sono d'accordo." Nolan stava aspettando accanto a una bicicletta e i suoi occhi tempestosi erano puntati su Imogen. Il vento si alzò facendole volare i capelli sul viso, e lei prese un elastico per raccoglierli in uno chignon disordinato. Gli prudevano le mani per la voglia di toccarla.

"Non credi che dovremmo come minimo avvisare gli altri? O chiedere loro di raggiungerci?"

"È solo una missione di ricognizione," disse Nolan. "Sull'isola ci sono diversi cerchi di pietra. Voglio semplicemente andarci vicino e sentire se riesco a percepire della magia arcana."

"E se ci tendessero un agguato?" gli domandò Imogen. "Cosa faremmo? Sono certa che Seamus e Callum non ne sarebbero tanto felici."

"Il mio uomo sa che so badare a me stessa. Vedi?" Bianca sollevò il cellulare mostrando dei messaggi pieni di baci virtuali da parte di Seamus. "Per loro va bene se andiamo a esplorare i dintorni, tuttavia Callum ci ha chiesto di non entrare in nessun cerchio."

"Va bene, allora. Quindi cosa facciamo, *mavourneen*?"

Non riusciva a non godere del fuoco che le accendeva lo sguardo ogni volta che la chiamava così.

"Credo che vi aspetterò qui per vedere se succede qualcosa di strano davanti al pub."

"Magari potremmo bere una pinta al pub stasera,

sempre se non partiremo per una missione di salvataggio..."
A giudicare dal suo tono di voce, Bianca lo desiderava davvero.

"Dipenderà tutto da ciò che troveremo. È già metà pomeriggio, dunque dovremo capire se Callum vuole agire al buio oppure no. Se lei è vicina, impedirgli di cercarla sarà un'impresa."

"Non lo biasimo, vi dirò," ammise Bianca sollevando una gamba e sistemandosi in sella alla bici. "Allora, Imogen, andiamo. Non ti lasceremo qui."

Imogen abbassò lo sguardo sulla bicicletta prima di riprendere a osservare gli altri. Arrossì, e Nolan si chiese quale fosse il problema.

"Preferirei davvero aspettare qui. Potrei stare un po' con il vecchio o tornare alla barca, esplorando i dintorni a piedi."

"Non dirmi che hai paura di andare in bici!" Nolan inarcò un sopracciglio, provocandola deliberatamente. Come poteva temere una cosa del genere? Il capitano di una barca poteva essere tante cose, eccetto una persona fifona.

"Ma certo!" Bianca sembrò capire il dilemma di Imogen. "Andiamo, Nolan. L'hai sentita, ha avuto un'infanzia difficile. Non puoi dare per scontato che tutti sappiano andare in bici."

Nolan sembrò subito dispiaciuto e fece un passo in avanti prima di allontanare la bicicletta da Imogen, poi la prese per mano e la trascinò verso la sua.

"Scusa, non ci avevo pensato. Ecco, vedi questi due piolini?" Nolan indicò un punto in basso, dove due piccoli supporti spuntavano ai lati della ruota posteriore.

"Sì," rispose Imogen, era leggermente nervosa.

"Sarò io a pedalare. Tu sali in piedi su quei piolini, avvolgi le braccia attorno alle mie spalle e reggiti forte, così potrai venire con noi. Va bene?"

"Perfetto," esclamò Bianca sorridendo raggiante.

"Ehm, sì. Suppongo che possiamo..." Imogen non finì la frase che Nolan era già sulla bici dandole le spalle.

"Avanti. Sali e vedi come ti trovi."

Imogen si schiarì la gola, dopodiché allungò le mani verso le spalle di Nolan. L'uomo si sentì subito come se quel gesto fosse... giusto, come se lo completasse. Imogen si ritrasse immediatamente e Nolan non ebbe il coraggio di voltarsi a guardarla: quel tocco appena accennato l'aveva colpito così tanto da chiudergli lo stomaco.

"Puoi farcela, Imogen." Bianca le rivolse un sorriso incoraggiante.

"Sì, certo." Imogen inspirò tremando e posò di nuovo le mani sulle spalle di lui prima di salire sui piolini. Quel secondo contatto sprigionò un'altra piccola scarica di energia tra i due. "Dammi solo un momento prima di partire."

"Dammi tu il via," rispose Nolan. Gli si stava stringendo la gola. Lei si sporse in avanti fino a premere completamente il corpo contro la sua schiena e avvolse le braccia intorno alle sue spalle. Imogen era in piedi, tuttavia Nolan era così alto che, pur essendo lui seduto, la testa della donna non superava di molto la sua. Inspirò il suo dolce profumo, un misto di fiori essiccati e sapone, e lo stomaco di Nolan sembrò fare una capriola. Dovette concentrarsi sulla strada davanti a sé e non sui morbidi seni che gli premevano contro il corpo: se avesse fatto cadere quella maledetta bicicletta e Imogen si fosse fatta male, non se lo sarebbe mai perdonato.

"Allora, squadra, siete pronti? Da che parte andiamo?" chiese Bianca.

"L'uomo ha detto che il primo cerchio è poco più avanti, a circa due chilometri da qui." Nolan indicò un punto in cui il sentiero sterrato si congiungeva a una strada asfaltata. "Ci ha assicurato che non dovremmo avere problemi con le bici, dato che il tragitto è per la maggior parte sull'asfalto."

"Meglio ancora. Brucerò alcune delle calorie del french toast." Detto ciò, Bianca partì, illuminando con il suo maglioncino rosso acceso il pomeriggio freddo e assolato. Nolan fece lo stesso, regolando rapidamente la velocità della pedalata al peso di Imogen dietro di lui. Lei non proferì parola, tuttavia strinse la presa intorno alle sue spalle, e Nolan si chiese se anche Imogen avesse sentito quella scarica di energia quando l'aveva toccato la prima volta.

Forse l'aveva percepita solo lui. E andava bene così, si ripeté mentre raggiungevano Bianca e mantenevano un'andatura regolare lungo la strada. Si era ripromesso di restare concentrato durante la missione, ma non ci stava riuscendo affatto.

"Questa velocità va bene per te?" domandò Nolan voltando leggermente la testa per farsi sentire da Imogen. Il vento soffiava un po' più forte e gli sferzava il viso, ricordandogli al tempo stesso di restare all'erta.

Il pugnale di un Fae oscuro l'avrebbe indubbiamente ferito molto più di una brezza fredda.

"Non è così male come pensavo." Nolan sentì la voce calda di Imogen nelle orecchie e immaginò subito come sarebbe stato svegliarsi accanto a lei che gli sussurrava parole seducenti. Un'ondata di desiderio lo travolse, seguita dall'irritazione. Se non riusciva nemmeno a controllare le proprie reazioni alla presenza di una donna, come poteva sperare di controllare i suoi poteri quando sarebbe arrivato il momento della battaglia? Avrebbe dovuto ricomporsi prima di rischiare di deludere Callum.

Invece di rispondere, Nolan continuò a pedalare in silenzio, scrutando costantemente il paesaggio che li circondava. La strada era costeggiata da muretti di pietra bassa, di quelli che sembravano costruiti a caso con pietre di varie dimensioni incastrate tra loro. Da un lato, le colline si estendevano in dolci pendii di un colore tra il verde e il marrone; dall'altro, era come se il mondo finisse nelle acque gelide sovrastate dalle scogliere. Nolan si chiese se i Fae dell'acqua li stessero osservando.

"Lì ce n'è uno!" Bianca rallentò e indicò un punto in cui delle grandi pietre distanziate l'una dall'altra formavano un cerchio. Nolan esaminò la struttura con la propria magia, ma vi trovò solo una quantità minima di energia dalla natura pagana. Non aveva a che fare con i Fae oscuri, quindi scosse la testa e fece segno a Bianca di procedere.

"Come fai a esserne sicuro?" gli domandò Imogen. Nolan sentì la voce della donna vicina al suo collo.

"La magia dei Fae oscuri è come... il catrame. Credo sia questo il modo migliore per descriverla. Lascia una specie di residuo appiccicoso. La nostra magia scorre insieme all'energia universale, la loro no."

"Riesci a sentirla senza problemi?"

"Io sì, gli altri no. Dipende anche dal tipo di magia. Non riesco sempre ad avvertire la loro presenza immediata, come quando si sono intrufolati sulla barca l'altra notte, tuttavia posso sentire se hanno lanciato un incantesimo su una determinata zona. Non c'è molta coerenza, ed è proprio così che siamo noi Fae, sia quelli del buio che quelli della luce."

"Siete mutevoli," mormorò Imogen.

"Esatto. Questo ci aiuta a restare il più possibile invisibili. La prevedibilità è pericolosa."

CAPITOLO DICIANNOVE

Il sangue ribolliva nelle vene di Imogen e si sentiva come collegata a una presa di corrente, come dopo troppo caffè. In un certo senso, desiderava saltellare allegramente su quei pioli, eppure non c'era alcun modo di sfogare l'energia che si agitava dentro di lei. Se doveva essere sincera, era stato il gesto di avvolgere le braccia intorno al corpo di Nolan a causare quell'improvvisa ondata di vitalità. Tuttavia, Imogen non era dell'umore adatto per riflettere a fondo sulla situazione, quindi attribuì l'euforia al suo primo giro in bici. Beh, a dire il vero non era lei a pedalare, ma non poteva in realtà negarlo: stringersi a Nolan era di per sé elettrizzante, e Imogen iniziò a fischiettare felicemente. Era strano che fosse contenta, dato che avrebbero potuto subire un agguato da un momento all'altro? Forse sì, lo era davvero.

Imogen era sempre stata una donna in grado di cogliere l'attimo. In tutta onestà, non aveva mai avuto abbastanza tempo da preoccuparsi per il futuro, essendo troppo occupata a sbarcare il lunario nel presente. Vivere in quel modo le rendeva più semplice apprezzare i piccoli momenti quotidiani che le davano gioia, invece di pensare a ciò che sarebbe successo l'indomani e a una sorta di felicità irraggiungibile, sempre lontana, all'orizzonte. Una volta aveva letto che i popoli nomadi provavano dei sentimenti simili. Secondo l'articolo, quelle genti si fermavano raramente a riflettere se fossero contente o no. Vivevano e basta. Esistevano. Si alzavano, cercavano del cibo, costruivano dei rifugi e si spostavano in posti nuovi. Non contemplavano affatto l'idea di doversi preoccupare della propria felicità. Imogen si era riconosciuta profondamente in quelle parole, perché rispecchiavano appieno la sua vita. Lavorava per vivere e viveva per lavorare, con attimi di leggerezza rubati quando le era possibile. Non era male come vita, pensò, benché probabilmente fosse diversa da quella della maggior parte delle persone.

"Cosa stai cantando?" sbottò Nolan, interrompendo bruscamente i suoi pensieri.

"Ehm..." Cosa stava cantando? Una melodia le era sfuggita dalle labbra, come quando si risvegliava da un sogno e cercava di non perdere il filo della storia mentre era ancora mezza addormentata. "Non... Non saprei. Mi dispiace. Stavo fantasticando un po', credo."

"Hai detto che l'amore è un oceano, forza travolgente e cura silenziosa."

"Davvero?"

"Sì." Imogen sentì le parole di Nolan vibrare attraverso la schiena, su cui premeva il petto, e la cosa la fece indispettire in un modo che non riusciva a spiegare. "Non credevo sapessi l'irlandese."

"Non lo so," rise Imogen.

"Stavi parlando in irlandese solo pochi secondi fa. Anzi, stavi cantando in quella lingua."

"Ah sì? Beh, non è incredibile?" Imogen si guardò intorno chiedendosi se ci fosse qualcosa che non andava. Non era mica finita vittima di un incantesimo?

"Guardate!" esclamò Bianca, indicando un enorme muro di pietra dalla forma circolare.

"Oh, questo sì che è un cerchio di pietra," disse Imogen. "Somiglia a un forte. Voglio dire..."

"Sono qui." La voce di Nolan la fece rabbrividire e l'uomo emise un fischio acuto rivolto a Bianca, che si fermò immediatamente affinché lui potesse raggiungerla. Nolan frenò e Imogen smontò: una brezza fredda la colpì, facendole sentire immediatamente la mancanza del suo corpo caldo.

"Cos'è questo posto?" domandò voltandosi a osservare il muro di pietre ammassate che formavano un cerchio gigantesco. I resti di un vero e proprio forte. Era così alto che Imogen non riusciva a vederne la sommità dal punto in cui si trovavano sulla strada.

"Si chiama Dún Eochla," spiegò Bianca. Era davanti a una piccola targa sul ciglio della strada. "È un forte che risale al 500 dopo Cristo circa, probabilmente usato come dimora da una sorta di famiglia allargata o da una piccola comunità."

"È stupendo," disse Imogen avvicinandosi. C'era qualcosa di davvero intrigante in quella bella struttura, con le pietre grigie in contrasto con il cielo azzurro invernale. Iniziò a camminare, aveva bisogno di vedere dell'altro.

"Aspetta solo un istante..." Nolan afferrò la parte posteriore del suo maglioncino, attirandola a sé. L'attrazione che provava per lui superò immediatamente quella che sentiva provenire dal forte e Imogen si voltò a guardarlo, sbattendo le palpebre in preda alla confusione. "Ci andremo insieme."

"Vi ricordo che il principe ci ha vietato di entrare nei cerchi di pietra," disse Bianca incamminandosi lungo il sentiero che risaliva la collina verso il forte. "Quindi questa è solo una breve missione di esplorazione."

"Cosa dovremmo cercare esattamente?" Imogen avanzava accanto a Bianca, mentre il suo cuore batteva sempre più forte, inerpicandosi sulla salita piuttosto ripida. Strategica come posizione, pensò: da lì, sarebbe stato facile controllare eventuali minacce provenienti da tutti i lati.

"In sostanza, voglio capire il tipo di energia presente qui, dato che i nostri fratelli oscuri sono astuti nei giorni buoni e completamente folli in quelli cattivi. Dovrò verificare se è qui che potrebbero tenere prigioniera Lily, oppure..." Nolan non terminò la frase e il vento iniziò a soffiare con più violenza, rallentandoli.

"Oppure se si tratta di un agguato?" gli domandò Bianca. Aveva già il pugnale in mano.

Imogen la imitò estraendo la sua arma preferita dalla tasca e si fermò a osservare il varco che fungeva da porta nel muro di pietra. Avrebbe giurato di aver visto una sorta di bagliore provenire dall'interno del forte circolare, quindi affrettò il passo, quasi travolgendo Bianca mentre le passava accanto lungo il sentiero.

"Imogen, aspetta! Non puoi correre davanti a noi," ansimò Bianca, che cercava di stare al passo con le sue falcate. "Non hai idea di cosa si trovi dall'altra parte di quelle mura."

"Devo solo vedere..." insistette Imogen. Si sentiva come

se una corda la stesse letteralmente trascinando verso il forte. Non riusciva a spiegarlo bene, eppure la struttura la chiamò appena lei lasciò andare Nolan. Sentiva che avrebbe smesso di respirare se non avesse raggiunto il forte e iniziò a correre sui gradini di pietra. Era quasi arrivata alle mura quando Nolan la raggiunse e le cinse bruscamente la vita con un braccio.

"Cosa diavolo stai facendo?" le sibilò l'uomo all'orecchio. "Sei impazzita? Hai perso completamente il senno? Non ci hai sentiti gridare?"

"Stavate gridando?" chiese Imogen. Ora, nuovamente tra le braccia di Nolan, non si sentiva più magneticamente attirata dal forte. Sbatté le palpebre osservandolo con un'aria stanca. Era incredibilmente confusa.

"I tuoi occhi..." sussurrò Nolan, e Bianca si fermò immediatamente al loro fianco.

"Oh, Imogen. Cosa ti sta succedendo, cara?" le domandò la donna sollevando il pugnale davanti a sé. "I tuoi occhi sono stranissimi. C'è qualcosa che dovresti dirci?"

"Cosa intendi con 'stranissimi'? Non capisco." Imogen guardò prima Nolan e poi Bianca. Entrambi la stavano scrutando cautamente.

"Ehm, beh... Brillano un po'. Di una luce argentea, a dire il vero." Bianca si schiarì la gola. "In tutta onestà, però, hanno normalmente quel colore quasi argenteo, grigio-azzurrognolo."

Nolan si prese un istante per fissare Bianca in silenzio.

"Non so davvero di cosa tu stia parlando," disse Imogen. Le stava venendo la nausea e il bisogno sempre più intenso di entrare nel forte iniziava a impedirle di pensare in modo razionale. "Devo... C'è qualcosa là dentro. Dobbiamo entrare."

"Non possiamo. Callum ci ha vietato di farlo, ricordi?" sibilò Bianca posando le mani sui fianchi, come se stesse sgridando un bambino.

"I Fae oscuri la stanno attirando. Per qualche motivo, dev'essere suscettibile al loro richiamo." Nolan fece un cenno verso Bianca. "Potresti trattenerla mentre io vado a controllare?"

"Certo. Sono minuta, ma forte," rispose lei allegramente, prendendo a braccetto Imogen e stringendola a sé. "Io e te resteremo qui, amica. Nolan, invece, andrà a fare una piccola ricognizione. Va bene?"

Non appena l'uomo si allontanò da lei, l'impulso di seguirlo divenne quasi invalidante e Imogen si piegò in avanti, ansimando nel tentativo di resistere.

"Ho bisogno di..." disse. "Devo..."

"Per le scogliere di Moher!" esclamò Bianca, e Imogen sollevò lo sguardo proprio quando Nolan urlò. Una luce brillò e il suo corpo venne inghiottito dal varco nelle mura del forte come se fosse un pelucchio risucchiato da un aspirapolvere. Bianca lasciò andare il braccio di Imogen e si lanciò all'inseguimento di Nolan.

Imogen doveva riconoscerlo: quella donna era impavida.

"Maledizione," strillò Bianca, sbattendo contro una specie di muro invisibile così forte che cadde a terra urtando il sedere. Si strofinò la testa guardando torva verso il passaggio aperto. "L'hanno stregato con la magia arcana."

"Riesci a vedere Nolan?" domandò Imogen, chinandosi per aiutarla ad alzarsi nonostante la voglia irrefrenabile di correre attraverso il varco e rispondere a qualunque cosa la stesse spingendo ad andare in quella direzione.

"Eccolo!" urlò Bianca indicando il punto in cui Nolan si era materializzato su un basamento di pietra costruito al centro dell'ampio spiazzo racchiuso dalle mura. Era circondato da tre file di Domnua dal bagliore argentato. Imogen si immobilizzò, e nel frattempo Nolan lanciava degli incantesimi arcani abbattendo la prima fila di Fae oscuri, tuttavia altri continuavano ad arrivare. Quando fece per usare di nuovo la magia, però, scosse la testa e abbassò lo sguardo sulle proprie mani, confuso.

"C'è qualcosa che non va," disse Imogen. Le emozioni caotiche che si agitavano dentro di lei la spinsero a camminare in avanti.

"I suoi poteri non funzionano. Adesso ha solo il pugnale. Oh... Cosa sta succedendo? Perché non riesce a lanciare incantesimi? Fa parte della Corte Reale!" gridò Bianca accanto a lei.

Imogen sentì appena la voce della donna, poi più nulla, mentre attraversava senza problemi la barriera magica che aveva bloccato l'ingresso a Bianca. Era quasi come un tuffo in acqua, non le fece male né la rallentò. Proseguì con passo deciso, quasi in trance, e le grida di Bianca si facevano ovattate dietro il muro di magia arcana che circondava il forte. I Domnua si arrampicarono sul basamento accerchiando Nolan: l'uomo abbatté uno di loro prima di voltarsi e colpire un altro alle gambe con un agile calcio, facendolo cadere. Nolan girò su se stesso e assunse l'espressione di una persona consapevole di stare per morire, ma decisa a non arrendersi senza lottare. I Domnua erano sempre più vicini, sembravano aver capito che aveva perso i poteri, e un urlo si levò tra le fila dei Fae oscuri.

Nolan si voltò, con il viso rivolto verso l'ingresso e facendo qualche passo indietro, fino al limite del basamento, dopodiché prese la rincorsa e saltò più lontano che poteva, atterrando quasi dall'altra parte dei nemici. Sbatté le teste di due Domnua l'una contro l'altra, con un tonfo sordo e nauseante, poi riprese a fuggire verso l'uscita.

Eppure non bastava, era davvero in difficoltà. I Domnua erano troppi. Il cuore di Imogen iniziò a batterle in gola, ma corse verso di lui. Nolan sgranò gli occhi per la sorpresa quando la vide prima di infuriarsi. Imogen sapeva di non avere tempo, quindi, senza nemmeno capire bene cosa stesse facendo, lo afferrò per le mani e iniziò a correre verso il varco, trascinandolo con sé. I Domnua erano alle loro calcagna.

Imogen si voltò e aprì la bocca, intonando involontariamente la melodia che aveva canticchiato in sella alla bici, che riecheggiò potente in tutto il cerchio di pietra. Nolan si bloccò immediatamente e l'attirò a sé, stringendola tra le braccia, osservandola a bocca aperta. Il tempo si fermò per qualche istante, finché l'uomo non si riprese bruscamente e i due corsero a perdifiato prima di urtare contro lo stesso muro invisibile che aveva impedito a Bianca di passare. Imogen, però, non si arrese, trascinandolo con sé attraverso la barriera, rifiutandosi di lasciar andare le sue mani, anche se la forza dell'impatto e dello sforzo fu tale da farle male alle braccia. Ruzzolarono al di là della barriera, cadendo rovinosamente a terra l'uno sull'altra. Imogen emise un gemito per il colpo subito.

Nolan saltò su molto più rapidamente di lei e si voltò verso l'entrata del forte.

"Se ne sono andati," disse Bianca con voce tremante, accovacciandosi accanto a Imogen. "Ehi. Stai bene? Fammi vedere i tuoi occhi."

"Sì, credo di sì..." rispose Imogen muovendosi con cautela. Non sembrava avere qualcosa di rotto, e lo strano impulso che aveva sentito all'interno del forte era scomparso. Nolan torreggiava su di lei, e un'espressione adirata alterava il suo bel viso.

"Cosa diavolo ti è preso?"

"Ti stavo salvando la pelle, ecco cosa mi è preso," rispose Imogen scattando in piedi e pulendosi le mani sporche di terra sui pantaloni.

"E come, esattamente?" Nolan sollevò le braccia. "Non hai dei poteri magici."

"Neanche tu, a quanto pare," ribatté Imogen. L'espressione di Nolan si fece più rigida e le diede le spalle prima di avviarsi verso le bici con passi pesanti.

"Che donna stupida. Che melodia stupida," borbottò.

"Allora... Dobbiamo capire parecchie cose," disse Bianca girandosi e lanciando un'occhiata al forte. Allungò una mano e la strofinò contro il punto in cui si trovava la barriera invisibile: era svanita. "Interessante."

"Che *uomo* stupido. Pensa di poter salvare il mondo. È riuscito a malapena a uscire vivo da lì," mormorò Imogen allungando le braccia e assicurandosi di non essersi fatta male durante quella piccola caduta.

"A dire il vero, se la stava cavando alla grande anche da solo e senza la magia," puntualizzò Bianca, ma chiuse la bocca quando Imogen la guardò in cagnesco. "Allora, come mai ti brillano gli occhi?"

"Devi dirmelo tu. Io sono nuova in questo mondo fatto di magia arcana, caos e qualunque altra cosa stia succedendo."

"Perché non ne parliamo dopo essere tornate al sicuro sulla barca? Darò un'occhiata a quel libro che Callum è stato così gentile da regalarmi. Potrei trovarci qualche informazione utile."

"D'accordo. Io, invece, farò del mio meglio per non strangolare il Signor Fae Brontolone."

"Certo. Ora sarà ancora più brontolone, non credi?" disse Bianca con tono cupo.

"Sto iniziando a pensare che lo sia normalmente."

"Sai cosa potresti fare per cambiarlo?"

"Taci..." Imogen si bloccò mentre Bianca iniziava a scendere dalla collina, poi si voltò e guardò attraverso il varco del forte. Il suo cuore batteva all'impazzata.

Quell'uomo, quello che di solito vedeva nell'acqua, era in piedi sul basamento di pietra, dove poco prima lottava Nolan. Rivolse un sorrisetto a Imogen e le fece cenno di avvicinarsi con un dito.

Vieni da me, mia cara.

Così com'era successo poco prima, la donna sentiva l'impulso di correre verso il forte per ottenere più informazioni possibili da quell'uomo. Da quel Fae. Per esempio, perché aveva cercato di rapirla? Perché l'aveva sempre seguita? Cosa voleva da lei? Era una voglia così forte che Imogen avanzò di un paio di passi prima che la presa della mano di Bianca sul suo polso la riportasse bruscamente alla realtà.

"Ehi... Stai bene? Non mi hai sentita?" Gli occhi azzurri di Bianca, carichi di preoccupazione, fissarono i suoi.

"Oh, scusa. Stavo solo..." Imogen indicò il basamento: non c'era più nessuno. "Avevo solo bisogno di un secondo per riprendermi, credo. È stato tutto piuttosto intenso."

"Beh, ti riprenderai quando saremo di nuovo al sicuro sulla barca. Questa volta abbiamo vinto, tuttavia non è affatto finita qui. Non c'è un attimo da perdere."

"Va bene, scusa."

Iniziarono a scendere lungo il sentiero e Imogen lanciò un'altra occhiata alle proprie spalle, ma il forte, completamente disabitato, restava vuoto, a eccezione di un singolo gabbiano che volteggiava in cerchi nel vento gelido che sferzava le colline.

Era solo, proprio come lo era stata lei per tutta la vita, pensò Imogen.

CAPITOLO VENTI

Callum stava camminando su e giù per il ponte, furibondo. Si fermò solo quando tornarono alla barca. I pochi astanti sul molo continuavano a lanciargli sguardi preoccupati, e Imogen non li biasimava. L'aspetto attraente e austero del principe dei Fae e la sua espressione omicida sarebbero bastati a far scappare anche i più audaci.

"Non vi avevo detto di non entrare nei cerchi?" urlò Callum prima ancora che arrivassero a metà della banchina.

Imogen non era *affatto* dell'umore giusto per sentirlo. Aveva dovuto sopportare il viaggio di ritorno chiusa in un silenzio doloroso e voleva soltanto del whiskey e un pasto caldo, in quell'ordine. Non le interessava ascoltare la predica di qualcuno a cui non doveva obbedire, quindi lo superò e diede tranquillamente la colpa a Nolan, il che valse quasi l'espressione sorpresa di Callum.

"È stato Nolan a farlo. Io l'ho semplicemente seguito per salvargli quella pellaccia."

"Non dire cavolate," protestò Nolan. Lei gli mostrò immediatamente il dito medio e scomparve nella cabina di comando prima di raggiungere la propria stanza, che chiuse a chiave alle sue spalle. Entrò subito in bagno e accese le lampade per guardarsi allo specchio.

I suoi occhi le sembravano normali. Certo, erano molto chiari, e sotto alcune luci sembravano più argentati che azzurri, ma non brillavano, era solo un... Imogen si raddrizzò e si avviò verso il comodino. Per quanto ne sapeva, l'unica cosa che brillava, a eccezione dello strano bagliore intorno ai Fae, era il suo anello di acquamarina. Era forse quello il motivo per cui lo facevano anche i suoi occhi? Tornò in bagno, si sporse in avanti e si guardò nuovamente allo specchio.

No, i suoi occhi non brillavano. Allora probabilmente la causa non era il gioiello. Forse la sua vita sarebbe diventata più normale se l'avesse semplicemente buttato via. Imogen si lavò le mani e il viso sporchi di terra rimuginandoci su, si domò i capelli nel modo migliore possibile e uscì dalla cabina per andare a cercare del cibo nella cambusa.

Grazie al cielo l'area relax era deserta, e Imogen si diresse verso il piccolo bar prima di tirare fuori una bottiglia di Jameson's Cask Strength, un whiskey irlandese pregiato e ad alta gradazione, poi prese un bicchiere, ce ne versò dentro un bel po' e lo bevve tutto in un solo sorso che le bruciò la gola. Imogen ripeté il gesto un'altra volta, nonostante il fastidio. Se ne versò un altro po' prima di posare la bottiglia sul tavolo ed entrare in cucina per prendere del cibo, dopotutto non voleva rischiare di cadere fuoribordo con tutto quel whiskey a stomaco vuoto.

Pur riuscendo a reggere l'alcol come ogni buon marinaio, a Imogen raramente piaceva esagerare. Si era resa conto che non solo le scioglieva le inibizioni, ma anche la lingua, il che non la faceva sentire a proprio agio. Alcuni dei suoi segreti dovevano restare nascosti, e non poteva certo rivelarli di fronte a una pinta di birra al pub.

Imogen si preparò un toast con prosciutto e formaggio, dopodiché tornò nell'area relax prima di lasciarsi cadere su una panca imbottita e sollevare le gambe. Aveva... Aveva paura. Deglutì nonostante il groppo alla gola e bevve un piccolo sorso di whiskey. Era come se fosse finita in una situazione più grande di lei, come se l'avessero catapultata in una partita di football americano e lei non sapesse che la palla doveva essere lanciata con le mani e non con i piedi. Imogen continuava a non capire perché. Il nome dello sport indicava chiaramente come doveva essere praticato, dunque gli atleti avrebbero dovuto usare i piedi... E allora perché diavolo continuavano a passarsela con le mani da un'estremità all'altra del campo?

Il whiskey iniziò a fare il proprio dovere e Imogen sentì la tensione lasciare in parte le sue spalle mentre masticava malinconicamente il toast. Prima o poi, in un modo o nell'altro, avrebbe dovuto accettare di essere legata al mondo dei Fae, per quanto la cosa non avesse davvero senso. Tuttavia, dopo gli eventi della giornata, dopo aver sentito quella spinta magica verso il forte, non poteva più negare che ci fosse qualcosa sotto.

"Ti stai deprimendo da sola?" Bianca si affacciò sulla soglia dell'area relax.

"Più o meno."

"Ti va di parlarne?" Bianca si avvicinò.

"Io..." Imogen si limitò ad alzare le spalle. "Non ne sono sicura."

"Stai pensando ai tuoi occhi che brillavano?"

"Sì, la cosa mi confonde un po', per non parlare di…" Imogen si guardò intorno per assicurarsi che non stesse arrivando nessuno. "È solo che… Ascolta, non riesco a fare a meno di chiedermi cosa mi prende, sai? Cosa sta succedendo? Adesso mi domando se, forse, sono una di loro o un altro tipo di entità. Molto probabilmente mia madre sapeva qualcosa. E mio padre, invece…?" Imogen deglutì. Non aveva il coraggio di terminare la frase.

"Forse tuo padre era un Fae? Avrebbe senso." Bianca si tamburellò un dito sulle labbra. "Non sai molto di lui, quindi potrebbe essere così. Credo che dovremmo parlarne di più."

"Dici davvero? Perché mi sento come se non potessi sopportare nient'altro a questo punto." Imogen bevve un altro sorso di whiskey.

"Se tuo padre fosse un Fae oscuro, avrebbe delle conseguenze disastrose sulla nostra missione, ma non ne sono sicura. Forse non conta niente se non sei stata allevata da quella fazione?" Bianca continuò a guardare Imogen negli occhi.

"Cavolo," sospirò Imogen.

"Già, è sicuramente un'ipotesi terribile. So che non dev'essere bello pensare a queste cose, però… Voglio dire, il Fae dell'acqua ti ha chiamata la loro regina. Forse… c'è dell'altro? Certo, so che abbiamo tutti fretta di salvare Lily, ma probabilmente stiamo saltando dei passaggi importanti della storia."

"E tu pensi seriamente di poter convincere Callum a rallentare un po' per approfondire meglio la questione? Per approfondire il mio passato?"

"No, hai ragione. È già abbastanza agitato," sospirò Bianca. "Stiamo per uscire di nuovo, credo."

"Davvero?" chiese Imogen.

"Sì, andiamo al pub. Callum vuole provare ad avere altre informazioni dal vecchio che abbiamo incontrato prima. Non vede l'ora di fare un giro intorno all'isola per verificare la presenza di altre tracce di magia arcana, o segni, o qualunque cosa potrebbe portarlo da Lily. Vuoi venire con noi?"

"No. Assolutamente no." Era vero. Imogen voleva soltanto stare sulla sua barca, possibilmente in pace, e semplicemente estraniarsi per un po'. Non avrebbe bevuto dell'altro whiskey, dato che non sarebbe stato intelligente affrontare un altro attacco di Fae da ubriaca. O forse non le sarebbe importato di aver bevuto troppo. Imogen strinse un occhio osservando attentamente la bottiglia.

"Non posso certo biasimarti, però penso davvero che dovremmo parlarne, Imogen. C'è qualcosa sotto e secondo me non potrai ignorarlo ancora a lungo."

"Ci sto provando con tutte le mie forze," disse Imogen sollevando il bicchiere verso Bianca come se volesse fare un brindisi.

"Facciamo così... Ti do questa sera per deprimerti o per qualunque cosa tu stia facendo, perché capisco che tutti a volte abbiamo bisogno di questi momenti, ma poi basta, va bene? Siamo ancora una squadra, anche se tu ne fai parte malvolentieri, quindi ci prendiamo cura gli uni degli altri. Ne potremo parlare domani in privato davanti a una tazza di caffè, e io sfoglierò il mio libro sui Fae. Forse ci troveremo delle spiegazioni utili."

"E se non volessi trovarci delle spiegazioni?" domandò Imogen staccando la crosta del sandwich e modellandola con le dita fino a farla diventare una piccola pallina compatta. Una pallina di crosta. Una crostina? Una crallina? Una pallosta? Okay, il whiskey stava decisamente facendo effetto. Imogen allontanò il bicchiere. "E se volessi soltanto essere normale?"

"Perché mai?" La risata di Bianca riempì l'area relax. "Perché vivere in un mondo ordinario quando si può avere la magia?"

E se la sua magia fosse del tipo sbagliato? Imogen non lo disse ad alta voce, eppure lo pensava da quando erano stati al forte. La sua mano si posò involontariamente sull'anello che portava in tasca e si domandò se quel presunto porta-fortuna per tutti quegli anni non fosse stato in realtà una maledizione personale.

"Buona notte," disse Imogen.

"Prima che vada, mi daresti il tuo numero?" chiese Bianca. "Così posso scriverti nel caso succeda qualcosa. O anche solo per restare in contatto con te. Non riesco a fare a meno di preoccuparmi." Bianca sollevò il telefono.

Imogen tirò fuori il cellulare dalla tasca. Lo usava soltanto per controllare le e-mail dei nuovi ospiti delle sue escursioni e ogni tanto per parlare con il suo equipaggio. Lo portava in tasca per abitudine, e in quel momento lanciò un'occhiata allo schermo per la prima volta dopo un po' di tempo.

"Ho la batteria al dieci per cento."

"Beh, allora ricaricalo."

Bianca se ne andò e Imogen controllò i messaggi, uno dei quali era di Cillian, il suo ingegnere, che voleva sapere se fosse tutto a posto. Lei gli rispose assicurandogli che stava bene, presto gli avrebbe spiegato tutto, e sì, aveva ancora un lavoro. L'ultima affermazione non lo calmò più di tanto, dal momento che l'uomo le inviò immediatamente una sfilza di messaggi, tuttavia Imogen non aveva la più pallida idea di come spiegargli cosa stesse succedendo esattamente. Poteva davvero promettergli un lavoro sulla barca durante quella stagione senza sapere nemmeno cosa sarebbe accaduto il giorno dopo? Si sentiva tremendamente in colpa, dato che teneva al proprio equipaggio, e gli chiese di essere paziente, promettendogli che gli avrebbe dato una spiegazione appena possibile. Imogen allontanò il telefono e fissò fuori dalla finestra: il sole era appena calato sotto l'orizzonte, il cielo era di un tenue colore blu notte attraversato da striature rosate. La donna prese il bicchiere, inquieta, e lanciò un'occhiata alla bottiglia prendendo in considerazione l'idea di scolarla.

E invece si voltò per poi avviarsi verso la prua. Rallentò quando arrivò sul ponte, pensando di lasciar penzolare un po' le gambe oltre il bordo. Tuttavia, si rese conto di non sentirsi più a suo agio nel suo angolino preferito e, benché quella fosse pur sempre la sua barca, decise che sarebbe stato più saggio allontanarsi dall'acqua. Tornò verso la cabina di comando e si arrampicò sulla scaletta fissata sul lato che conduceva al tetto. A volte si sedeva lì, con le braccia dietro la testa, e contemplava le stelle nel firmamento. Sembrava proprio una di quelle sere, e Imogen sospirò mentre si sdraiava sul tetto, lasciandosi cullare dal dolce dondolio della barca, rassicurante come una madre che culla il proprio bambino.

"Non dovresti bere da sola."

"Per il cielo di Dublino!" Imogen si mise a sedere e per

poco non fece cadere il bicchiere di whiskey, dopodiché lanciò un'occhiata torva a Nolan, la cui testa sbucava da vicino al bordo del tetto. "Cosa ci fai qui?"

"Pensavi davvero che ti avrei lasciata da sola sulla barca?"

"A essere sincera, sì." Imogen si portò una mano al petto e inspirò a fondo. "Ti hanno mai detto che non si fanno gli agguati alle persone?"

"Beh, diciamo solo che allora sono felice di non essere un Fae oscuro, altrimenti farti un'imboscata sarebbe un gioco da ragazzi." Nolan finì di arrampicarsi sul tetto e si lasciò cadere accanto a lei. Imogen si allontanò leggermente: aveva bisogno di un po' di spazio, o la sua vicinanza l'avrebbe confusa, proprio come succedeva ogni volta.

"Sei irritante, ma hai anche ragione. Volevo solo stare un po' da sola, credo," ammise la donna.

Nolan non disse nulla e si sporse in avanti prima di far tintinnare il proprio bicchiere di whiskey con il suo. Imogen accettò il brindisi per quello che era, ossia una scusa per come si era comportato, ciononostante non era davvero sicura di come fosse riuscita a capirlo. La tensione a cui era ancora aggrappata scivolò via grazie a lui, e anche quello era un pensiero che Imogen non sapeva bene come affrontare.

Il silenzio si prolungò per un po', e Imogen apprezzò il fatto che Nolan non fosse il tipo da riempirlo immediatamente parlando. La donna inclinò la testa all'indietro e osservò il faro di Straw Island. Aveva sempre avuto un debole per i fari. Era un marinaio e ovviamente essi erano importantissimi per navigare in sicurezza. Inoltre, Imogen aveva sempre trovato romantica l'idea di lavorare come custode di un faro e vivere lì. Era un altro modo in cui avrebbe potuto condurre un'esistenza piuttosto solitaria, rifletté, ridendo tra sé e sé.

"Ti andrebbe di dirmi a cosa stai pensando?"

"Oh, beh..." Imogen bevve un altro sorso di whiskey, poi indicò il faro. "Stavo guardando il faro e riflettendo sul fatto che quella professione mi piacerebbe. Vivrei per conto mio su un'isola, abbandonata a me stessa, e la mia unica responsabilità sarebbe mantenere accesa la luce affinché i marinai riescano a entrare nel porto."

"Non ti sentiresti sola?" le chiese Nolan.

"Non proprio. Sono abituata a stare da sola," rispose Imogen alzando una spalla.

"In che senso? Hai un equipaggio con cui lavori sulla barca, no? E porti gli ospiti a fare delle escursioni, giusto? Non sei sempre circondata da altre persone?"

Imogen si prese un momento per pensare, era perplessa. Come avrebbe potuto spiegargli che era comunque sola? Era sola con i propri segreti. Con la propria incapacità di fidarsi completamente di qualcun altro. Con la consapevolezza del fatto che nessuno avrebbe potuto amarla da adulta, se nemmeno i suoi stessi genitori erano stati in grado di volerle bene quando era piccola. Imogen deglutì con forza, scuotendo la testa e tornando a osservare il faro.

"Credo sia difficile da spiegare."

"Provaci."

"Nolan..." gemette Imogen.

"Cosa c'è? Abbiamo avuto entrambi una giornata terribile. E anche strana. Se non siamo pronti a parlarne, discutiamo di altre cose. Dimmi perché sei sola."

"Lo sono sempre stata," disse immediatamente Imogen, pensando che forse, se gli avesse raccontato una volta per tutte del suo passato, lui avrebbe lasciato perdere quell'argomento. "Non ho un padre, che io sappia, almeno. Mia madre si è a malapena presa cura di me, e mi detestava più di qualsiasi altra cosa. Non avevo davvero degli amici a scuola, perché non potevo partecipare a nessuna attività e non mi era permesso giocare a casa degli altri bambini. Non ho mai ricevuto un regalo di compleanno. Non sono mai andata a una festa. Io non... non sono mai stata parte di qualcosa, Nolan, né da bambina né adesso. Dopo che la mamma mi ha cacciata di casa, mi sono fatta strada da sola e, se non altro, sono riuscita a costruirmi una vita in cui nessuno può dirmi cosa devo fare. Poi, però, sei arrivato tu."

"Ed è per questo che mi odiavi così tanto."

"Sì, più o meno. Questa è più di una semplice barca per me."

"Adesso me ne rendo conto." Nolan si avvicinò dandole una leggera spallata. "Se ti può far stare meglio, non avrei requisito la tua imbarcazione se non ci fossimo trovati in una situazione davvero grave."

"Lo capisco, sul serio." Non c'era molto altro che Imogen potesse dire. Non poteva più cambiare le cose.

"Allora, non ti hanno mai organizzato una festa di compleanno? Mi dispiace, davvero. Tutti meritano di sentirsi speciali ogni tanto. Raccontami di tua madre. Perché si comportava così, secondo te? Vi parlate ancora?"

"No, non ci sentiamo più. Ho provato a contattarla, almeno durante l'anno dopo che mi ha cacciata di casa. Mi sentivo nostalgica sotto Natale, credo, e pensavo che forse se l'avessi chiamata mi avrebbe risposto, però..."

"'Però' cosa?"

"Aveva cambiato il proprio numero. Ero persino tornata

a casa, ma lei non viveva più lì. Se n'era andata. È quasi come se me la fossi soltanto immaginata."

Nolan la sorprese chinandosi verso di lei e stringendole la mano. Sembrava essersi reso conto che non le servivano, né voleva sentire, frasi di circostanza. Proprio come era successo con la barca che le avevano rubato, non c'era molto che potesse fare per rimediare alla situazione con sua madre.

"E riguardo alla sua indole... Beh, non credo che fosse una donna felice." Imogen sollevò le gambe, le piegò e le cinse con le braccia, appoggiando il mento sulle ginocchia. "Penso che cercasse qualcosa nella propria vita, e la sua infelicità si è riversata su di me. Odiava prendersi cura di me. Odiava la mia presenza. Odiava le mie necessità. Per lei ero semplicemente una zavorra di cui si è liberata non appena ha potuto. Se non altro, la facevo arrabbiare soltanto quando parlavo di..." Imogen si interruppe.

"Parlavi di cosa?"

"Io... Di solito non parlo di queste cose, Nolan," disse Imogen con cautela. L'aspetto più sorprendente era il suo desiderio di parlargli del proprio passato. Per quanto quell'uomo la facesse infuriare, si sentiva legata a lui in un modo bizzarro.

"Mi racconti un tuo segreto se io te ne racconto uno mio?" le domandò Nolan, e Imogen si voltò, sollevando il mento e guardandolo.

"Va bene. Inizia tu," rispose la donna. Nolan le sorrise, i suoi denti brillarono sotto la luce del molo.

"Mi sembra giusto. Non ti fidi facilmente degli altri, vero?"

"Pochissimi mi hanno dato dei motivi per farlo."

"Credo che le persone possano sorprenderti se dai loro

una possibilità," disse Nolan sollevando il bicchiere per bere un altro sorso.

"Qual è il tuo segreto, Signor Fae Brontolone?" Imogen rimase sorpresa quando la smorfia dell'uomo la divertì.

"Oh, quel soprannome non mi fa impazzire." Nolan la osservò inarcando un sopracciglio e Imogen rise ancora più forte.

"È colpa di Bianca, è stata lei a inventarlo."

"È difficile restare arrabbiati con lei," borbottò Nolan.

"Mi piace. Credo che sia la mia prima amica."

"Non puoi dire che è quello il tuo segreto, perché non ti ho ancora svelato il mio," puntualizzò Nolan, e la donna trasalì. Cavolo, sarebbe stato più semplice così.

"Allora, qual è il tuo segreto?"

"I miei poteri stanno svanendo e non so perché." La voce di Nolan si fece severa nel buio della notte e Imogen si raddrizzò, voltandosi leggermente verso di lui. "E questa situazione mi preoccupa. Ho paura di non poter aiutare in battaglia. Non capisco cosa stia succedendo."

"L'ho notato," disse Imogen. Voleva avvicinarsi a lui e consolarlo, ma non sapeva cosa fare. Non era qualcosa di naturale per lei, così come queste conversazioni intime in cui si rivelavano delle verità nascoste. Molte delle persone che aveva incontrato nei porti o sull'acqua si tenevano stretti i propri segreti, il che andava bene a Imogen. "Oggi, mentre combattevi contro i Fae oscuri, era come se le tue mani non funzionassero più o qualcosa del genere. Sono accorsa ad aiutarti per quello."

"Io... Non so bene come spiegare la magia arcana a qualcuno che non ce l'ha. È una fonte dentro di me, da cui posso attingere energia che semplicemente scorre, se la cosa per te ha un senso. Ho questi poteri da sempre, e sono piuttosto forti. Hanno definito chi sono, portandomi alla Corte Reale e cambiando la mia vita e quella della mia famiglia."

"E non funzionano più?"

"Non come dovrebbero, e non capisco perché. Succede da quando..." Nolan incrociò il suo sguardo.

"Da quando?" sussurrò Imogen.

"Da quando abbiamo requisito questa barca."

"Oh," sospirò leggermente Imogen. Si chiese subito se fosse per colpa sua e dell'anello di acquamarina che brillava. Non sapeva bene perché lo pensasse, tuttavia, dal momento che il gioiello aveva sicuramente delle proprietà magiche, forse aveva la capacità di prosciugare i poteri di Nolan. "Non... Non riesco a capire cosa significa né perché sta succedendo. Mi dispiace non poterti aiutare di più, è solo che non... Non capisco bene questo mondo. So che in un certo senso è una risposta terribile, eppure mi piacciono i problemi per cui ho una soluzione. C'è qualche possibilità che i Fae malvagi ne siano la causa?"

"Dipende da quanto sono forti i loro incantesimi. A volte riescono a stregare alcuni oggetti e a usarli a proprio piacimento. L'amuleto che stanno cercando i Fae dell'acqua, per esempio, contiene poteri incredibili, ma funziona anche al contrario. I Domnua potrebbero lanciare un incantesimo su, che so, un gioiello o un pugnale o qualcosa del genere, e chi lo indossa verrebbe colto dalla maledizione."

Imogen pensò immediatamente al suo anello brillante di acquamarina e le si seccò la bocca.

"In pratica mi stai dicendo che qualsiasi cosa potrebbe essere stregata per funzionare a tuo favore... o contro di te?"

"Beh, non qualsiasi cosa, ma la magia tende a conservarsi meglio in oggetti particolari, soprattutto nelle pietre."

"Bene. Ehm, è solo che... Sono tante cose da assimilare," disse Imogen, travolta dal senso di colpa. E se fosse il suo anello la causa dei problemi di Nolan?

"Già, è comprensibile. Mi sta facendo impazzire un bel po', a essere sincero. Forse è per questo che sono più brontolone del solito?"

"Ah, non sei così normalmente?" Imogen inarcò un sopracciglio guardandolo e sorrise leggermente.

"Ho i miei momenti. E va bene, Imogen. Tocca a te. Parla."

Imogen provava sollievo per il cambio di argomento: almeno non stavano più parlando di un problema che lei non poteva risolvere. Tuttavia, il pensiero di svelare un segreto che non aveva mai detto ad alta voce la faceva agitare. Ripensò a quello che era successo qualche ora prima, quando aveva attraversato una barriera invisibile e tenuto a bada un'orda di Domnua con un canto. Pensandoci, aveva bisogno di parlare di tutto ciò con qualcuno, perché nemmeno lei aveva idea di cosa le stesse succedendo. Era giusto così.

"Io... Okay, non l'ho mai detto ad alta voce prima d'ora, anzi, mia madre minacciava di punirmi se l'avessi fatto. E quelle poche volte che tiravo fuori l'argomento... beh, venivo punita per davvero. Se non mi picchiava, scompariva per intere settimane, se non di più. Non è semplice per me parlarne."

"Oh, e invece ammettere che i miei poteri non funzionano e potrei perdere il mio posto di comando nella Corte

Reale lo è?" le chiese Nolan, ma il suo tono era leggero e alleviò un po' il nervosismo di Imogen.

"E va bene, hai ragione. In pratica, ero una bambina strana. Pensavo di poter vedere cose che non c'erano, quel genere di roba." Imogen alzò le spalle, evitando lo sguardo di Nolan. "Mia madre non voleva che ne parlassi."

"Cosa vedevi, Imogen?"

"Ehm... Dei volti nell'acqua. Delle persone che brillavano. Delle persone che svanivano nel nulla."

"Riesci a vedere i Fae."

"Io..." Imogen si bloccò. Non sapeva cosa dire, poiché non era mai riuscita davvero a dare un nome a ciò che le succedeva.

E riesco anche a muovere l'acqua con il pensiero.

Imogen si fermò prima di rivelare anche quello. L'aveva scoperto quando era molto piccola e metteva in pratica quell'abilità raramente, soprattutto perché non sapeva davvero cosa stesse facendo e perché il flusso di energia che attraversava il suo corpo mentre ci provava la spaventava a morte.

"E tua madre lo sapeva?" domandò Nolan.

"Non l'ha *mai* detto in questi termini."

"Però sapeva qualcosa. Doveva saperlo, vero? Gli umani non... Ascolta, Imogen." Nolan si avvicinò e la fece girare prendendola per le spalle, in modo che la guardasse in viso. Tenne le mani appoggiate lì, e Imogen si ritrovò a desiderare di lanciarsi in avanti, tra le sue braccia. "Qui manca un pezzo del puzzle. C'è un motivo per cui tua madre era a conoscenza dei soggetti delle tue visioni, altrimenti avrebbe pensato che fossi malata o pazza. Probabilmente ti avrebbe portato da uno di quei dottori del cervello a cui si rivolgono gli umani. Non saprei. Tuttavia, ti puniva per averne parlato, quindi sapeva dell'esistenza dei Fae. Quello che stai descrivendo è normale per i piccoli Fae. È semplicemente... naturale. È così che funziona. Ci si aspetta che sia così. Noi identifichiamo le varie fazioni dai colori che li circondano. Non è affatto strano per il nostro popolo. È come quelle che voi chiamate 'aure', anche se noi le vediamo più chiaramente. Le facce che noti nell'oceano sono dei Fae dell'acqua. Puoi vedere tutti gli Elementali, se osservi con attenzione. Hai visto altri volti? Nel fuoco, forse?"

"No," disse Imogen, sorpresa. "No, a dire il vero no. Solo quelli nell'acqua. Anzi, solo uno."

"Sempre lo stesso volto?"

"Sì. Lo stesso uomo."

"Chissà se..." Nolan socchiuse gli occhi.

"Cosa?"

"C'è qualcosa, qualsiasi cosa che ti è stata detta a proposito di tuo padre?"

Imogen si ritrovò a desiderare di raccontare a Nolan dell'anello datole dalla madre, ma qualcosa la frenava. Non era nella sua natura condividere segreti e si sentiva già parecchio a disagio.

"Come ti ho detto, mia madre in pratica mi odiava, quindi no. E non sono mai riuscita davvero a parlarle dell'uomo che vedevo nell'acqua."

"Ha mai cercato di comunicare con te?" le domandò Nolan.

"Ehm, non proprio. Mi salutava, credo. A essere sincera, non mi sono mai fermata più di tanto a guardarlo. Pensavo... Pensavo di essere pazza, sai? Mi avevano convinta che vedevo cose inesistenti. E non è... Insomma, un trattamento del genere non ti lascia indifferente, capisci? E poi, una volta rimasta da sola, non avevo molto tempo per pensare a qualcosa che non fosse tirare avanti."

"Ed è per questo che sei sempre stata sola." Imogen trasalì quando Nolan si sporse in avanti e l'attirò a sé, stringendola tra le sue braccia muscolose. La donna rimase immobile, irrigidendosi contro il suo petto, con il cuore che batteva all'impazzata. Imogen non sapeva come reagire a quel gesto gentile e volutamente rassicurante, e sentì qualcosa spezzarsi dentro di lei. Era come se i muri che aveva eretto intorno alle sue più profonde vulnerabilità si stessero spalancando e una parte di lei volesse appoggiarsi a lui e piangere a dirotto.

"Sì, è per questo che sono sempre stata sola," riuscì a dire Imogen con qualche difficoltà. Nolan sollevò la mano e le massaggiò la schiena con movimenti pigri e circolari. Una sensazione di calore accompagnò il suo tocco e Imogen si rilassò sempre di più. Si erano urlati in faccia solo qualche ora prima, e in quel momento stavano... facendo qualunque cosa fosse quel gesto. Imogen si era sentita molto più a suo agio litigando con lui.

"Beh, non lo sei più, che ti piaccia o no." Nolan allontanò le braccia e Imogen si ritrasse, inspirando per calmare i nervi che si agitavano sotto la sua pelle. "Per quanto siamo irritanti, adesso sei una di noi, Imogen."

"Io..." Santo cielo, era sul punto di piangere. Non voleva assolutamente farlo davanti a lui. "Devo andare in bagno."

"Attenta sulla scala." Nolan la lasciò andare e non la seguì, cosa di cui Imogen gli fu grata. Le emozioni che stava provando erano confuse, come se qualcuno avesse aperto al massimo il rubinetto dell'acqua calda, e in quel momento la donna si sentiva annegare. Per fortuna Nolan la capiva abbastanza da non insistere. Imogen scese lungo il lato della barca e si diresse verso la poppa invece di tornare nella propria cabina. Sollevò lo sguardo per osservare il molo e, dopo essersi accertata che non ci fosse nessuno, infilò la mano in tasca.

Continuava a non capire perché il gioiello brillasse, tuttavia sapeva una sola cosa: probabilmente quell'anello era il vero motivo per cui Nolan stava perdendo i poteri. O forse era legato ai Fae oscuri. E se per tutto quel tempo avesse inconsapevolmente sabotato i piani della squadra? Aveva visto la magia di Nolan smettere di funzionare in quel cerchio di pietra. Non gli era mai successo finché non era salito sulla sua barca, e quello era l'unico oggetto magico di cui era a conoscenza che avrebbe potuto prosciugare i poteri dell'uomo.

E lui l'aveva abbracciata invece di prenderla in giro per il suo segreto.

Imogen fece scorrere un dito sul gioiello, sentendo il suo peso familiare per l'ultima volta. Si avvicinò al parapetto con l'anello di acquamarina in mano, trattenendo il respiro.

E poi lo gettò nell'oceano.

CAPITOLO VENTUNO

Nolan sorseggiò il suo whiskey e osservò Imogen sulla parte posteriore della barca. Si era reso conto che non aveva davvero bisogno di andare in bagno e in realtà le serviva un istante lontano da lui per raccogliere i pensieri. Sperava solo che non facesse qualcosa di stupido come tuffarsi, perché l'aria era gelida e lui stava cercando di godersi l'unico momento di tranquillità di quella giornata.

Sollevò le sopracciglia di colpo quando Imogen tirò fuori qualcosa dalla tasca e, dopo quello che sembrava un attimo di esitazione, lanciò l'oggetto in acqua. La donna rimase immobile per un secondo a guardare le onde scure prima di allontanarsi sparendo dalla sua vista. Nolan sentì la porta della cabina di comando aprirsi e poi richiudersi, e capì che era tornata nella sua stanza.

Quello sì che l'aveva incuriosito. Cosa aveva preso dalla tasca? Nolan finì di bere il whiskey, prese il bicchiere con una mano e scese di corsa dalla scala, dopodiché si avviò verso la poppa e si sporse dal parapetto, benché non si aspettasse di vedere qualcosa nell'oceano. L'acqua continuava a essere scura, con la superficie che brillava fiocamente sotto la luce dei moli, e l'uomo rimase in attesa per un momento, pur non sapendo cosa aspettarsi esattamente. Non successe nulla e si voltò per andarsene, ma le sue barriere mentali suonarono proprio in quel momento.

Nolan si girò e vide un Fae dell'acqua aggrappato alla piattaforma di imbarco. Non sembrava avere intenzione di salire sulla barca. Il suo corpo dal colore perlaceo era per metà fuori dall'acqua e i suoi occhi opalescenti risplendevano sotto la luce. Nolan si ricordò che i Fae dell'acqua non erano suoi nemici, tuttavia in quel momento era importante agire con cautela. Non sapeva più a chi rispondessero e moriva dalla voglia di incontrare i loro capi per cercare di risolvere la situazione insieme. Quello davanti a lui, però, non era di rango, ma un Fae dell'acqua ordinario. Il Fae restò in attesa, inclinando la testa, e Nolan si avvicinò.

"Fratello." Nolan chinò il capo in segno di rispetto.

"Suo." Il Fae dell'acqua posò qualcosa sulla piattaforma e lo spinse verso i piedi di Nolan, che abbassò lo sguardo. Si trattava di un oggetto dorato che emanava un lieve bagliore. Era difficile vederlo chiaramente in quella semioscurità.

"'Suo'? Di Imogen, intendi?"

Il Fae dell'acqua annuì una volta prima di tornare sotto la superficie dell'oceano. Nolan si guardò intorno nella speranza che non si trattasse di una trappola prima di raccoglierlo. Indietreggiò frettolosamente facendo in modo di allontanarsi dal parapetto della barca, poi se lo infilò in tasca. Fece un altro giro di controllo, dopodiché scese nella sua cabina, dove accese la luce e prese ciò che il Fae dell'acqua gli aveva restituito. Sapeva una cosa con certezza: qualunque oggetto Imogen avesse lanciato oltre il parapetto, il Fae gliel'aveva riportato, dunque non volevano che lei lo perdesse ed era importante che lo tenesse con sé.

Il cuore di Nolan iniziò a battere più forte mentre sollevava l'anello d'oro battuto verso la luce. Lo conosceva benissimo, dal momento che possedeva il suo gemello. Non lo indossava sempre e l'aveva tenuto conservato per la maggior parte della spedizione, poiché la possibilità di uno scontro gli faceva sempre valutare con attenzione cosa portare con sé. Nolan si chinò sul comodino, aprì il cassetto e tirò fuori il proprio anello, poi lo mise vicino all'altro e notò subito le differenze. Sì, erano parte di un set coordinato, uno dallo stile maschile e l'altro femminile. Il suo era più spesso, con una pietra di acquamarina più rotonda incastonata più in profondità. Quello di Imogen, invece, era più delicato, pensato per una mano più piccola. Entrambe le pietre cominciarono a brillare appena le avvicinò.

Nolan si lasciò cadere sulle coperte e osservò gli anelli.

"Siamo tornati! Stiamo andando a letto!" Qualcuno bussò interrompendo i suoi pensieri e Nolan ripose velocemente entrambi prima di avviarsi verso la porta a grandi falcate e aprirla.

"Tutto bene?" domandò a Seamus.

"Sì, per quanto possibile, credo. Callum se la sta passando male. È andato nella sua cabina, però mi sorprende che non abbia dato fuoco a tutta l'isola. L'abbiamo convinto a calmarsi, ma all'alba cavalcheremo."

"'Cavalcheremo'?" Nolan inarcò un sopracciglio.

"È un modo di dire preso dai film. In pratica, torneremo sull'isola alla prima luce del giorno. Callum sta avvertendo un segnale di energia molto potente in una zona e vuole indagare. Siamo riusciti a persuaderlo ad aspettare, tuttavia non l'ha presa bene."

"I Domnua sono più forti di notte," osservò Nolan.

"Lo so. E conoscono il territorio meglio di noi, quindi siamo in svantaggio e non vogliamo aggiungerci anche il problema dell'oscurità."

"Immagino che Callum stia soffrendo," sospirò Nolan. "Dovrei andare a parlarci?"

"No, ha chiesto di essere lasciato da solo. Credo voglia rimuginare un po' e riposare, se devo essere sincero, e ti suggerisco di fare lo stesso. Domattina dovremo essere preparati."

"Va bene, però inizio io il turno di guardia."

"Ti darò il cambio tra quattro ore."

"D'accordo." Nolan rientrò nella propria cabina e si infilò entrambi gli anelli in tasca. Doveva chiedere a Imogen dove avesse preso il suo: c'erano fin troppe coincidenze.

Per il momento, però, doveva ricontrollare le proprie barriere mentali e provare per un po' a usare la magia senza nessuno intorno. Sperava davvero che quanto era successo quella mattina fosse stato solo un caso.

Dopo diversi lenti giri di ricognizione sul ponte, Nolan si ritenne soddisfatto che non ci fosse alcuna minaccia in corso per la *Mystic Pirate*. Aveva ricontrollato le barriere, che vibravano ancora tutte allegramente: la loro magia era forte. Ora, doveva scoprire se era ancora in grado di lanciare anche solo il più semplice degli incantesimi. Nolan si lasciò cadere su una panca imbottita nella zona relax esterna, a poppa. Il vento gelido che increspava la superficie dell'o-ceano lo sfiorava appena, senza dargli nemmeno fastidio, mentre allungava una mano davanti a sé. Incanalare il suo potere era semplice quanto respirare, un gesto naturale per Nolan, tuttavia, dal momento che continuava a sentirsi inquieto, si prese il suo tempo. Fece qualche respiro profondo prima di immergersi nel fiume di magia arcana che scorreva dentro di lui.

Una piccola palla di fuoco apparve sospesa sul palmo della sua mano e la lanciò dolcemente nell'aria prima di spegnerla con destrezza. Bene: quello era un incantesimo insegnato ai Fae molto piccoli, e per fortuna riusciva ancora a fare le magie più elementari. Poi tirò fuori il pugnale: sembrava innocuo rispetto agli altri, ma era un oggetto di cui molti non riconoscevano appieno il valore. Quando era uno studente, assieme al principe, i due si divertivano a creare incantesimi ingegnosi da infondere nelle armi più piccole. Avevano sempre pensato che la gente si aspettasse grandi poteri da armi epiche, come spade e balestre, spesso sottovalutando i più semplici pugnali. Di solito, poi, lo si impiegava a distanza ravvicinata, dunque nessuno si aspettava che potesse proteggere chi la usava anche da più lontano.

Nolan rigirò il pugnale nella mano, sfiorando i bordi dell'impugnatura. Lì aveva inciso lo stemma della sua famiglia sull'elsa e persino inserito una ciocca di capelli di sua madre per integrarlo nella progettazione dell'arma, in modo che, nei momenti di bisogno, il suo amore rafforzasse i poteri di Nolan. La lama in sé era corta, sottile e incredibilmente affilata. Uno dei suoi incantesimi preferiti richiamava tutti gli elementi, e se puntava l'arma contro qualcuno, poteva scegliere tra fuoco, acqua, ghiaccio, aria o una miriade di modi in cui disarmare il suo avversario. Non voleva, però, creare troppo trambusto sulla barca, quindi optò per il ghiaccio e puntò il pugnale contro l'altra estremità del ponte di comando.

Un singolo blocco di ghiaccio, a malapena grande abbastanza da riempire un bicchiere da whiskey, fuoriuscì dalla lama e rimbalzò a terra prima di scivolare di lato.

Nolan serrò le labbra e i capelli sulla sua nuca si rizzarono, tanto era agitato. Ci riprovò e riuscì a creare due blocchi di ghiaccio che slittarono disordinatamente sul ponte.

La tasca dei suoi pantaloni si riscaldò, ricordandogli gli anelli, e rimase interdetto quando un pensiero gli balenò in testa.

I suoi poteri avevano iniziato a vacillare proprio quando era salito su quella barca. Prima era tutto nella norma, no? Aveva richiamato un fulmine dal cielo senza alcuna difficoltà e l'aveva scagliato contro il Domnua fuori dal Gallagher's Pub. I problemi da quel punto di vista erano iniziati solo dopo che si era imbarcato sulla *Mystic Pirate*.

Era evidente: Imogen aveva più segreti di quanti fosse disposta a rivelare, dal momento che non aveva mai parlato di quel gioiello magico prima di lanciarlo nell'oceano. Il Fae dell'acqua l'aveva restituito con cura e nella loro prima battaglia, quella immediatamente precedente all'arrivo nella baia, un altro l'aveva chiamata regina.

Nolan sbatté il pugnale sul tavolo. Come aveva fatto a pensarci solo ora? Era un'informazione piuttosto importante. Proprio quel giorno i suoi occhi avevano brillato di un bagliore argenteo quando si erano avvicinati ai Domnua, per non parlare dell'identità all'apparenza ignota di suo padre. Ogni cosa stava iniziando ad avere un senso. Nolan si alzò di scatto e afferrò il pugnale dal tavolo, imprecando a lungo e rabbiosamente.

Imogen era la trappola.

Era stata una messa in scena per tutto quel tempo. I Fae dell'acqua la stavano usando per attirarli più vicino a qualunque cosa i Domnua avessero in serbo per loro. Tra di loro c'era una traditrice: Imogen. Pensò a come l'aveva consolata sul tetto quella stessa sera e si infuriò. Aveva creduto a quella storiella strappalacrime sull'abbandono di sua madre e sul fatto che fosse sorpresa di riuscire a vedere i Fae. Era davvero un'ottima attrice. Aveva avuto con sé un anello magico per tutto quel tempo senza mai dirlo a nessuno di loro e aveva confidato a Bianca quanto il mondo dei Fae la stupisse. Ciononostante, per tutta la vita aveva visto dei volti nell'acqua e per puro caso portava con sé un anello dall'immenso potere arcano come se niente fosse... Perché mai avrebbe dovuto gettarlo in acqua? Nulla di tutto ciò gli tornava. Una cosa che Nolan sapeva del suo popolo era che, se una situazione sembrava strana, di solito lo era davvero, e i Fae amavano più di ogni altra cosa usare i loro poteri per ingannare gli altri.

Imogen non stava affatto imparando in fretta come aveva detto. Il capitano della barca era uno stupendo cavallo di Troia, li aveva raggirati, e lui ci era cascato con tutte le scarpe. I suoi poteri stavano svanendo, la vita di Lily era in pericolo e Nolan non era affatto vicino alla risoluzione di quei problemi. Camminò avanti e indietro sul ponte con passi pesanti riflettendo sul modo migliore per affrontare la situazione. Voleva precipitarsi nella cabina di Imogen e rivelare il suo tradimento, tuttavia i buoni leader non agivano impulsivamente: avrebbe dovuto calmarsi prima di decidere come punirla.

Gli si chiuse lo stomaco al pensiero di essere stato ingannato, tanto che gli salì la bile in gola. Per un momento, quella sera, quando si era rifugiata tra le sue braccia, Nolan si era concesso di pensare a lei come a qualcosa di più di una semplice donna per cui provava un'attrazione viscerale. Stava sinceramente iniziando ad apprezzarla come persona e aveva ammirato il coraggio con cui era intervenuta in battaglia per aiutarlo invece di nascondersi.

Quel suo comportamento lo confondeva: non sarebbe stato più semplice lasciare che i Domnua lo uccidessero, se li stava tradendo? Si chiese cosa le avessero promesso i Fae. Forse del denaro? O un gruppo a cui appartenere una volta per tutte? In qualche modo dovevano averla convinta ad aiutarli, no?

La confusione lottava contro la rabbia, e fu solo per quello che Nolan non sentì il primo allarme lanciato dalle sue barriere di difesa. Un movimento attirò la sua attenzione e solo in quel momento si accorse finalmente del pericolo ormai vicino e dell'arrivo di parecchi Domnua sul ponte della barca. Quei bastardi attaccavano sempre di notte, pensò Nolan preparandosi mentalmente alla battaglia. Attraversò di corsa il ponte prima di attivare la sirena antincendio che risuonò squillante nel silenzio delle tenebre: i due Fae oscuri vicino a lui si bloccarono e guardarono la fonte del rumore, sbigottiti. Non dovevano essere molto intelligenti, osservò Nolan. Il fatto che fossero distratti gli diede il tempo di correre in avanti e sgozzarli con il pugnale, abbattendoli senza problemi, per poi continuare a muoversi man mano che altri nemici si arrampicavano sulla parte posteriore della barca. Sentì, poi, delle grida provenire dai piani inferiori, seguite da dei passi concitati sul ponte.

Nolan era felice di avere dei rinforzi, dato che non pensava di poter fronteggiare l'orda di Fae oscuri lanciando dei cubetti di ghiaccio. In pochi secondi si ritrovò coinvolto in un combattimento corpo a corpo, con il sangue che gli pulsava forte nelle orecchie e la furia che guidava ogni suo movimento.

Erano davvero troppi. La loro scarsa intelligenza, la compensavano numericamente.

Nolan si piegò quando un'ondata di magia arcana lo colpì allo stomaco togliendogli il fiato per un istante, e subito dopo incassò un pugno in faccia che gli fece inclinare bruscamente la testa all'indietro. Il dolore pungente lo fece riprendere dal torpore, quindi strinse gli occhi e con un ruggito feroce si gettò di nuovo nella mischia.

"Nolan!"

Nolan si voltò e si accovacciò, evitando per poco di essere colpito in testa da una spada, dopodiché sollevò il braccio e affondò la lama nello stomaco di un Domnua che era spuntato alle sue spalle. Alzò lo sguardo e imprecò nel vedere Imogen lanciarsi in avanti con il suo piccolo pugnale in mano. I suoi occhi erano sgranati e... sì, brillavano nuovamente. Nolan non ebbe molto tempo per rimuginarci su, dato che qualcuno dietro di lui gli saltò addosso.

Imogen spalancò gli occhi prima di urlare allungando le braccia, e un'ondata di magia arcana lo colpì così forte da farlo cadere in ginocchio sul ponte di comando. Nolan si guardò il braccio: del sangue sgorgava da un taglio che Imogen gli aveva procurato con il suo incantesimo. Il tutto confermava i suoi sospetti. Scattò in piedi, accecato dalla rabbia e avanzò a grandi falcate lungo il ponte per poi afferrare Imogen, stringerle forte la vita con il braccio ferito e trascinarla al piano inferiore. Con un calcio, aprì la porta della propria cabina e la spinse dentro, dopodiché estrasse una corda di cuoio spessa dal suo borsone.

"Nolan, stai bene?" Imogen si avvicinò cautamente, allungando una mano per toccargli il braccio. "Non so cosa..."

"Taci," sibilò lui. La donna trasalì quando lui la prese per le braccia, portandogliele entrambe dietro la schiena, prima di legarle velocemente ai polsi con la corda di cuoio.

"Cosa stai facendo? Sei impazzito?" strillò lei barcollando all'indietro appena la lasciò andare.

A Nolan non importava. Riusciva a sentire le urla provenienti dal ponte di comando e sapeva che la battaglia infuriava ancora. La sua lealtà era prima di tutto verso Callum, non verso quella donna che li stava tradendo tutti. Dopo aver passato in rassegna la stanza, afferrò la cintura dell'accappatoio che al suo arrivo si trovava nell'armadio della cabina e ignorando i tentativi di Imogen di dargli un calcio, la prese in braccio senza problemi prima di legarle i piedi e gettarla sopra il letto.

Si avvicinò poi al viso di Imogen.

"Mi hai quasi ingannato, *mavourneen*."

"Hai perso del tutto la testa?" sussurrò Imogen, furiosa. I suoi occhi brillavano ancora, e Nolan si convinse di avere ragione. L'argento era il colore del nemico, e Imogen si stava mostrando per quello che era davvero.

"No, anzi, finalmente l'ho trovata. Tornerò da te e ci faremo una bella e lunga chiacchierata. Nel frattempo, se proverai anche solo a lasciare la cabina o a liberarti, affonderò questa barca in un dannato secondo. Capito?”

“Sei impazzito. Bastardo!” disse Imogen a denti stretti. Un'espressione astiosa alterava il suo bel viso. La donna, che era sdraiata sul letto con le braccia dietro la schiena e una guancia premuta contro il cuscino, ansimò continuando a guardarlo torva.

“Forse, ma un'innocente potrebbe morire a causa del tuo tradimento. Sono fedele al mio principe.”

“Nolan, non penserai mica che io...”

“Non. Dire. Altro,” sibilò Nolan avviandosi a grandi falcate verso la porta, poi si voltò, abbassò lo sguardo su di lei e ignorò l'istinto di fermarsi che gli attanagliava le viscere. “Tornerò a fare i conti con te.”

Sbatté la porta alle proprie spalle, attraversò il corridoio con passi decisi e afferrò una sedia che incastrò sotto la maniglia. Dopo essersi assicurato che la porta fosse bloccata, risalì di corsa per unirsi alla battaglia sul ponte. Invece, si imbatté in Callum con le mani tra i capelli: girava lentamente in cerchio, quasi in trance, mentre Seamus e Bianca annunciavano il cessato pericolo.

“Stai bene?” gli chiese Nolan, osservandolo rapidamente dalla testa ai piedi.

“Sì, ma tu stai sanguinando.” Callum indicò il braccio di Nolan con un cenno, e sia Bianca che Seamus si fermarono di colpo accanto a loro.

“Oh, sei messo male,” disse Bianca afferrandolo ed esaminando la ferita. “Dobbiamo medicarti.”

“Dov'è Imogen?” chiese Seamus, voltandosi e guardandosi intorno sul ponte.

"Mi dispiace informarvi che è una traditrice," rispose Nolan allontanando il braccio. Bianca sussultò.

"No! Non può essere vero." La donna scosse la testa. Indossava dei semplici pantaloni da notte e una maglietta leggera e i capelli le svolazzavano disordinatamente attorno al viso.

"Sono certo che ti sbagli," convenne Seamus, piazzandosi dietro Bianca e stringendola a sé.

"Non credo proprio," disse Nolan. "L'ho legata nella mia cabina e ho intenzione di interrogarla adesso."

"Potrai rivolgerle delle domande, senza però farle del male. Portala nell'area relax, così potrò parlare con lei." Callum lo fissò negli occhi, assicurandosi che Nolan capisse che si trattava di un ordine diretto e non di un suggerimento.

"Sì, mio principe." Nolan se ne andò senza aggiungere altro.

CAPITOLO VENTIDUE

Imogen guardò in cagnesco la porta appena sentì la maniglia girare. I minuti che erano passati le erano sembrati ore in quella posizione, con le braccia legate dietro la schiena che le facevano male. Era furiosa.

Nolan era morto per lei.

Per quanto la riguardava, non c'era tradimento più grande di quel suo improvviso voltafaccia, dopo che si era finalmente confidata con lui. Quel suo comportamento aveva a tutti gli effetti confermato ciò che aveva sempre pensato: era davvero impossibile fidarsi degli altri.

Nolan entrò con un asciugamano premuto sul braccio e Imogen intravide Bianca nel corridoio. Sembrava agitata.

"Voglio solo assicurarmi che stia bene," protestò Bianca, tuttavia Nolan chiuse la porta alle proprie spalle con un calcio. Restò fermo per un istante, poi scosse la testa. I suoi occhi grigi erano più scuri del solito.

"Ci avevi ingannati sul serio, Imogen."

"Sì, certo, e avevo ingannato anche me stessa allora.

Non sapevo nemmeno di essere una traditrice." Imogen gli rivolse un sorriso sdolcinato.

"Ci sono troppe prove contro di te."

"Quindi mi hai già fatto il processo e condannata senza darmi la possibilità di difendermi?" Imogen lo guardò sbattendo le palpebre, furiosa con se stessa per l'attrazione che provava ancora nei suoi confronti. Lo desiderava davvero, era inutile negarlo, tuttavia il suo comportamento la feriva profondamente, facendole venire voglia di piangere.

"Non cercare di convincermi con le lacrime, Imogen, perché non funzioneranno."

"Non sto *cercando* di fare niente. È solo che... Sto male. Puoi liberarmi, per favore? Sto iniziando a perdere la sensibilità." Imogen si contorse contro la corda. Si sentiva incredibilmente vulnerabile, gettata sul letto come un maiale da macello legato, e se proprio doveva essere accusata, avrebbe voluto affrontare il tutto in piedi, reggendosi sulle proprie gambe. La donna chiuse gli occhi e tentò di fermare le lacrime. Il letto sprofondò quando Nolan si sedette, e Imogen dovette compiere uno sforzo sovrumano per non sollevare le gambe e dargli un calcio in testa. Voleva colpirlo, voleva colpirlo *con tutta se stessa*, ma era anche stanca di lottare. Perché avrebbe dovuto farlo, del resto? Se avesse fatto del male a Nolan, il principe gliel'avrebbe fatta pagare immediatamente. La priorità di Callum era la sua amata, Lily. Si sarebbe sbarazzato di qualunque cosa avesse considerato un ostacolo per il raggiungimento del suo obiettivo. Se Nolan gli avesse detto che lei lo era, Imogen sarebbe stata spacciata. Non avrebbe potuto salvarsi.

Lasciò scivolare le gambe oltre il bordo del letto quando lui finì di liberarle le caviglie, facendo del suo meglio per ignorare la piccola scarica di energia che scaturì dalle mani di Nolan che sfioravano la sua pelle. L'attrazione contava poco senza una base di fiducia. Si mise a sedere e curvò le spalle, le facevano male le braccia. Nessuno dei due parlò, fino a quando la tensione tra loro non si fece insopportabilmente soffocante.

"Come hai fatto?" La voce roca di Nolan spezzò il silenzio. "Come sei riuscita a ingannarci?"

Imogen si lasciò sfuggire una risata che nascondeva un singhiozzo.

"Non ho fatto nulla, Nolan. Non so nemmeno di cosa stai parlando."

"Ah no?" Nolan si voltò a guardarla con uno sguardo severo e il viso che sembrava una maschera di granito.

"No." Imogen si girò leggermente con un'espressione supplichevole. "Nolan, pensavo..."

"Cosa pensavi?" le chiese lui con fare aggressivo.

"Ho... Abbiamo condiviso... i nostri segreti. Credevo che..."

"Cosa? Che saremmo andati a letto insieme? Era questo che volevi?"

"Non ho detto niente di tutto ciò..." Imogen guardò Nolan con il fiato corto, mentre lui si avvicinava pericolosamente. Le labbra dell'uomo erano a pochissimi centimetri dalle sue.

"Era questo che volevi fin dall'inizio, Imogen? Volevi farmi invaghire di te? Perché lo ammetto, ci sei andata maledettamente vicina."

Quelle parole la eccitarono e ferirono allo stesso tempo. La gola di Imogen si era seccata all'improvviso, e la donna deglutì, poi sollevò lentamente lo sguardo verso di lui.

Voleva sputargli in faccia. Tuttavia, dietro la rabbia che vedeva nei suoi occhi, notò qualcos'altro: il dolore. Nolan pensava che in qualche modo lei l'avesse tradito, e la cosa lo faceva soffrire. Le si strinse il cuore. Non voleva dispiacersi per quell'uomo, né tantomeno perdonarlo, ma tra loro c'era qualche legame inspiegabile.

"L'unica cosa che abbia mai voluto era riportare la mia barca a casa senza problemi, Nolan," disse Imogen sotto-voce. "E magari anche salvare una donna in difficoltà. Non ho mai desiderato nulla di tutto ciò che hai detto. Ero felice della mia vita così com'era."

"Però non avevi nessuno, vero, Imogen?" Le labbra di Nolan erano sempre più vicine, così tanto che quasi sfiora-vano le sue. Imogen era combattuta tra la confusione e la tristezza.

"Non avevo nessuno, hai ragione, però ciò non vuol dire che mi sentissi sola, Nolan. Ti prego, dimmi cos'è successo. Lascia che ti aiuti," sussurrò Imogen.

"Credo che i Domnua ti abbiano usata come esca. Per sottrarmi i poteri. Per farmi perdere la testa. Per farmi perdere il sonno sognandoti. Per distrarmi dalla mia missione di proteggere Callum. Proprio quando non posso permettere che succeda. È così, Imogen?"

"No..." La donna scosse la testa, le lacrime le rigavano le guance. "Non farei mai una cosa del genere."

"Maledetta," sibilò Nolan subito prima di baciarla. Era una punizione e allo stesso tempo un dono. Laddove lei si aspettava la forza bruta, Nolan si muoveva con una genti-lezza completamente opposta alle sue parole dure. Imogen emise un mugolio mentre ogni cellula del suo corpo sembrava accendersi, come se piccoli fuochi d'artificio stessero scoppiando sotto la sua pelle, e si abbandonò a lui nonostante la rabbia. Nolan inclinò la testa rendendo il bacio più profondo, e il cuore di Imogen si spezzò nel sentire il dolore e l'angoscia dell'uomo riversarsi dentro di lei. Non era sicura di come fosse possibile, né perché riuscisse a percepire il suo stato d'animo in quel modo. Sapeva soltanto che erano legati in una maniera che non era ancora in grado di capire.

Imogen si staccò per prima, certa che il suo cuore non avrebbe retto ancora a lungo, e abbassò lo sguardo sul proprio grembo. Le faceva male tutto. Sentiva le braccia intorpidite dove erano ancora legate dietro la schiena, tuttavia non era niente in confronto alla sofferenza nel suo cuore.

"Perché non mi parli di questo?" le domandò Nolan con voce roca mentre sollevava il braccio e allontanava l'asciugamano. Imogen trasalì nel vedere la ferita da cui sgorgava ancora del sangue.

"Non so cosa sia successo." Imogen non aveva altro che la verità, e sarebbe morta prima di ammettere una colpa non sua. "Non... Non lo so."

"Spiegamelo. Nei dettagli, per favore." Quando Nolan si allontanò da lei sul letto, era come se qualcuno avesse tagliato una corda che li univa.

"Io..." Imogen si schiarì la gola e ruotò le spalle nel tentativo di alleviare il dolore. "Sono uscita e ho visto che i Domnua stavano avendo la meglio. Ce n'erano almeno dieci intorno a te. Non saprei... Ho semplicemente... reagito."

"Come hai reagito? Spiegamelo."

"Volevo... Volevo solo che si allontanassero. E... E sono riuscita a cacciarli. Non so cosa dire. Non ho mai..."

Imogen si interruppe. Certo, non aveva mai lanciato quel tipo di incantesimo prima, però ciò non voleva dire che quella era stata la sua prima esperienza con la magia. Ripensò a quando, da piccola, aveva deviato il flusso dell'acqua del ruscello fuori da casa sua. Non aveva il coraggio di mentire, per quanto farlo le avrebbe salvato la vita. "Non avevo intenzione di farti del male. Stavo cercando di aiutarti."

Qualcuno bussò alla porta e Bianca si affacciò prima che Nolan potesse aprire.

"Callum ti comanda di portare Imogen nell'area relax."

"Lo farò tra poco."

"Vuole che tu lo faccia adesso. Mi dispiace, ma i suoi ordini sono questi." Bianca lanciò un'occhiata compassionevole a Imogen. "Possiamo sciogliere la corda? Sembra che le stia facendo male."

"No." Nolan si alzò e afferrò Imogen per il braccio, facendola alzare dal letto e spingendola davanti a sé. La donna aveva le gambe intorpidite e barcollò, ma lui l'acchiappò prima che cadesse.

"Questa situazione non mi piace, Nolan. Non mi piace affatto. Liberala." Il cuore di Imogen si gonfiò di commozione nel sentire Bianca difenderla in quel modo. "Qualunque cosa tu creda di aver visto, beh, ti sbagli. Lo sento nella mia anima. Dovresti sentirlo anche tu. Dopotutto, oggi ti ha salvato la pellaccia! Non riesco a credere che tu la stia trattando così."

"Spostati, Bianca," ordinò Nolan in un tono tagliente come una frustata.

"No." Bianca incrociò le braccia al petto e aspettò, sembrava una bambina ribelle. "Slegala."

"No."

"Sì." Bianca batté un piede a terra. "Noi siamo quattro, lei invece è sola. Se per qualche motivo fosse davvero una traditrice, credi davvero che non riusciremmo a tenerla ferma?"

"Ho già allentato la corda."

"Non la trascinerai fuori da qui in queste condizioni." Bianca allargò le braccia per aggrapparsi al telaio della porta e lo guardò con un'aria ostinata. Imogen voleva baciarla.

"Sciocca testarda..." sibilò Nolan, dopodiché Imogen sentì le mani dell'uomo sui suoi polsi. La liberò in pochi secondi e la donna tirò un sospiro di sollievo, allungando le mani davanti al petto. Un dolore penetrante si diffuse nei suoi polsi, tanto che le venne di nuovo da piangere.

"Ecco. Così va meglio." Bianca si avvicinò immediatamente e abbracciò Imogen, che per poco non le crollò addosso. Nessuno, e in particolar modo una donna, l'aveva mai difesa in quel modo. Per quel che Bianca sapeva, Imogen avrebbe potuto essere una traditrice. Eppure era lì, a tener testa a un guerriero Fae gigantesco e arrabbiato, rifiutandosi di lasciare che la trattasse male. Fu solo allora che Imogen si rese conto che era quello il genere di protezione che aveva sempre desiderato ricevere da sua madre. "Forza. Andiamo di sopra da Callum. Ci faremo una piccola chiacchierata e chiariremo tutto."

"'Una piccola chiacchierata'..." la schernì Nolan. "Non stai certo prendendo il caffè e spettegolando con un'amica, Bianca."

"Oh, va' al diavolo, Nolan. Sei insopportabile come al solito, dovresti smettere di comportarti da imbecille."

Imogen aveva voglia di esultare, e si voltò verso Nolan

rivolgendogli un sorrisetto nonostante le proprie paure. Lui strinse gli occhi tempestosi e Imogen inclinò nuovamente la testa in avanti.

Una volta che furono arrivati nell'area relax, Imogen attraversò immediatamente la sala per sedersi al tavolo di fronte a Callum. Il principe aveva un aspetto particolarmente regale: indossava una giacca nera e portava i capelli biondi raccolti all'indietro. La scrutò con attenzione, come se i suoi occhi riuscissero a vedere ogni cosa, poi si girò verso Nolan. "Spiegati, Nolan."

"Mi ha ferito." Nolan sollevò il braccio. "Con la sua magia arcana. Ha lanciato un incantesimo e mi ha colpito, Callum. I suoi occhi emanano un bagliore argenteo in battaglia. Quel Fae dell'acqua l'ha chiamata la loro regina. Ha dei poteri. Mi ha persino confessato di essere sempre riuscita a vedere i Fae. Credo sia stata inviata qui per distrarmi durante questa missione. I miei poteri..." Nolan non terminò la frase.

"I tuoi poteri...?"

"I suoi poteri hanno smesso di funzionare da quando è salito sulla barca," intervenne Imogen. Se lui aveva intenzione di spiattellare i suoi segreti davanti a tutti, tanto valeva che lo facesse anche lei. "Hanno smesso di funzionare anche oggi, durante la battaglia. L'ho salvato, per quanto adesso me ne stia pentendo."

"Non me l'hai detto." Lo sguardo di Callum si spostò da Imogen a Nolan, che era rimasto in piedi.

"Non è vero che hanno smesso di funzionare..." iniziò a dire lui, ma Bianca si schiarì la gola.

"Posso?" chiese la donna.

"Certo." Callum le fece un cenno con la mano e Bianca

si lasciò cadere sulla panca accanto a Imogen, dichiarando apertamente la propria lealtà, il che le fece venire ancora una volta voglia di piangere.

"Anch'io ero lì durante l'imboscata, quindi posso chiarire alcuni dettagli."

"Sarebbe perfetto," disse Callum in un tono gelido.

"I Domnua stavano chiaramente attirando Imogen verso di loro. Hanno davvero un effetto particolare su di lei. E sì, i suoi occhi brillavano di una luce argentea quando era vicina. Tuttavia..." Bianca alzò un dito quando Nolan fece per interromperla. "Sembrava che succedesse contro la sua volontà. Era come se qualcosa la stesse trascinando verso il forte. E Nolan è stato sopraffatto dai nemici."

"Non è vero."

"Oh, taci. È così." Bianca lanciò un'occhiata sprezzante a Nolan. "C'erano centinaia di Domnua. Lui è stato risucchiato dentro il forte e stava per morire e io non sono riuscita a oltrepassare la barriera per aiutarlo. Imogen, invece, non ha avuto lo stesso problema e gli ha salvato la pelle tirandolo fuori."

"Non mi ha *salvato*. Stavo già uscendo da solo..."

"Sì che l'ha fatto!" Bianca sbatté la mano sul tavolo. Un'espressione frustrata si dipinse sul suo bel viso. "Ti ha salvato, Nolan, sicuro e certo. Hai urtato contro quella barriera magica proprio come me, però per qualche motivo a Imogen non è successo. E ti ha tirato fuori, portandoti lontano dal pericolo. Adesso, per favore, dimmi... Ti sembra il comportamento di qualcuno che sta cercando di tradirti?"

"Forse ha un obiettivo più grande e sta recitando la parte fino alla fine."

"O forse sei un idiota," mormorò Bianca.

"E va bene, allora spiegami questo." Nolan infilò una mano in tasca e gettò alcuni oggetti sul tavolo. Imogen rimase a bocca aperta nel vedere il suo anello insieme a un altro che non aveva mai visto prima. Il suo cuore saltò un battito. Dove l'aveva preso? L'aveva lanciato nell'oceano pensando che il suo potere stesse facendo del male a Nolan.

Entrambi i gioielli contenevano delle pietre di acquamarina che in quel momento brillavano dolcemente.

"Li riconosci?" chiese Callum a Imogen.

"Questo anello sì, l'altro no."

"Quello è tuo, Nolan."

Imogen lanciò un'occhiata a Nolan, sorpresa. Aveva il gemello del suo anello? Cosa poteva significare?

"Sì, lo è."

"Imogen, cosa puoi dirci di questi gioielli?" le domandò Callum. Bianca prese l'anello di Imogen e lo sollevò verso la luce.

"È incantevole. Anche la luce che emana lo è. Non sembra malvagio, vero?" Bianca lo porse a Callum, che lo prese con delicatezza nel palmo.

"No, non sembra magia oscura. È potente, ma non pericoloso," convenne lui, e Imogen si sentì subito sollevata.

"Mia madre mi ha dato quell'anello. È l'unica cosa che mi abbia mai regalato." Imogen sentì Nolan inspirare bruscamente, ma si rifiutò di guardarlo. Lui sapeva quanto fossero importanti i suoi segreti, tuttavia doveva tenere Nolan fuori dalla sua vita. Non le importava più cosa pensasse. "Me l'ha dato senza alcuna spiegazione appena prima di buttarmi fuori di casa. Ce l'ho da allora."

"E brilla quando lo guardi o lo indossi?" Callum continuò a rigirare l'anello tra le dita.

"Sì. Ha iniziato a farlo con più frequenza di recente, più o meno da quando siete arrivati a Grace's Cove, a dire il vero."

"E per tutto questo tempo non ci hai detto niente?" le domandò Nolan, aggressivo.

"È per questo che l'ho gettato nell'oceano quando pensavo di aver capito appieno ciò che comportava. Non ho idea di come sia tornato sulla barca. Te lo giuro, principe Callum." Imogen ignorò le imprecazioni di Nolan, e invece supplicò il principe. "Me ne sono sbarazzata quando ho pensato che stesse facendo del male."

"Cosa te l'ha fatto supporre?" chiese Callum rigirando l'anello nella mano.

"Nolan mi ha detto che i suoi poteri si sono ridotti appena è salito sulla barca. Io... Beh, è l'unico oggetto magico che credevo potesse avere un effetto del genere. Me ne sono liberata appena ho capito che la cosa poteva essere causata dall'anello."

"Tu..." Nolan non finì la frase e Bianca sbuffò.

"Hai sentito, zuccone? Ha cercato di aiutarti e tu la tratti così!"

"Mi dispiace, principe. Avrei dovuto portarti l'anello. Non conosco ancora bene questo mondo. Sto... Sto ancora imparando. Ed ero convinta di stare facendo la scelta giusta. Sono sincera, non ho mai avuto intenzione di fare del male a Nolan," disse Imogen. Si voltò e incrociò lo sguardo di Nolan. "Ti prego, credimi. Non volevo farti del male."

"Certo che non lo volevi." Bianca le diede una pacca sul braccio.

"Ti credo," disse il principe Callum, facendo scivolare l'anello verso di lei. "In ogni caso, c'è qualcosa, qualsiasi cosa, che ritieni di dover condividere con noi? Questo è il momento giusto per parlarne. Se in futuro scoprissimo che c'è dell'altro, potrebbe non riflettersi bene su di te."

"Riesco a muovere l'acqua, credo. Non ho idea di cosa sia successo durante la battaglia. Quella specie di ondata di magia arcana è stata una novità per me."

"Riesci a muovere l'acqua?" Bianca inarcò un sopracciglio guardandola. "Che figata! Cos'altro sai fare? Voglio dire, hai anche praticamente abbattuto tutti i Fae oscuri nel cerchio di pietra. Non è straordinario?"

"Non saprei." Imogen sollevò le mani. "Non so davvero come o perché sia riuscita a fare... qualsiasi cosa abbia fatto. Ho seguito il mio istinto, immagino. Non ho mai preso parte a una battaglia prima, quindi non sono sicura del motivo per cui ho reagito in quel modo."

"Eppure sai di poter muovere l'acqua," la incitò Bianca.

"E come? Spiegacelo," le domandò Callum. Nel frattempo Nolan iniziò a camminare avanti e indietro. Imogen tentò di ignorarlo.

"Non lo so. Cerco di non farlo, ma a volte, quando devo affrontare un tratto particolarmente turbolento, riesco a calmare le acque con la mente. Non so altro, davvero. Sono stata così stressata durante il nostro viaggio fin qui che l'ho fatto senza pensarci quando i Fae oscuri ci hanno attaccati."

"Mmh. Devo rifletterci un po' su." Callum si voltò e porse l'altro anello a Nolan, che lo infilò in tasca facendo una smorfia. "Nolan, devi delle scuse a Imogen."

"Io..." sospirò lui curvando le spalle. "Scusa, Imogen."

Lei aspettò, chiedendosi se avrebbe aggiunto altro, e quando non lo fece, si limitò ad alzare le spalle. Andava bene così, mentì a se stessa. Non era necessario che fossero amici per portare a termine quella missione.

"Se non credi che sia un gioiello magico a far diminuire i poteri di Nolan, allora quale potrebbe essere la causa?" domandò Bianca, prendendo di nuovo l'anello di Imogen per esaminarlo.

"È piuttosto semplice, a dire il vero." Un sorriso gentile curvò le labbra di Callum. "Più Nolan continuerà a negare il richiamo della sua compagna predestinata, più i suoi poteri si affievoliranno."

Imogen non riusciva a decidere chi fosse più stupido, dato che lei e Nolan si guardarono sconvolti, a bocca aperta.

"Sono sicuro di non aver negato alcun richiamo," si schernì Nolan.

"Sì, te l'avevo detto, ricordi?" intervenne Seamus. "Forse semplicemente non eri in sintonia con esso."

"Cosa vorrebbe dire?" domandò Bianca guardando gli uomini. "Come si entra in sintonia?"

"Si può recidere il richiamo, o ignorarlo. Non tutti i Fae vogliono un compagno," spiegò il principe Callum.

"Beh, chi è la sua compagna, allora? Fatela salire a bordo prima che a Nolan venga un colpo," chiese Imogen.

Il silenzio si prolungò e la donna si voltò verso Bianca, che fissava ostinatamente l'anello nella sua mano, rifiutandosi di guardarla negli occhi. Quando sollevò lo sguardo, Nolan uscì dalla stanza infuriato e gli occhi di Imogen si spalancarono. Non potevano certo pensare che fosse lei la sua compagna predestinata! Si sopportavano a malapena.

"A qualcuno va del whiskey?" esclamò Bianca.

CAPITOLO VENTITRÉ

Alla mattina, la sveglia strappò Imogen da un sonno profondo. La sera prima era stata certa che non sarebbe riuscita a riposarsi, dopo quella giornata massacrante: tra la battaglia, anzi, le due battaglie, contro i Fae oscuri e tutto il resto, il suo cervello era sovreccitato. Eppure, appena rientrata nella propria cabina, un po' terrorizzata all'idea di imbattersi in Nolan, era crollata esausta sul letto, abbandonandosi a un sonno per fortuna senza sogni.

Imogen spense la sveglia e si infilò in bagno per fare una doccia bollente. Non le piaceva svegliarsi così presto, ma non si lamentava mai quando c'era del lavoro da fare, ed era proprio ciò che li aspettava quel giorno. Dopo che Nolan era uscito infuriato dall'area relax, Bianca aveva accantonato la questione dei compagni predestinati e aveva finito per parlare dei piani di Callum per salvare Lily. L'argomento precedente faceva sentire a disagio Imogen, che non era davvero pronta a riflettere sul suo potenziale significato. Tuttavia, sarebbe stato bello scoprire ancora più aspetti di *quel* tema in particolare. Perché se...

Desiderava anche sapere perché Nolan aveva un anello identico al suo, ma per ora era riuscita ad arrivare a una sola conclusione: quell'uomo era legato ai Fae dell'acqua, quindi dovevano aver regalato un gioiello anche a lui. A quel punto, Imogen doveva presumere che il suo anello avesse la stessa origine, il che, doveva ammetterlo, era un po' strano. Le persone che aveva visto nell'acqua per tutti quegli anni le avevano regalato qualcosa. E se suo padre fosse un...? Il solo pensiero fece rabbrividire Imogen.

Ciò di cui aveva davvero bisogno era una risposta a tutte quelle domande. Doveva prendere da parte Bianca appena possibile e iniziare a sfogliare il suo libro sui Fae. Si sentiva catapultata in uno spettacolo teatrale in cui era l'unica a non conoscere il copione, e non le piaceva affatto. A eccezione di quando guidava la barca, avvertiva di non avere più il controllo della situazione da quando avevano lasciato Grace's Cove.

Imogen si raccolse i capelli in uno chignon stretto e alto e lasciò che il flusso forte dell'acqua calda le scorresse sul collo. Appoggiò la fronte alla parete della doccia mentre il vapore la circondava, abbandonandosi al sollievo che si stava diffondendo tra le sue spalle dopo che aveva avuto le mani legate dietro la schiena. Era stata trattata in modo umiliante, e in quel momento i sentimenti che provava per Nolan erano aggrovigliati in una matassa confusa che non era sicura di poter sciogliere. Da un punto di vista oggettivo, sapendo di essere stata vista gettare l'anello nell'oceano e che il Fae dell'acqua gliel'aveva restituito, riusciva a capire perché non si fidasse di lei. D'altra parte, però, era stato davvero crudele a saltare a quella conclusione senza nemmeno parlarne con lei. Certo, erano stati attaccati e

Imogen l'aveva ferito con una scarica di magia arcana che non credeva di possedere. Ciononostante, si rese conto che una parte di lei desiderava essere stimata da Nolan.

Imogen aprì e chiuse i pugni cercando di ricordare com'era stato usare la magia il giorno prima. A dire il vero, non era stata una scelta consapevole: aveva reagito d'istinto dopo essersi accorta che Nolan stava per essere colpito. Cercò di ricostruire ogni momento per capire se avrebbe potuto usare nuovamente quel potere in modo più controllato. Si voltò dando le spalle alla parete della doccia e, trovandosi di fronte al flusso, si concentrò su un singolo getto. Lo osservò per un istante, riflettendo su ciò che le sarebbe servito per muovere l'acqua con il pensiero, dopodiché attinse a quel potere dalla propria anima. Non poteva spiegarlo diversamente: dentro di lei c'era semplicemente un piccolo nucleo pulsante di energia in cui Imogen si immerse mentalmente, indirizzando la magia verso il getto d'acqua. Sussultò quando il flusso si inclinò di novanta gradi spruzzandola sul viso.

"Oh!" Beh, avrebbe dovuto imparare a controllarlo meglio. Pur sapendo di avere poco tempo a disposizione, Imogen trascorse gli importantissimi dieci minuti successivi a giocare con l'acqua finché non iniziò a sentirsi più a proprio agio con le proprie capacità. Non era sicura di cosa significasse riuscire a fare una cosa del genere, ma per il momento avrebbe messo da parte la questione per poi parlarne con Bianca.

Per quanto riguardava Imogen, era la sua nuova migliore amica. Nessuno l'aveva mai, *mai* difesa in quel modo prima. Qualunque cosa fosse successa quel giorno durante la missione per trovare Lily, Imogen avrebbe tenuto d'occhio Bianca e si sarebbe assicurata di proteggerla a ogni costo. Era quello che facevano gli amici, e nel caso in cui quell'impresa folle in cui l'avevano trascinata non avesse avuto altre conseguenze, perlomeno avrebbe saputo come ci si sentiva ad avere una vera amica.

Imogen si vestì rapidamente e all'ultimo secondo si infilò l'anello d'oro battuto che le aveva restituito il principe. Se, a detta di Callum, non conteneva alcuna magia oscura, allora avrebbe potuto davvero tornarle utile. Non ne era certa, ma, a parte il suo coraggio, l'unica arma che aveva era un pugnale: tanto valeva portarlo con sé.

"Hai dormito almeno un po'?" le domandò Bianca, correndo da lei appena entrò nell'area relax e abbracciandola. Imogen si irrigidì, non essendo ancora abituata a un contatto così intimo, poi però ricambiò il gesto con fervore. Quello scambio affettuoso e spontaneo la faceva stare bene, e si ripromise di essere più generosa con gli abbracci in futuro.

"Sai, dopo ieri notte pensavo che non ci sarei riuscita, ma in qualche modo sono crollata immediatamente."

"Eri esausta, povera piccola. È stata una giornata davvero massacrante." Bianca si ritrasse leggermente per osservare attentamente il viso di Imogen. "Allora stai bene?"

"Sto bene, per quanto possibile, credo. Stamattina ho... cercato di esercitarmi un po' con i miei, ehm, poteri." Ecco, l'aveva detto tutto d'un fiato prima di poterci ripensare, dato che si era ripromessa di essere più sincera.

"Ah sì? E com'è andata?"

"Beh, dopo essermi bagnata per bene, penso di essere diventata abbastanza brava." Imogen attraversò l'area relax e si riempì un thermos di caffè. Non credeva che sarebbero rimasti ancora a lungo sulla barca, poiché Callum era stato abbastanza chiaro nel dire che avrebbe voluto essere sulla terraferma alle prime luci dell'alba.

"Non è fantastica?" Seamus le baciò la guancia quando le passò accanto, facendo quasi venire un colpo a Imogen.

Quando Nolan entrò nell'area relax, il suo sguardo passò in rassegna la sala prima di posarsi su di lei. Maledizione, pensò Imogen: voleva restare indifferente alla presenza di quell'uomo, eppure il suo cuore sembrò sospirare leggermente. Era troppo bello. Forse era quello il motivo della sua reazione. Indossava di nuovo quella maglia sexy di flanella, oltre a una giacca di tela verde scuro, degli scarponcini tecnici resistenti e un berretto di lana grigia che metteva in risalto i suoi occhi del colore delle nuvole di tempesta. Non si radeva da diversi giorni. Se Imogen non si fosse sentita ancora così ferita da lui, si sarebbe goduta quella vista, e invece si voltò per poi riprendere a prepararsi il caffè.

"Possiamo parlare?" le chiese Nolan mentre lei gli dava le spalle.

"Certo," rispose Imogen prendendo lo zucchero.

"Da soli?" continuò Nolan.

"Non credo proprio, amico," disse Bianca dal suo posto a tavola, dove stava mangiando del porridge. "Puoi dirle quello che devi dirle davanti a noi. Siamo una squadra e non dovrebbero esserci segreti tra noi. Quello che hai fatto ieri sera ha incrinato la nostra unità e credo tu debba rimediare. Per tutti noi. Imogen non è l'unica a essere arrabbiata con te."

Imogen serrò le labbra: il comportamento incredibilmente materno di Bianca le faceva venir voglia di sorridere, ma sapeva che la cosa avrebbe fatto perdere del tutto la pazienza a Nolan.

L'uomo borbottò qualcosa che suonava pericolosamente come "maledetta impicciona" prima di voltarsi verso gli altri.

"Allora, le cose stanno così: ho combinato un casino."

"Ma va'?" gli rispose Bianca, affondando con violenza il cucchiaio nel porridge.

"Su, amore. Lascialo parlare. Non è facile implorare perdono se lo interrompi ogni due secondi," disse Seamus.

Imogen sorrise raggiante.

"Imogen…" Nolan si voltò e aspettò che lei alzasse la testa e incrociasse il suo sguardo. "So di essermi già scusato ieri sera, tuttavia l'ho fatto su ordine del principe Callum. Stamattina mi scuso perché ho… ho davvero combinato un casino. Sono saltato alle conclusioni e ho agito senza riflettere. Credo che in parte sia successo perché avevo così tanta paura per il malfunzionamento dei miei poteri da cercare qualcosa, o qualcuno, su cui sfogare la mia rabbia. Come ti avevo confidato ieri, sul tetto, ero spaventato e per me non è semplice ammetterlo a un'altra persona, però ho preso delle decisioni sbagliate. Un capo migliore avrebbe esaminato ogni aspetto della situazione invece di fare supposizioni che a lungo termine hanno finito per ferirti e incrinare la nostra fiducia. Per questo, ti chiedo sinceramente scusa. Non so se troverai nel tuo cuore la forza di perdonarmi, ma ti chiedo almeno di prenderlo in considerazione."

Imogen sgranò gli occhi. Non si aspettava delle scuse così oneste e dirette, e non sapeva come gestire tutta la rabbia e il dolore che sentiva dentro.

"Beh, è un bel discorso di scuse, vero, Imogen? Non me l'aspettavo. Complimenti, Nolan," annuì Bianca.

"Apprezzo le tue scuse, Nolan." Imogen riflettè sui propri sentimenti prima di continuare. "Tuttavia, mi hai ferita. Nel profondo. Cosa che mi sorprende, dato che, da quando ci conosciamo, beh... mi hai infastidito per quasi tutto il tempo. Eppure, pensavo che finalmente, *forse*, si stava creando un legame tra noi. Ho condiviso i miei segreti con te, e tu li hai usati quasi immediatamente contro di me. Credo che riuscirò a perdonarti, ma non sono sicura di poter dimenticare come mi hai fatta sentire."

"Spero che col tempo riuscirò a cambiare le cose. Se me ne darai la possibilità..." Nolan aveva un'espressione abbattuta, e Imogen capì che era sincero. Non bastava, però, a lenire la sofferenza che ancora provava.

"Vedremo. Non so cos'altro dire..."

"Mi sembra giusto. Non sei d'accordo, Seamus?" Bianca si voltò verso Seamus, che annuì.

"Per queste cose ci vuole tempo, ma oggi dobbiamo essere una squadra. Callum è abbastanza sicuro di aver capito dove dobbiamo andare. Oggi l'unica cosa che conta è sostenerci a vicenda, a qualunque costo." Bianca guardò negli occhi tutti i presenti mentre Callum entrava.

Benché il principe sembrasse teso, i suoi occhi sembravano ravvivati da un fuoco che Imogen non aveva più visto dal loro primo incontro. Fu quell'espressione a farle rendere conto che era davvero arrivato il giorno della resa dei conti.

Avrebbero riportato a casa la sua Lily.

"State tutti meglio stamattina? Riusciremo a lavorare come una squadra?" domandò Callum senza tanti preamboli.

Gli altri annuirono e il principe lanciò un'occhiata fuori dalla finestra.

"È il momento di andare. Ho una vettura che ci aspetta fuori."

"C'è qualcosa che posso fare... o portare?" Imogen raggiunse Callum e guardò i suoi occhi spiritati. Allungò una mano e gli toccò il braccio: sentiva che aveva bisogno di una sorta di connessione con qualcuno.

"Non penso. Dobbiamo solo... Dobbiamo andare. Riesco a sentire che è vicina. Ho il terrore di perderla." Il tono di voce di Callum era secco, come se fosse a malapena in grado di parlare.

"Allora farò tutto il possibile per aiutare. Non so come potrò esservi utile, ma ci proverò."

"Potresti sorprenderti. Ieri mi hai salvato," disse Nolan alle sue spalle, e le parole dell'uomo fecero irradiare un'ondata di calore dentro di lei.

"Vedremo cosa ci aspetta. Adesso sbrighiamoci: voglio arrivare all'alba."

Il gruppo si affrettò a raggiungere il veicolo, un furgone compatto, e Seamus si sistemò al volante mentre Callum gli dava delle indicazioni. Imogen si accomodò accanto a Bianca sulla prima fila di sedili posteriori dietro di loro, con Nolan nella seconda fila. Sarebbe stato inutile fingere che la presenza di quell'uomo alle sue spalle non la colpisse; tuttavia, la sua mente era altrove.

"Dove stiamo andando, Callum?" intervenne Bianca spezzando il silenzio. Erano le ore più buie della notte, l'attimo appena prima dell'alba, e i fari illuminavano la strada deserta. Il furgone era l'unico mezzo in circolazione, e Imogen si chiese se qualcuno, affacciandosi alla finestra, si stesse domandando chi fossero i pazzi in giro a quell'ora. Presto si lasciarono alle spalle il piccolo villaggio e il paesaggio si fece completamente buio. L'assenza di persone da quelle parti era quasi inquietante, tuttavia Imogen cercò di non considerarlo un cattivo presagio. Si ricordò che l'isola era già di per sé scarsamente abitata, quindi era tutto nella norma.

"Il suo nome ufficiale è 'Serpent's Lair', la tana del serpente, ma qui lo chiamano 'il buco nero'."

Quelle parole fecero rabbrividire Imogen.

"Ho letto qualcosa al riguardo. È una specie di struttura dalla forma perfettamente rettangolare scavata nella roccia sferzata dalle correnti forti dell'oceano. La si può osservare dall'alto, dalle scogliere che la circondano."

"Un rettangolo? È artificiale? Come una piscina?" chiese Imogen.

"No, penso sia naturale. Credo di aver visto quel posto in uno di quei giochi estremi o qualcosa del genere in TV. In uno di quei programmi in cui la gente si tuffa in acqua da un trampolino. Sembrava piuttosto adrenalinico," disse Bianca.

"E secondo noi è lì che si trova Lily. In quel buco? Ma come è possibile, se è pieno d'acqua?" Imogen sollevò lo sguardo e Callum lanciò un'occhiata nella sua direzione.

"Se è davvero lì, probabilmente la tengono prigioniera sotto la superficie dell'oceano."

"E come..." Imogen non finì la frase. "Ah, già. Con la magia arcana."

"Qual è il piano?" domandò Nolan dietro di lei, spaventandola. Per un istante si era dimenticata della sua presenza.

"Dovremo dividerci," disse Callum in un tono serio.

"Data la natura delle scogliere che circondano il buco, dovrete tenere d'occhio anche quelle mentre io cercherò di arrivare al Serpent's Lair."

"Come farai a capire se è lì?" gli chiese Imogen. Anche solo pensare al gruppo che si separava la faceva sentire sempre più nervosa.

"Sono abbastanza vicino adesso. I Fae oscuri possono pure usare i loro poteri, tuttavia nulla è in grado di nascondere il legame del cuore di due compagni predestinati. È così che so che è ancora viva. La loro magia funzionava quando ero più lontano, adesso invece percepisco la sua presenza. Ci stiamo avvicinando."

"La strada non ci porterà direttamente lì. Dobbiamo scendere dal furgone e camminare," disse Bianca osservando il proprio cellulare.

"Credevo foste in grado di teletrasportarvi magicamente..." chiese Imogen e Bianca agitò il pugno in aria.

"Giusto! Quindi ci divideremo, ma come?"

"Io e Callum andremo nel Serpent's Lair, voi tre sulle scogliere," disse Nolan.

"No." Callum si voltò e incrociò lo sguardo di Imogen nella luce tenue riflessa sul cruscotto. "Imogen resterà con me."

"Uhm, è davvero questa la scelta più saggia?" deglutì Imogen. "Probabilmente Nolan è l'opzione migliore..."

"Tu verrai con me." Il tono di Callum non ammetteva proteste e Imogen deglutì nuovamente con forza. Bene, avrebbe accompagnato il principe dei Fae. Non sarebbe stato niente di che, vero?

"Perché insisti a portarla con te?" intervenne Nolan.

Nel suo tono si percepiva qualcosa che indusse Callum a sollevare il mento.

"Stai mettendo in discussione i miei ordini?" gli chiese il principe.

"Sto mettendo in discussione le tue intenzioni. Ascolta, per me la decisione più intelligente sarebbe avere un guerriero. Uno come me. Eppure tu insisti a farti accompagnare da Imogen. Vuoi usarla per uno scambio di prigionieri?"

Imogen e Bianca trasalirono e si guardarono.

"Quindi dovrebbero scambiarmi con Lily?" Imogen era sempre più spaventata. Bianca si sporse verso di lei e le strinse la mano.

"Non farei mai una cosa del genere," le promise il principe Callum.

"L'amore fa fare cose folli, però," continuò Nolan. "Come faccio a sapere che non la userai per avere ciò che desideri di più al mondo?"

"Perché ti importa?" gli domandò il principe Callum. "Pensi che sia una traditrice."

"Lo *pensavo*. Mi sbagliavo, dunque adesso prendo le sue difese. Fa parte della nostra squadra e ho bisogno di capire perché vuoi che ci dividiamo."

"È questo l'unico motivo per cui ti comporti così?" lo provocò il principe Callum.

Nolan si limitò ad alzare le spalle ed emise un borbottio indefinito. Imogen si lasciò sfuggire un sospiro tremante, mentre le sue viscere si contorcevano nel sentire la voce roca di Nolan.

"Proteggerò Imogen come se fosse mia, te lo prometto," disse il principe Callum. Il tempo sembrò fermarsi finché Nolan non annuì.

"Allora ci divideremo," intervenne Seamus cercando di riprendere il filo del discorso.

"Vi copriremo dalle scogliere." Bianca diede un colpetto al braccio di Imogen. "Il mio Seamus ha una mira infallibile con le frecce, vero, amore mio?"

"Anche tu te la cavi, piccola."

"Ecco, vi copriremo senza problemi. E poi Seamus potrà lanciare alcuni dei suoi incantesimi. Usa i propri poteri in modo piuttosto creativo."

"Se dovessi scoccare delle frecce avvelenate o qualcosa del genere, potresti per favore evitare di colpirmi?" chiese Imogen.

"Va bene, Imogen, non ti preoccupare," le promise Seamus. Imogen si voltò e il suo sguardo incrociò quello tempestoso di Nolan, che la fece agitare ancora di più.

"Siamo arrivati. Fermati qui," ordinò Callum, e Seamus parcheggiò sul bordo della strada. "Adesso fate silenzio. Avete capito tutti il piano? Ci teletrasporteremo sul lato della scogliera. Imogen, vieni con me."

"Ehm, cosa farò esattamente?" gli domandò lei. Le si stava chiudendo lo stomaco per l'ansia.

"Lo saprai quando sarà necessario," le assicurò Callum. Imogen sperava che avesse ragione, di certo non avrebbe rischiato la vita di Lily se l'avesse ritenuta un'incapace. Scesero dal furgone chiudendo le portiere senza fare rumore e Imogen raggiunse Callum, aspettando che l'attirasse a sé prima del teletrasporto, come aveva fatto Nolan qualche giorno prima.

Callum allungò una mano verso di lei, ma Nolan si piazzò tra di loro prima ancora che Imogen potesse stringerla. Le prese il viso tra le mani e le diede un bacio dolce, come un sussurro, come se le stesse facendo una promessa senza nemmeno parlare. Imogen spalancò gli occhi quando lui si ritrasse, aveva una miriade di domande da fargli e nessuna risposta. Nolan si voltò senza dire una parola e scomparve nell'oscurità insieme a Bianca e Seamus.

Callum afferrò la mano di Imogen e quella strana sensazione di risucchio l'avvolse prima che svanissero dal ciglio della strada.

Riapparvero accanto alla scogliera, e scoppiò il caos.

CAPITOLO VENTIQUATTRO

Qualcosa sfrecciò accanto alla testa di Imogen, facendola abbassare mentre si voltava e cercava di riprendersi dopo il teletrasporto. Il sole era appena spuntato all'orizzonte, illuminando con raggi dorati la superficie agitata dell'oceano grigio e tempestoso. Il posto era esattamente come Bianca l'aveva descritto: una piscina quasi perfettamente rettangolare scavata nel frastagliato promontorio roccioso circondato dalle scogliere ripide. Imogen riusciva a malapena a vedere Seamus e Bianca in cima alle falesie: stavano scoccando delle frecce contro i Domnua che correvano lungo i crinali.

Verso di loro.

Imogen si rese conto di essere un bersaglio facile e strillò quando un Fae oscuro esplose in uno spruzzo di poltiglia argentea proprio davanti a lei, poi sollevò lo sguardo verso Nolan, che tendeva una freccia puntata su di lei.

Bel colpo, pensò Imogen quando l'uomo abbatté un altro Domnua che si stava avvicinando. La donna si voltò per tenere il passo con Callum, che aveva iniziato a scalare la superficie rocciosa verso il bordo della piscina combattendo contro i nemici. Il cuore di Imogen saltò un battito.

Se arrivare lì all'alba avrebbe dovuto dar loro un vantaggio, quanto sarebbe stato difficile lottare nel cuore della notte? Imogen ci pensò su: non se la sarebbero cavata bene. Centinaia di Domnua si stavano riversando sulle pareti rocciose come un'orda di formiche il cui nido era stato distrutto. Non aveva mai visto nulla di simile prima e non aveva idea di come cinque persone sarebbero riuscite a tenere testa a un esercito del genere. Imogen capì inoltre che i Fae oscuri avevano pianificato bene il loro attacco, attirando lì il principe Callum e aspettando pazientemente, con un'armata pronta a sconfiggerlo. Lily era solo l'esca, lui l'obiettivo. Imogen guardò i Domnua evitarla e puntare direttamente al principe.

Era come se non la vedessero nemmeno.

O forse non si curavano affatto di lei. Non era certo il bersaglio importante di quel giorno. Se avessero abbattuto il principe, sarebbero stati più vicini alla dominazione dell'Irlanda, stando a quanto Bianca le aveva detto.

Callum combatté come un indemoniato, avvicinandosi sempre di più alla piscina, tuttavia era solo. Malgrado le ondate di magia arcana che lanciava contro i Fae oscuri, abbattendone molti in un solo colpo, continuavano ad arrivarne altri. Del sangue argenteo copriva la roccia rendendola scivolosa mentre Imogen correva in avanti, muovendosi in modo convulso a causa del panico che la pervadeva. Era nei guai, quella situazione era troppo per lei. Non avrebbe mai potuto fermare ciò che stava succedendo davanti ai suoi occhi. Si sentiva impotente, e per un lungo istante lo sguardo di Imogen si posò sul punto in cui i

Domnua si stavano arrampicando sulle ripide pareti rocciose senza problemi, come se fossero delle semplici scale. Quando li vide pericolosamente vicini a Bianca, l'amica agguerrita che aveva preso le sue difese, qualcosa si squarciò nel profondo della sua anima. No, non può andare così, si disse Imogen. I Domnua non le avrebbero portato via la sua prima amica.

Per un secondo ripensò al viso di Fiona, il fantasma, e a ciò che le aveva detto sulla spiaggia di Grace's Cove. Le sue parole ebbero la meglio sul panico.

Hai già tutto ciò di cui hai bisogno.

Lo sguardo di Imogen si posò in basso, dove l'acqua si agitava torbida, come degli abiti in una lavatrice.

L'acqua.

Aveva la capacità di muovere l'acqua.

Imogen fissò l'oceano agitato nella piscina naturale e attinse alla piccola, brillante sfera di energia dentro di lei, lasciando che la paura e la rabbia si intensificassero prima di lanciarla verso la piscina rettangolare. Corse in avanti e inciampò su un masso coperto dal sangue argenteo dei Domnua, ma non si fermò. Un'enorme colonna d'acqua si sollevò sempre più in alto, ruotando fino a diventare un gigantesco tornado, e Imogen si voltò scagliandola contro il lato delle scogliere e abbattendo le centinaia di Domnua che rischiavano di fare del male a Bianca. Senza nemmeno fermarsi, tanto era folle di rabbia, Imogen si lanciò in avanti allungando le mani e richiamò un'altra onda dalla piscina, girandola con una mano prima di farla schiantare contro la sporgenza inferiore, spazzando via la minaccia più imminente alla vita del principe Callum con una sola, spietata scia della fantastica magia arcana dei Fae dell'acqua.

Callum si voltò con gli occhi brillanti di speranza ed esultò.

Bianca fece lo stesso dall'alto della scogliera.

Esultavano per *lei*. Imogen stava aiutando i propri amici. Ce l'avrebbe fatta.

Raggiunse il principe guardandosi intorno in cerca di eventuali pericoli e mantenne un'altra colonna d'acqua sospesa in aria.

"Riesci a controllarla abbastanza a lungo da permettermi di salvare Lily?" urlò Callum al di sopra del rumore scrosciante delle onde sulle loro teste.

"Va'. Terrò l'acqua fuori dalla piscina." Imogen non sapeva come avrebbe potuto promettergli una cosa del genere, tuttavia riteneva di essere in grado di farlo. Si sentiva accesa, come se fosse stata colpita da un fulmine, e le sue vene sembravano vibrare per l'energia che scorreva dentro di esse. Imogen continuò a risucchiare altra acqua dalla piscina naturale, svuotandola quasi del tutto, e da quella prospettiva riusciva a vedere il buco scavato nella parete rocciosa della scogliera. Era l'ingresso della grotta sotterranea. Anche Callum, che era davanti a lei, la notò, e scomparve alla sua vista in un istante. Non era quello il momento di esitare.

Un urlo arrivò alle sue orecchie trasportato dal vento. Imogen sollevò una mano in aria mantenendo sospeso il vortice rotante d'acqua sopra di lei, poi lanciò un'occhiata alle proprie spalle.

"Bastardi!" gridò Imogen furiosa, vedendo un'altra fila di Domnua avanzare lungo le scogliere. Non dovevano essere molto svegli, pensò voltandosi e lanciando il getto d'acqua contro il gruppo successivo, facendoli precipitare giù dalle pareti rocciose. Le loro grida la rallegrarono, e non sapeva cosa pensare di quel suo nuovo lato assetato di sangue. "Forza, Callum! Andiamo!"

Non aveva idea di quanto sarebbe riuscita ancora a tenere il getto d'acqua sospeso in aria, e quello iniziò a ricadere nella piscina proprio nel momento in cui l'aveva pensato. Eppure una melodia scorreva nelle sue vene e, dopo aver lanciato un'occhiata al punto della scogliera in cui Nolan scoccava una freccia dopo l'altra, Imogen cantò per salvare la propria vita, anzi, le *loro* vite.

Nolan sollevò la testa fissandola negli occhi, e i sentimenti che Imogen provava per lui si fecero più intensi man mano che la luce e l'amore si irradiavano dentro di lei mentre reggeva il getto d'acqua.

"L'amore deve vincere," disse Imogen stringendo gli occhi e attingendo alla parte più profonda della propria anima. Il sudore le imperlava la fronte nonostante la brezza forte e gelida che le sferzava il viso e il tempo si fermò per alcuni secondi. Per quanto ne sapeva, potevano essere passate ore. Cercò di non dubitare delle proprie capacità: non avrebbe assolutamente dovuto essere in grado di fare quelle cose, eppure eccola lì, a controllare l'oceano stesso mentre il principe dei Fae salvava la sua principessa.

Imogen trasalì quando Callum apparve davanti a lei stringendo una donna tra le braccia e, prima ancora che potesse dire qualcosa, l'afferrò con una mano. Quella strana sensazione di risucchio che accompagnava il teletrasporto l'avvolse, ed ebbe un solo istante per intravedere l'acqua abbattersi con violenza sull'orda di Fae oscuri che correvano sulle rocce. Si ritrovò di nuovo vicino al furgone, ansimando. Vedeva dei puntini muoversi davanti ai suoi occhi e si piegò poggiando le mani sulle ginocchia, inspirando a fondo. Imogen era abbastanza certa che si sarebbe resa ridicola svenendo, dato che l'immensità di ciò che era appena riuscita a fare rischiava di sopraffarla.

"Evvai!" strillò Bianca cadendo in ginocchio di fronte a Imogen e prendendole il viso tra le mani, per poi sollevare lo sguardo e sorriderle raggiante. "Guardati, sei meravigliosa. Sei stata spettacolare, amica mia."

"Credo di stare per vomitare," disse Imogen senza fiato.

"Oh, allora mi sposto!" Bianca scattò in piedi e trascinò Imogen verso il lato del furgone, allontanando gli altri con un cenno. "Ecco, vomita pure. Appoggiati a me."

Imogen obbedì, grata del suo sostegno, e cercò di respirare in modo più regolare.

"A volte succede, sai? Gli incantesimi più complessi possono avere questo effetto. Non è nulla di raro, almeno per quanto ne so io."

"Credo..." Imogen deglutì e si raddrizzò. Non vedeva più quei punti, per fortuna. "Va bene. Credo di stare meglio. Mi serviva soltanto un momento per riprendermi. È solo che... È successo tutto così velocemente."

"È stato maledettamente fantastico, secondo me. E tu sei stata eccezionale, Imogen. Eccezionale."

"Stai bene?" chiese una voce dolce e titubante. Imogen si voltò: una donna incantevole dai lineamenti delicati e dai dolci occhi castani la stava guardando preoccupata.

"Lily!" Bianca corse verso la donna e le due si abbracciarono felici. "Sei ferita?"

"No, sto benissimo, anche se ho una fame da lupi." Lily sorrise, poi fece un passo in avanti, prese entrambe le mani di Imogen e le strinse rivolgendole uno sguardo caloroso. "Mi hai salvata. Grazie!"

"Sono felice di averti aiutata. Il tuo uomo, beh, lui ti ama tantissimo," disse Imogen.

"E io amo lui. Ti ringrazio per averci aiutati."

"Figurati." Imogen alzò le spalle. Si stava ancora riprendendo da ciò che era successo.

"Detesto interrompervi, signore, ma dobbiamo andare. *Adesso*. Non credo che i Domnua saranno felici di aver perso la loro esca." Seamus si sistemò velocemente dietro il volante e salirono tutti sul furgone. Imogen si ritrovò seduta sul retro accanto a Nolan, Callum e Lily invece si accoccolarono nella prima fila e Bianca si accomodò accanto al sedile del guidatore. Il principe dei Fae osservava Lily emozionato, con un'espressione così carica di desiderio e amore che Imogen si costrinse a distogliere lo sguardo. Non voleva disturbare un momento così intimo.

Il suo sguardo incrociò quello di Nolan, facendole ricordare immediatamente il bacio che le aveva dato. Ciò che aveva fatto il giorno prima la feriva ancora, eppure quel bacio... beh, era stato davvero fantastico.

"Sono così fiero di te."

Non erano le parole che si aspettava di sentirgli pronunciare, tuttavia non era sicura di sapere cosa aspettarsi. In ogni caso, non era quello. La sua affermazione le fece venire le lacrime agli occhi e Imogen si voltò a guardare fuori dal finestrino. Si sentiva combattuta. Nolan non aggiunse altro: sembrava capire che aveva bisogno di un po' di spazio per raccogliere le idee.

Imogen serrò le labbra sbattendo rapidamente le palpebre, e sospirò quando Nolan si chinò su di lei per prenderle una mano prima di stringerla dolcemente. Lei glielo permise, dato che il suo tocco la rassicurava, sebbene non fosse ancora del tutto pronta. Si chiese se lo sarebbe mai stata: l'intimità era sempre stata un argomento difficile da affrontare per Imogen, per non parlare, poi, di quella sorta di connessione voluta dal destino.

"Tra quanto ce ne potremo andare?" chiese Callum voltandosi verso Imogen.

"Ci vuole un po' per accendere i motori, ma non tanto. Potremmo partire entro una mezz'oretta." Imogen fece un calcolo mentale veloce.

"Puoi ridurlo a dieci minuti?" domandò Callum.

"Io... Posso provarci, ma..."

"Cosa c'è?" continuò lui.

"Perché dovremmo viaggiare via mare? I Domnua non sono altrettanto pericolosi in acqua?"

"No, sono molto più forti sulla terraferma, al contrario dei Fae dell'acqua. Spero che, quando vedranno Lily con noi e capiranno che non volevamo far loro del male, renderanno più facile il nostro ritorno a casa."

"E se non lo facessero?" La voce di Imogen si spezzò. Non era certa di poter affrontare un'altra battaglia. Era quasi sicura di aver esaurito la sua dose di adrenalina quotidiana.

"Allora ci aspetterebbe un oceano agitato."

"Oh, perfetto," si lamentò Bianca dal sedile anteriore. "Qualcuno ha delle compresse contro il mal di mare?"

Imogen si ritrovò a ridere di cuore insieme al resto del gruppo. In fin dei conti, ciò che contava davvero non era forse condividere un momento di spensieratezza?

Nolan le tenne la mano durante tutto il viaggio di ritorno verso la barca.

CAPITOLO VENTICINQUE

Il nostro amore era un canto,
I sogni veri sembravan tanto,
Ma solitaria è la riva di Innisfail.

"Illuminiamo un po' questo posto," canticchiò Imogen scegliendo la canzone che accompagnava ogni sua partenza, alzando il volume al massimo e accendendo tutte le luci della barca. Era un po' esagerato? Forse. Era come mostrare un grande dito medio ai Fae oscuri che probabilmente li osservavano dalla costa? Oh sì. E Imogen si rese conto che non le importava affatto. Per la prima volta si sentiva sicura di sé, e tamburellò la mano sul timone mentre si allontanavano rapidamente dal porto lasciandosi alle spalle l'isola silenziosa. Imogen fece sfrecciare la barca al di là di Straw Island fischiettando e salutando frettolosamente il faro prima di virare verso lo stretto di Foul Sound. Una volta superato, si sarebbero trovati in mare aperto, dove sperava di navigare senza problemi.

Com'era possibile vivere in quel modo, nel pericolo costante di una battaglia? Imogen controllò la rotta e osservò le acque davanti all'imbarcazione. Era come se avesse a malapena avuto la possibilità di riprendere fiato prima che la successiva potenziale minaccia incombesse su di lei. Continuò a tamburellare le dita sul timone e aumentò la velocità, nella speranza di attraversare tranquillamente lo stretto. Il filmato su uno degli schermi attirò la sua attenzione: c'erano delle navi di fronte a loro.

"Ti prego, fa' che siano dei pescherecci. Ti prego, fa' che siano dei pescherecci." Imogen, però, sapeva che erano troppo grandi per esserlo.

"Callum," esclamò Imogen al microfono, per quanto detestasse dover interrompere quella che probabilmente era una riunione molto intima con Lily. "Ci sono delle navi di fronte a noi. Credo siano sei. In formazione."

La porta della cabina di comando si spalancò facendo entrare un getto d'aria gelida e Imogen rabbrividì, ma non sapeva se fosse per il vento o per il fatto che Nolan si fosse chinato su di lei per guardare lo schermo. La sua vicinanza la faceva sentire profondamente a disagio, era ancora scossa e vulnerabile, e decise quindi di spostarsi di lato con un passo deciso.

"Quanto sono lontane?" Nolan si voltò verso di lei. Lo sguardo di Imogen si posò sulle sue labbra, e ricordò i loro baci: il primo, rubato nel momento peggiore, e il secondo, dato nel momento migliore. Gli avrebbe mai permesso di dargliene un terzo?

"Non molto. Al massimo dieci o quindici minuti di navigazione." Imogen gli indicò le navi. "Si riesce a malapena a vederle."

Nolan afferrò il suo binocolo e osservò i puntini all'orizzonte. I secondi passarono silenziosi e Imogen si sentiva sempre più ansiosa. Amava la *Mystic Pirate*, ma la sua barca non avrebbe potuto sopportare tanti altri scossoni. Non avrebbe retto contro quelle navi enormi. Imogen credeva fosse l'inizio della fine, almeno per la propria vita e per il proprio lavoro, e serrò le labbra, perdendo la speranza. Si sentiva come un palloncino sgonfiato con uno spillo.

"È la regina." Nolan posò bruscamente il binocolo per poi trascinare Imogen a ballare, cogliendola alla sprovvista. "La regina Aurelia sta arrivando. Ci sta portando i rinforzi."

"Aspetta…" rise Imogen, e Nolan la fece volteggiare nella piccola cabina di comando prima di eseguire un casqué esagerato e baciandola sulle labbra così velocemente da non darle nemmeno il tempo di protestare, dopodiché la tirò su e la sistemò davanti al timone prima di uscire. Imogen guardò l'orizzonte sbattendo le palpebre, stordita dalla frenesia di Nolan, e strinse forte la ruota di governo. Non sapeva cosa provare dopo tutti quei baci improvvisi. Era passato da un estremo all'altro così velocemente che Imogen stava ancora cercando di capirci qualcosa. Inoltre, non era sicura di volerlo fare. I suoi sentimenti erano ancora feriti e aveva a malapena avuto il tempo di riflettere sul loro significato, men che meno di lasciarsi trascinare dal romanticismo dei baci di Nolan.

"Sta arrivando mia madre," disse Callum affacciandosi dalla porta. "Per favore, quando saremo vicini, potresti rallentare per navigare insieme alla sua flotta? Ci proteggeranno durante il ritorno a casa."

"Dov'è 'casa'?" Imogen doveva chiederglielo. Le sarebbe piaciuto tornare a Grace's Cove e controllare se il suo equipaggio la stesse ancora aspettando lì.

"Per me e Lily, Grace's Cove. Ovviamente divideremo il

nostro tempo tra i due regni, tuttavia per il momento vorremmo tornare in quel posto, se non è un problema."

"Per me va benissimo, soprattutto se verremo accompagnati da una scorta reale."

"Ah." Callum entrò e chiuse la porta alle sue spalle. "Mi dispiace, Imogen."

"Perché?" Lo sguardo di Imogen si spostò dall'oceano al volto di Callum. "Cosa c'è che non va?"

"Mi rendo conto che non ti ho ringraziata adeguatamente per il tuo aiuto. Hai salvato l'amore della mia vita e sono in debito con te. Non so ancora quale dono ti farò, ma posso dirti questo: ti basterà chiedere aiuto e i Danula saranno dalla tua parte. È deciso."

"Oh, beh, grazie, anche se in realtà non mi devi niente. Lily sembra davvero simpatica e sono felice che siamo riusciti a salvarla. Mi accontento di riuscire a riportare la mia barca a casa senza alcuna difficoltà. Ne ho bisogno, sai?"

"Già. È il tuo lavoro. È la fonte dei tuoi guadagni, vero?" Callum osservò la barca come se la stesse guardando per la prima volta. Doveva essere stato proprio frastornato durante il viaggio, però non lo biasimava. Di certo aveva avuto altri pensieri per la testa.

"Sì. Organizzo escursioni panoramiche per i miei ospiti."

"Ed è un'attività che ami? Una professione adatta a te?"

"Sì." Imogen gli sorrise. "Non avrei chiesto un prestito enorme alla banca per avere questa imbarcazione se non amassi il mio lavoro."

"Ah!" Callum schioccò le dita. "Ecco. È il regalo perfetto. Una vita per una vita. Beh, metaforicamente parlando, ovviamente."

"Non ti sto seguendo..." Imogen arricciò il naso, confusa, e tornò a guardare l'oceano. Le navi si erano avvicinate: avevano un aspetto selvaggio e minaccioso. I Fae si facevano notare, vero? La flotta era maestosa, con quelle vele enormi e le magnifiche sagome intagliate nel legno della prua.

"Ho sistemato tutto con la banca. Ora la *Mystic Pirate* è tutta tua."

"Aspetta... Cosa?" Imogen distolse lo sguardo dalle navi. "Cosa intendi dire?"

"Il tuo debito. Dovevi dei soldi alla banca, vero?"

"Sì."

"Consideralo estinto."

"Un momento... No, non devi farlo." Imogen, orgogliosa, lanciò un'occhiata fulminante al principe. "Aver salvato Lily era già abbastanza, dico sul serio."

"Cosa succede?" chiese Lily entrando nella cabina di comando. Si era fatta la doccia per poi indossare un maglioncino viola adorabile e le sue guance avevano ripreso colore.

"Stavo solo dicendo a Imogen che ripagherò il debito per la sua barca come ricompensa per averci aiutati a salvarti."

"Non ce n'è affatto bisogno. Lo salderò da sola," protestò Imogen. Quel regalo la faceva sentire incredibilmente a disagio.

"Imogen." Lily avanzò verso di lei e sospirò allungando la mano per accarezzarle il braccio. "Amo profondamente Callum, però è molto testardo. Se è così che vuole ringraziarti, troverà un modo per farlo, che a te piaccia o no. Puoi accettare questo dono nello stesso modo in cui te l'ha dato?"

"Ehm, no, non credo," rise Imogen. "Il mio mondo non è fatto così. La gente non ti dà migliaia di dollari senza motivo."

"Migliaia? Oh, allora non è niente." Callum trattava il suo debito come se si trattasse di pochi spiccioli.

"Centinaia di migliaia..." si corresse Imogen.

Callum si limitò ad alzare una spalla. Imogen guardò Lily con un'espressione supplichevole e un sorriso si allargò sul bel viso della donna.

"Ascolta, sicuro e certo capisco perché non vuoi accettarlo. Ero una semplice insegnante con uno stipendio basso prima di arrivare a Grace's Cove. Le ricchezze che Callum possiede... beh, tutto il suo mondo, a dire il vero, è semplicemente... quasi incomprensibile, tuttavia ti assicuro che ti sta facendo questo regalo non solo perché può farlo, ma anche perché lo desidera."

"È meglio di una daga cerimoniale, vero?" intervenne Callum. "Hai già un pugnale che ti piace, no?"

"Direi di sì, però..." Imogen si limitò a scuotere la testa e ridere. "È davvero... È troppo, Callum."

"Non dire sciocchezze. Niente è troppo. Hai salvato l'unica cosa di cui mi importi, la mia dolcissima Lily." Callum strinse la donna tra le braccia attirandola contro il suo petto, e Imogen non riusciva a credere quanto fosse cambiato il principe da quando l'aveva ritrovata. Era raggiante per la gioia, al punto che era contagioso. "Per favore, lascia che condivida parte della mia felicità con te."

"Io..." Imogen pensò a come sarebbe stato non sentire il peso del debito sulle proprie spalle e possedere la sua barca senza oneri vari. Avrebbe potuto prendersi una vacanza per la prima volta in assoluto! Un piccolo fremito di entusiasmo si diffuse nel suo corpo e la donna si voltò sorridendo. "Non dovrei..."

"È un sì, allora," decise Callum. Lily batté le mani e rise.

"Evviva! Adoro le storie con un lieto fine. Sono contenta che tu abbia accettato, Imogen. Spero che ti sarà utile."

"Lo sarà eccome," ammise Imogen. Si sentiva il petto più leggero, e non le era mai successo davvero prima.

"Ci stiamo avvicinando. Guarda, Lily. Mia madre sta arrivando."

"Tua madre è qui?" Lily sgranò gli occhi mentre Imogen riduceva la velocità di navigazione.

"È una cosa negativa?" domandò Imogen.

"No, è davvero simpatica. E mette in soggezione. Ed è simpatica... e..."

"Lily è semplicemente imbarazzata perché, la prima volta che si sono viste, mia madre è apparsa nella nostra camera da letto ed eravamo nudi." Callum fece spallucce come se non fosse successo niente di che.

"Non ci credo," disse Imogen, provando subito compassione per Lily. "Oh no!"

"Già. Non mi sono ancora ripresa. Adesso, però, stiamo per sposarci, sua madre sta organizzando tutto con entusiasmo e io credo di poter... Beh, sto solo cercando di dimenticare il nostro primo incontro."

"Poverina!"

"Perché per voi è così grave? La nudità è una cosa bella. Il sesso è un'attività normale e salutare," sussurrò Callum all'orecchio di Lily, che arrossì.

"Chi sta facendo sesso?" chiese Nolan dalla soglia e Imogen cercò di concentrarsi sulle navi davanti alla barca.

"Beh, io e Lily, spero, il prima possibile, ma non mentre mia madre è qui. A quanto pare, non ci è permesso farlo."

"Certo che non lo è, Callum." Lily diede una gomitata nel ventre al principe e lo trascinò per il braccio fuori dalla cabina di comando. "Andiamo a salutare tua madre."

"Perché stavate parlando di sesso?" Nolan rimase dov'era, ma Imogen continuò a rifiutarsi di guardarlo. Era molto più importante evitare di far schiantare la sua barca contro una delle splendide navi dei Fae che si stavano avvicinando.

"Non lo stavo facendo. Erano loro a parlarne. Vai a discuterne con loro," gli ordinò Imogen.

"Non ti piace il sesso?" le domandò Nolan.

"No. Per niente. No." Imogen scosse la testa con forza. "Non ho intenzione di affrontare questa conversazione. Non adesso. Non quando sto per incontrare la regina dei Fae. E nemmeno dopo. Quell'argomento è tabù." Le insicurezze di Imogen legate all'intimità ebbero la meglio su di lei, ricordandole che non aveva mai chiacchierato con disinvoltura sul sesso insieme a un uomo. Non così, non quando c'era una sorta di legame tra loro. Era troppo carico di significato, e la cosa le faceva paura.

"Adesso sono curioso..." disse Nolan. La sua voce calda fece eccitare Imogen.

"Non mi importa. Non sono affari tuoi."

"Per ora..." dichiarò Nolan prima di uscire dalla cabina di comando. Ci aveva messo anche troppo, pensò Imogen mettendo il motore in folle prima di virare leggermente per affiancare la barca alla prima nave della flotta. Imogen studiò l'angolazione e le dimensioni delle due imbarcazioni per poi lasciare un po' indietro la *Mystic Pirate*, pensando che sarebbe stato più saggio seguire l'enorme nave dei Fae piuttosto che accostarla. Callum e Nolan presero le corde che erano state lanciate loro e legarono la prua della barca alla nave della regina affinché la prima seguisse la scia della seconda. Non male, pensò Imogen prima di spegnere i motori.

Abbassò lo sguardo sugli abiti che indossava, gli stessi della battaglia di quella mattina, e si chiese se fossero adatti per l'incontro con una regina. A quanto pareva, non aveva chissà quale scelta. In quel momento Bianca aprì la porta.

"Ci stiamo riunendo nell'area relax. Aprirò alcune delle tue bottiglie di champagne. Va bene per te? So che sono destinate agli ospiti."

"Non c'è alcun problema." Non doveva più dei soldi alla banca, aggiunse Imogen tra sé e sé, anche se probabilmente non ci avrebbe creduto prima di avere in mano l'atto di proprietà dell'imbarcazione.

"Andiamo, allora. Vedrai, la regina è davvero fantastica!" Bianca afferrò la mano di Imogen e la trascinò giù per le scale fino all'area relax, dove una donna dai capelli rosa, con ogni probabilità la regina, stava discutendo con il gruppo. Sei uomini, diversi per corporatura e abbigliamento, erano ai suoi lati e Imogen li osservò sbattendo le palpebre. Era davvero tanto da assimilare, pensò: lo stile dei loro abiti e dei loro accessori era fuori dal comune. La regina fece un passo in avanti e Imogen si costrinse a distogliere lo sguardo da un uomo in fondo con in testa una corona d'oro a forma di fiamme.

"Tu devi essere Imogen, il capitano? È un onore per me

incontrarti." La regina chinò il capo davanti a *lei*, e il cervello di Imogen smise di funzionare. Le fece un inchino imbarazzato, o almeno ciò che credeva fosse un inchino. Non si era mai esercitata davvero prima. La regina sorrise e delle rughette si formarono agli angoli dei suoi occhi viola. Sì, viola. Indossava una tunica luminosa che brillava e ondeggiava intorno a lei e dei pantaloni attillati che le abbracciavano le gambe. Tra i suoi capelli era intrecciata una corona delicata, ornata con gemme minuscole.

"No, a dire il vero l'onore è mio. Regina... Aurelia, vero?"

"Sì, esatto. Perdonami, non ti ho detto il mio nome."

"Benvenuta a bordo della *Mystic Pirate*. È un privilegio averla qui." Ecco, pensò Imogen, l'aveva salutata in modo educato. "Posso versarle dello champagne? Oppure preferisce una tazza di tè?" Imogen si bloccò. Cosa avrebbe voluto bere una regina dei Fae?

"Dello champagne sarebbe perfetto. Possiamo sederci?" La regina fece un cenno verso la parte anteriore dell'area relax, dove una panca imbottita semicircolare era sistemata lungo la parete.

"Sì, certo." Imogen fece per versare lo champagne, ma la regina agitò una mano e uno degli uomini dietro di lei fece un passo deciso in avanti e prese i bicchieri.

"Vieni. Siediti accanto a me."

Era strano sedersi sulla propria barca e lasciare che fossero gli altri a servirla, rifletté Imogen, tuttavia fece come le era stato detto. Dopo un po', tutti avevano dei bicchieri in mano e si erano accomodati gli uni accanto agli altri sulla panca. Imogen era leggermente distratta dalla presenza di Nolan al suo fianco.

"Avresti dovuto avvisarmi." Imogen sbatté le palpebre e si rese conto di stare pensando a Nolan e ai suoi baci invece di concentrarsi su ciò che la regina stava dicendo. Sembrava che in quel momento stesse rimproverando Callum. "Saremmo venuti con voi."

"Non c'era tempo," insistette Callum, avvicinando la mano di Lily alle sue labbra. "Dovevo ritrovarla."

"Avresti potuto comunque cavartela meglio con dei rinforzi."

"In ogni caso, ho fatto una scelta," disse Callum.

"Allora sarò eternamente grata che non ti si sia ritorta contro. Questa mattina ho percepito una potente esplosione di magia arcana. Come hai fatto a sopravvivere? Sembrava che si trattasse di un vero e proprio esercito di Domnua. Avevo una paura tremenda che non saremmo arrivati in tempo."

"Era un esercito, in effetti," intervenne Bianca per poi indicare Imogen. "Ma lei ci ha salvati."

Gli occhi viola della regina incrociarono quelli di Imogen con un'aria inquisitoria.

"Davvero? E in che modo ci sei riuscita, capitano?"

"Ehm..." Come avrebbe potuto spiegare qualcosa che non aveva ancora compreso? "A quanto pare, ho dei poteri o qualcosa del genere. Dei poteri particolari che si manifestano nei momenti di forte stress..."

"Ho ragione di credere che sia la regina perduta dei Fae dell'acqua," disse Nolan sottovoce, e Imogen trasalì voltandosi verso di lui e rovesciando dello champagne dal bicchiere.

"Tu... Cosa?"

"Oh, ha davvero senso," strillò Bianca.

"Non può essere... Non sono..." protestò Imogen. Era furiosa con Nolan anche solo per aver suggerito un'ipotesi del genere, soprattutto di fronte a una vera regina. La stava prendendo in giro? O forse cercava soltanto di metterla in imbarazzo? Non era giusto, se doveva essere sincera. "Ti sbagli."

"Tu dici?" Nolan prese la mano di Imogen, quella con l'anello, e la sollevò accanto alla sua.

"Ah," annuì la regina con un'aria complice.

"'Ah'?" esclamò Imogen saltando su. Nolan le tolse tranquillamente il bicchiere di champagne prima che potesse rovesciarne ancora. "Come potete dire una cosa del genere come se fosse una conclusione ovvia? Io non sono una regina. Di nulla. Quello che sono è il capitano di questa barca. Una ragazza semplice che viene dal nulla. Non sono affatto una regina."

"Eppure i Fae dell'acqua ti hanno chiamata la loro regina," le ricordò Bianca, catturando la sua attenzione. Le faceva male la pancia per il nervosismo.

"Non vuol dire niente, Bianca. Si sono chiaramente confusi, tutto qui."

"Ah sì? Voglio dire, hai praticamente sollevato in aria mezzo oceano per permettere a Callum di salvare Lily e hai abbattuto un vero e proprio esercito di Fae oscuri. Credi che sia davvero così improbabile che tu possa essere la regina dei Fae dell'acqua?" le chiese Bianca.

Imogen si sorprese quando le lacrime iniziarono a bruciarle gli occhi. Era troppo. Non aveva poteri magici. Non era una regina. La stavano semplicemente prendendo in giro, e non riusciva a sopportarlo. Voleva solo tornare alla sua vita semplice, a prima di incontrare quella gente folle, perché poteva trovare un senso almeno in quell'esistenza. Imogen si girò e scappò via dall'area relax. Non le importava di cosa avrebbe pensato la regina. Sbatté la porta della propria cabina alle sue spalle prima di gettarsi sul letto e guardarsi le mani, rigirando l'anello intorno al dito.

"Perché ti fa paura?"

Per poco Imogen non cadde dal letto quando la regina apparve davanti a lei.

"Dovrebbe davvero avvisare prima di fare una cosa del genere."

"Perdonami. Posso?" La regina indicò il letto e Imogen annuì. Il materasso sprofondò leggermente nel momento in cui si sedette a osservare attentamente il viso di Imogen. "Sei una bella donna, ma soprattutto vedo in te una forza che non molti hanno. Una forza nata dalle difficoltà, presumo?"

"Da un certo punto di vista, suppongo di sì." Imogen alzò le spalle, scrollandosi di dosso anni di problemi e sofferenze.

"Sono dell'idea che i leader migliori sono quelli che hanno vissuto le grandi complessità che la vita può riservare, non quelli che sono coccolati nella bambagia dalle loro famiglie ricche e non hanno mai incontrato degli ostacoli. Tu, invece, sembri comprendere il duro lavoro e le responsabilità. A quanto pare, inoltre, sei incredibilmente coraggiosa, e, pur non conoscendo mio figlio, pur essendo stata rapita, ti sei comunque data da fare per aiutare una donna in difficoltà. Queste sono tutte qualità di un leader giusto e imparziale."

"La ringrazio per i complimenti, ma deve capire una cosa: non posso essere la regina dei Fae dell'acqua. Voglio dire, so nuotare e tutto il resto, però non posso vivere sott'acqua. Non ho la più pallida idea di come… di come aiutare il loro popolo. Di come governarlo. Di quali siano i loro bisogni. È… È una follia, regina Aurelia. Una vera follia, capisce? Farebbero meglio a eleggere qualcuno del loro mondo, qualcuno che capisca la loro società e che, beh, sappia immergersi e stare insieme a loro. Non farei bene il mio lavoro, quindi… Potrebbe restituirlo ai Fae dell'acqua?" Imogen si sfilò l'anello e lo porse alla regina.

"Temo che non funzioni proprio così." La regina Aurelia sorrise dolcemente e strinse la mano di Imogen facendogliela chiudere. "Tuttavia, non credo che dovresti cambiare ogni aspetto della tua vita per quel ruolo. Ci sono diverse domande senza risposta in questo caso."

"Sì, per esempio: perché io?"

"Esatto. Tua madre…?"

"Era a malapena in grado di nuotare e non vuole saperne di me."

La regina le lanciò un'occhiata compassionevole.

"E tuo padre?"

"Non so nulla di lui." Imogen alzò le spalle.

"Ho il sospetto che sia lui il tassello mancante. La nostra è una società matriarcale, tuttavia gli uomini detengono del potere. Se tuo padre è un Fae, allora ha senso. Anche se tu fossi la regina perduta, però…"

"Un momento. Perché si parla di una regina 'perduta'? Per caso è stata rapita alla nascita o qualcosa del genere?"

"Ah, certo. Non conosci la storia, vero? Torneresti a parlare da noi, nell'area relax, se ti promettessi che non sei obbligata ad ascendere immediatamente al trono dei Fae dell'acqua, né a cambiare alcuni aspetti della tua vita, finché non sarai pronta?"

"Posso rinunciare al trono?"

"Certo. Sei ancora libera di fare le tue scelte."

"Allora ci rinuncio." Imogen si sentì subito sollevata.

"Beh, fai in modo di capire bene la situazione prima di lasciar andare qualcosa che non comprendi davvero. Tuttavia, per quel che vale, Imogen, tu sei una regina. Anche se deciderai di esserlo solo di questa barca. Alcune persone hanno questo potere, altre no. Tu ce l'hai. Ti suggerisco di accettarlo e lasciare che quella forza guidi la tua vita, a prescindere dalle decisioni che prenderai in futuro."

"La ringrazio," disse Imogen, poi si alzò per seguire la regina nell'area relax, dove il gruppo le stava aspettando. Imogen si guardò intorno nella sala e arrossì violentemente. "Scusatemi per il mio piccolo sfogo. Sicuro e certo, è tanto da accettare."

"Stai scherzando? Io probabilmente avrei un crollo nervoso se qualcuno di punto in bianco dichiarasse che sono una regina. Va tutto bene, Imogen, non preoccuparti." Bianca toccò il cuscino accanto a lei e Imogen si sedette con aria riconoscente.

"Imogen voleva sapere perché si parla di una regina perduta dei Fae dell'acqua," disse la regina Aurelia a Nolan. "E ti consiglio di spiegarle anche la questione degli anelli."

"I Fae dell'acqua, proprio come i Fae del fuoco governati da Torin, hanno i propri leader." Nolan fece un cenno del capo nella direzione dell'uomo con la corona a forma di fiamme. "Vale lo stesso per tutte le fazioni degli Elementali, in realtà. Hanno tutti le proprie Corti Reali, lignaggi speciali e delle strutture sociali distinte. Noi, però, essendo di un rango superiore, ricopriamo una posizione di comando. Quindi, per esempio, Torin potrebbe essere considerato il re dei Fae del fuoco, e i capi di quella fazione sono i membri della corte, i consiglieri che si occupano dei bisogni del loro popolo."

"Non è necessario avere sangue elementale per far parte della Corte Reale," intervenne Torin. "Tuttavia, i Fae degli Elementi danno enorme importanza alla discendenza e al lignaggio, il che significa che a volte può esserci più di una regina. Più di un re."

"E ciò non rende la situazione più confusionaria?" chiese Imogen osservando attentamente Torin. Aveva gli occhi ambrati, come quelli di un leone, e delle striature rosse appena visibili tra i capelli dorati.

"Non se tutti lavorano insieme. È quando qualcuno cerca di accrescere il proprio potere che si può perdere l'equilibrio. Non succede molto spesso e in generale i Fae amano onorare i loro reali."

"Quindi... Un momento." Imogen guardò Nolan, che la osservava con pazienza. "Ciò vuol dire che la posizione da consigliere di Nolan in pratica lo rende il re dei Fae dell'acqua?"

"Sì." La regina Aurelia sorrise. "Però, come ti ho detto, la nostra è una società matriarcale, dunque le donne godono di poteri maggiori."

Di conseguenza, se lui era il re e lei la regina... erano compagni predestinati? La verità la colpì così bruscamente che Imogen afferrò un bicchiere di champagne per alleviare il bruciore alla gola.

"Anni fa scomparve una bambina. Era nata fuori dal regno dei Fae dell'acqua. La profezia parla di lei," disse Nolan con parole misurate mentre si rigirava l'anello intorno al dito. "Era nata dall'unione di quattro mondi, quello umano e quello dei Fae, del buio e della luce. Il suo ritorno avrebbe salvato il regno dalla distruzione certa. Credo che tu sia quella bambina.”

“Io...” Imogen spalancò la bocca e guardò la regina, che annuì guardandola. “Ma come posso salvarli dalla rovina? Non posso nemmeno aiutare i Fae dell’acqua.”

“Non lo sappiamo ancora. Il loro amuleto è ancora smarrito.”

“E io devo trovarlo?” rise Imogen. Sul serio, rise: pensare di essere la salvatrice di un intero regno di Fae degli Elementi era esilarante.

“Non lo sappiamo ancora. Forse sì.” Nolan la osservò attentamente.

“E questo?” Imogen sollevò l’anello che rigirava nella mano. “È come il tuo, il che vuol dire che... siamo compagni predestinati?”

“Io... credo di sì.” Aveva uno sguardo talmente intenso da sembrare infuocato e le sue parole le tolsero il fiato. Un pensiero prese il sopravvento sugli altri: come poteva essere destinata a stare con un uomo di cui non riusciva nemmeno a fidarsi abbastanza da confidargli i suoi segreti? Che razza di scherzo crudele le stava giocando il fato?

Bianca sembrò percepire il turbamento di Imogen e le passò un braccio attorno alle spalle.

“Forse non sei ancora pronta per parlarne. Penso che ne dovreste discutere voi due in privato. Perché invece non ci concentriamo sull’amuleto? È scomparso e in pratica chi lo possiede è in un certo senso il monarca o comunque la guida dei Fae dell’acqua? È questo il nocciolo della questione?”

“Esatto.” Fu Torin a risponderle. “Tutti i Fae degli

Elementi hanno un amuleto magico o un qualche tipo di oggetto che contiene il loro potere. Se cade nelle mani sbagliate, beh, può avere conseguenze catastrofiche per il mondo intero. Nel caso dei Fae dell'acqua, può provocare alluvioni, maremoti, uragani... quel genere di cose. Per quanto riguarda il mio popolo, incendi incontrollati e disastri su larga scala. I Domnua si stanno infiltrando tra la nostra gente e vogliono quegli oggetti. Dobbiamo fermarli."

"E sappiamo che l'amuleto dei Fae dell'acqua è scomparso, ma non abbiamo indizi su chi potrebbe averlo preso, dove lo conserva, o perché?" chiese Bianca tenendo il conto delle domande sulle dita.

"Abbiamo delle idee, ma nulla di concreto."

"Ecco la mia proposta," Bianca sollevò una mano prima ancora che Nolan potesse parlare. "Torniamo a Grace's Cove. Mi prenderò del tempo per sfogliare quel libro affascinante che Callum mi ha dato in cerca di qualche indizio. Del resto, sembra che il pericolo della battaglia sia ormai passato. Ci riposeremo per un paio di sere, ci rifocilleremo e ci rimetteremo in sesto per poi provare a cercare questo amuleto. I Fae dell'acqua non si arrenderanno finché il loro capo non riavrà i propri poteri. Insomma, abbiamo altre cose da fare. Imogen non potrà aiutarci se è stanca, ha le idee confuse ed è piena di dubbi. Che ne dite?"

"Sembra che sia la proposta ideale." La regina Aurelia chinò il capo guardando Bianca. "Grazie per aver preso l'iniziativa, Bianca. Ho il sospetto che l'anello di Imogen confermi il suo lignaggio, poiché i Fae amano fare regali. Hai ragione, Imogen ha bisogno di un po' di tempo per capire il proprio ruolo in tutto ciò, per evitare di prendere decisioni poco informate, il che non sarebbe giusto né nei suoi confronti né in quelli del nostro popolo. Non c'è tempo da perdere. Ci rivedremo a breve."

Il gruppo si sciolse immediatamente. I Fae scomparvero in un batter d'occhio tornando sulle loro navi e Bianca si alzò per allontanare Nolan da Imogen.

"Non starle addosso adesso, Nolan. Le serve un po' di spazio."

"Non ha detto nulla di tutto ciò."

"Beh, lo sto dicendo al posto suo. Su, vai."

Imogen avrebbe potuto baciare Bianca, perché aveva davvero bisogno di un po' di spazio e pace, doveva riprendere fiato e capire cosa fare in seguito e, in quel momento, non ne aveva la più pallida idea.

CAPITOLO VENTISEI

Appena sbarcarono a Grace's Cove, Imogen si allontanò dal molo camminando in mezzo al trambusto, ma Bianca riuscì a fermarla prima che sparisse.

"Aspetta..."

"Per favore, ho solo bisogno di fare una passeggiata per schiarirmi le idee. Ho il cellulare con me. Potresti tenerlo lontano?" Non era necessario che specificasse di chi stava parlando. Bianca l'abbracciò calorosamente e accettò di aiutarla. Imogen vagò per il paesino nella luce delle prime ore della sera senza una direzione particolare in mente e per una volta si concesse di osservare la gente. Si rese conto che raramente si prendeva il tempo di girovagare, e ancora meno spesso di guardare le persone nella loro quotidianità. Sospettavano dell'esistenza di un mondo magico? Si rendevano conto di quanto fossero vicini alla magia? Imogen non era sicura di poter tornare davvero alla sua vita precedente, poiché tutte quelle nuove informazioni avevano sconvolto la sua esistenza.

Una giovane madre uscì da un ristorante e si piegò a

pulire una macchia di cioccolato sul volto del suo bambino, lui le rivolse un sorriso sdentato e disse qualcosa che la fece ridere inclinando la testa all'indietro. La donna lo prese in braccio e gli riempì il viso di baci prima di girare l'angolo. Imogen sentì una stretta al cuore. Aveva sempre desiderato ricevere da sua madre quella tenerezza spontanea e quel tipo di amore. Ma non solo quella donna l'aveva sempre detestata, non l'aveva nemmeno mai trattata con tenerezza: l'aveva abbracciata di rado e, ancora oggi, Imogen non riusciva a sentirsi a proprio agio con le dimostrazioni d'affetto.

Superò un gruppo di donne che uscivano da un pub e si ritrovò ad ascoltare parte della loro conversazione. Parlavano di capi d'abbigliamento in saldo e consigli per i trucchi, appuntamenti e fidanzati, tutti argomenti che a Imogen non interessavano affatto.

Era la stessa sensazione che aveva provato la prima volta che aveva lavorato nei porti, pensò, mentre camminava oltre una piccola libreria con la vetrina piena di fiabe. Neppure lì si era sentita a suo agio. A dire il vero, non lo era ancora del tutto, anche se col tempo era riuscita per fortuna a guadagnarsi il rispetto riluttante di alcuni anziani.

Imogen sentiva di non appartenere a nessun posto, di non avere mai fatto davvero parte di qualcosa. Non sapeva nulla di come essere una madre, quindi intavolare una conversazione con una neomamma non sarebbe stato affatto semplice per lei. Non aveva idea di come fosse avere un figlio e allo stesso tempo sapeva che probabilmente la sua esperienza familiare non era affatto la normalità.

Imogen non aveva né il tempo, né i soldi, né tantomeno la voglia di interessarsi agli appuntamenti, alle ultime mode e al trucco. Perché avrebbe dovuto mettersi lo smalto, se si sarebbe rovinato dopo poche ore lavando il ponte di comando? Uscire con un uomo, poi, sarebbe stato improbabile, dato che era sempre per mare e, nei rari momenti liberi, si occupava di altri aspetti della sua attività.

No, Imogen si era rassegnata al suo futuro di solitudine, anzi, le andava più che bene. Sapeva di non poter essere normale come le donne che stavano camminando su per la stradina come un vistoso stormo di gazze, eppure era soddisfatta di aver reso la sua vita qualcosa di cui poteva essere orgogliosa.

In quel momento, però, Imogen temeva di non poter tornare a quel tipo di esistenza, e inoltre non aveva idea di cosa le riservasse il futuro. Era proprio quel limbo a farle paura, l'incertezza la agitava e la faceva sentire a disagio. Quando intravide la porta del Gallagher's Pub, decise che un whiskey sarebbe stato l'accompagnamento perfetto per quelle riflessioni profonde. Imogen aprì la porta: il locale era pieno di gente, ma notò alcuni sgabelli vuoti vicino al lungo bancone in legno. Perfetto, pensò sistemandosi su quello più lontano, in un angolo scarsamente illuminato.

"Mi ricordo di te." Una donna snella dai capelli corti si fermò di fronte a lei. "Sei il capitano di una barca, giusto?"

Imogen era andata a cena lì alcune volte insieme al suo equipaggio prima che... beh, prima che la sua vita venisse stravolta.

"Sì, è così. Mi chiamo Imogen."

"Cait. È un piacere conoscerti ufficialmente. Ti vedo un po' assetata. Cosa prendi stasera?"

Normalmente Imogen le avrebbe chiesto quali fossero le offerte speciali dell'happy hour, ma poiché, a quanto pareva, non doveva più saldare il debito per la barca, forse avrebbe potuto permettersi qualcosa di più.

"Un whiskey Green Spot. Liscio, per favore. Oh, e un bicchiere d'acqua a parte."

"Arrivano subito. Ci aggiungiamo qualcosa da mangiare?"

"Adesso no, grazie." Imogen si chiese se le sarebbe mai tornato l'appetito. Non aveva mai, *mai* passato così tanti giorni consecutivi in cui gli sbalzi emotivi l'avevano fatta sentire come quella volta, anni prima, quando aveva provato a fare bodyboard usando una piccola tavola da surf corta e morbida, in una calda giornata estiva. Imogen ci aveva provato testardamente, nonostante le onde fossero troppo alte, e quando queste le erano crollate sulla testa, proprio come l'avevano avvertita che sarebbe successo, era stata sbattuta in un vortice di sabbia e acqua salata finché l'oceano non l'aveva praticamente risputata sulla spiaggia, fradicia e sanguinante. Più o meno così si sentiva, dentro, negli ultimi giorni.

"Giornata dura?" le chiese Cait, con uno straccio appoggiato su una spalla, mentre faceva scivolare il bicchiere di whiskey verso Imogen.

"Vita dura, a dire il vero, però questo la renderà leggermente migliore. Grazie." Imogen fece un saluto militare alla donna, che, invece di voltarsi per andarsene, si appoggiò al bancone e la osservò attentamente.

"Hai presente quei cestini di pietre levigate?" le chiese Cait, e Imogen la guardò perplessa.

"Quelle graziose e colorate?" domandò Imogen.

"Sì, come la corniola, di un arancione vivo, liscia e delicata al tatto, oppure il lapislazzulo, di un blu intenso. Sai di cosa sto parlando, sì?"

"Sì. Sono adorabili."

"Beh, all'inizio non lo sono, anzi, se devo essere sincera, sono piuttosto brutte."

"Va bene..." Imogen sorseggiò il whiskey, godendosi la bevanda che la riscaldava dentro.

"Le rendono belle, lucenti e presentabili perché piacciano alla gente, ma lo fanno sottoponendole a moltissima pressione. Le gettano in quelle macchine che le levigano talmente tanto da finire per lucidarle del tutto. È un processo che dura settimane, non una sola notte, e non è affatto semplice. Tuttavia, dopo tutta quella forte pressione, sai cosa ne viene fuori?"

"Una pietra graziosa?" chiese Imogen.

"Sì, i veri colori della pietra. Eppure, se non la sottoponessero a quella pressione intensa, non li vedresti in tutta la loro bellezza. I tempi duri, beh, sono quelli a dar vita alla bellezza in questo mondo, Imogen." Cait diede un colpetto sul bancone e andò a parlare con altri avventori. Imogen rimase lì, un po' smarrita, a osservare l'anello che portava ancora al dito. Cosa vedevano gli altri quando la guardavano? Era soltanto una pietra brutta e poco raffinata? Voleva restare sempre così?

Oppure era pronta a mostrarsi al mondo?

Sapeva già che Nolan si trovava nel pub prima ancora che si avviasse verso lo sgabello accanto al suo. Imogen aveva percepito la sua presenza fin da subito, prima che aprisse la porta. Doveva essere per quella connessione di cui lui le avevano parlato, lo stesso legame tra compagni predestinati che aveva permesso a Callum di trovare Lily.

"Ciao," disse Nolan senza spostare lo sgabello.

"Ehi," rispose Imogen bevendo un altro sorso di whiskey ed evitando di guardarlo. Stava pensando alle parole di Cait.

"So che desideri un po' di solitudine, e lo rispetto. Tuttavia, volevo avvertirti che tra poco verranno tutti a mangiare al pub, quindi probabilmente non potrai stare per conto tuo se resterai qui."

Imogen rifletté su ciò che aveva detto. Le andava di passare una serata in quel locale con tutti gli altri? Benché si sentisse ancora svuotata per gli eventi degli ultimi giorni, una piccola scarica di energia attraversò il suo corpo quando Nolan si piazzò dietro di lei.

"Posso portarti qualcosa?" domandò Cait sistemandosi di fronte a Nolan.

"No," rispose Imogen per entrambi. Aveva preso una decisione. "Ce ne stiamo andando. Quanto ti devo?"

"Per questa volta offre la casa, ma solo se tornerai presto a trovarmi. Vorrei ascoltare alcune delle tue storie dell'oceano." Cait le fece l'occhiolino e si allontanò.

Una regina non si sarebbe nascosta dal proprio destino, pensò Imogen alzandosi e incrociando lo sguardo interrogativo di Nolan. Una regina l'avrebbe affrontato a testa alta. Non aveva la possibilità di cambiare il proprio fato, tuttavia poteva accettarlo e decidere da sé come vivere il futuro. In quel momento c'era qualcosa che Imogen desiderava sapere più di ogni altra cosa, più del magico mondo dei Fae, dell'amuleto smarrito e del probabile lignaggio della sua famiglia. Voleva sapere com'era avere un compagno predestinato.

E Nolan era l'unico in grado di darle delle risposte.

Uscì dal pub velocemente, sapendo che lui l'avrebbe

seguita, poi girò l'angolo in una strada laterale per non imbattersi nel gruppo che sarebbe arrivato dalla barca. Nolan tenne il passo con lei senza dire una parola, e ancora una volta Imogen fu felice di constatare che non sentiva il bisogno di riempire il silenzio con chiacchiere inutili.

Era calata ormai la sera, con i suoi classici rumori da paesino: madri che chiamavano a casa i loro figli per la notte, il tintinnio delle posate sui piatti, gli scoppi di risate dai ristoranti. La luna piena si levò nel cielo nero come l'inchiostro, tracciando un sentiero luminoso sulla superficie scintillante dell'acqua. Imogen non sapeva esattamente cosa stesse facendo, ma tremava per l'ansia man mano che si avvicinavano ai moli. Non era ancora pronta a tornare sulla sua barca. Prima, doveva avere delle risposte.

Si incamminò per un piccolo sentiero che costeggiava il porto prima di sistemarsi sopra un muretto roccioso, facendo penzolare le gambe oltre il bordo, poi diede un colpetto al posto accanto a lei, invitando in silenzio Nolan a sedersi al suo fianco.

Lui, però, rimase in piedi di fronte a lei, avvicinandosi così tanto da costringerla ad allargare le gambe per farlo passare, e Imogen dovette sollevare il mento per guardarlo in viso. La sua mascella pronunciata si stagliava contro la luce della luna, e la donna riusciva a malapena a distinguere i suoi occhi tempestosi.

"Parlami, Imogen. Ti prego, non tagliarmi fuori. Voglio sapere cosa passa per la tua bella testolina."

Imogen si rese conto che nessuno si era mai davvero interessato a lei prima, o almeno non abbastanza da chiederle una cosa del genere. Gli incontri avuti in passato erano stati delle avventure di una notte sotto i fumi dell'alcol e a lei era andata bene così. Quel legame, invece, contava qualcosa, ma aveva bisogno di comprendere le emozioni che la travolgevano quando lui la guardava in quel modo.

"Non sto cercando di tagliare fuori te, o chiunque altro. Dico sul serio. Avevo solo bisogno di un momento per fare una passeggiata. Per pensare. Per assimilare tutto. Non... Non riesco a credere che non sia passata nemmeno una settimana dall'ultima volta che sono stata qui. Sembra che sia trascorsa una vita intera." Imogen osservò il paesino illuminato alle sue spalle. "Lo sanno? Si rendono conto che accanto a loro esiste la magia, anche se non la percepiscono?"

"Alcuni sì, ma la maggior parte no. Altri potrebbero farlo, se si prendessero il tempo per cercarla," rispose Nolan. Posò le mani sulle gambe di Imogen, avanzando leggermente, per poi accarezzarle le cosce dall'alto verso il basso con movimenti rassicuranti. "È questo che ti turba? Lo stato del mondo umano rispetto al regno dei Fae?"

"È una delle cose che mi disturbano, sì. Soprattutto perché non capisco quale sia il mio posto." Imogen rise e scosse la testa. Il gesto le fece ricadere i capelli sulle spalle. "Detto ciò, non credo di aver mai fatto parte di un gruppo, Nolan. Non ho mai avuto una famiglia. Non ho amici. Per te non è così. Sei così sicuro di te stesso e del tuo posto nel mondo. Io, invece, ho soltanto la mia barca. È come se fosse il mio piccolo regno personale che governo, ed è l'unica cosa che abbia un senso per me."

"E io sono una minaccia per tutto ciò."

"Sì." Imogen sollevò nuovamente il mento per guardarlo negli occhi. "Lo sei, però c'è anche questa... storia della regina. E tutto il resto. Temo che, se facessi questo passo in avanti, qualunque esso sia, non potrò mai più tornare dove sono adesso."

"Ed è una cosa negativa?"

"Certo che..." Imogen non finì la frase: era come se le sue parole avessero sbloccato qualcosa nel profondo della sua anima. Era *davvero* qualcosa di negativo? A cosa stava rinunciando? Sì, amava il proprio lavoro, tuttavia non aveva altro, se non il rispetto e l'affetto del suo equipaggio. "A dire il vero... non ne ho idea. Sembra tutto così grande e spaventoso e confuso... Non lo so. Mi sento bloccata, come se non riuscissi a capire se fare un passo in avanti oppure scappare. Di solito non sono così, non mi comporto così, sono una persona che incassa i colpi della vita a testa alta."

Nolan allungò la mano e le accarezzò la guancia con il pollice, facendola rabbrividire.

"Non devi più incassarli da sola, se non vuoi farlo," disse l'uomo con la voce roca per l'emozione.

"Questa è l'altra cosa che mi fa paura," rise nuovamente Imogen, rendendosi conto di essere pericolosamente prossima al pianto, tuttavia era già troppo tardi e non poteva più nascondersi. "Non so come farlo."

"Come fare cosa?"

"Questo. Io e te. Non capisco la questione dei compagni predestinati. Io... Ascoltami, Nolan. Non ho mai nemmeno frequentato una persona per qualche settimana. Ho avuto soltanto storie di una notte. Non so nulla di tutto ciò, capisci? Non so come avere una relazione. Non so come vivere con qualcuno. Non so come parlare con qualcuno prima di prendere una decisione. Non..." La voce di Imogen si spezzò.

"'Non'... cosa?" Nolan le sfiorò il viso, girandolo affinché lei lo guardasse negli occhi.

"Non so se sono abbastanza per te, Nolan. Ho paura che ti accorgerai che non ti basto... e che te ne andrai. Proprio come hanno fatto tutti gli altri." Eccola, l'amara verità, era finalmente venuta a galla. Imogen chiuse gli occhi: non sopportava di vedere la compassione che probabilmente brillava in quelli di Nolan.

"Non sei tu quella che dovrebbe preoccuparsi, Imogen. Non sei tu quella che non è abbastanza. Sono io, non vedi? Faccio del mio meglio, ma ho comunque dei difetti, Imogen. Spesso metto il mio dovere al di sopra dei miei bisogni, fino a fare del male agli altri. Non sei la prima donna che ho ferito a causa della mia lealtà alla posizione che ricopro, tuttavia spero che sarai l'ultima."

"Questa è l'altra cosa..." Imogen inspirò tremando. "Non so se posso fidarmi di te, e lo detesto. Voglio fidarmi di te e poter contare sulla persona che, alla fine, sceglierò come compagno. Mi hai davvero ferita. Quello che hai fatto... mi ha sconvolta. Allo stesso tempo ti capisco, dico sul serio. Se fossi stata al tuo posto, avrei tratto le stesse conclusioni, quindi non dovrei sentirmi così, eppure..."

"Quello che ti ho fatto mi consuma, Imogen. Quando pensavo che ci avessi traditi, io... Il solo pensiero mi ha distrutto. In quel momento sapevo di averti persa. Sapevo che eri la donna perfetta per me, e pensare che forse durante tutto quel tempo mi avevi ingannato mi ha fatto vedere rosso per la furia. No, Imogen, sarò pure un essere magico, ma sono comunque soltanto un uomo. Passerò il resto dei miei giorni a farmi perdonare, se me lo permetterai."

"Il resto dei tuoi giorni?" Le lacrime rigavano le guance

di Imogen mentre la speranza si faceva strada nel suo cuore. "Non penserai mica che..."

"Cosa credi che siano i compagni predestinati, Imogen?" Nolan le asciugò dolcemente le lacrime sulle guance. "Per me non ci sarà nessun'altra donna. È così che funziona."

"Seamus, però, ha detto che a volte i Fae possono rinunciare ai propri compagni predestinati."

"Sì, ma non dopo essere stati insieme. Quando succede, niente può spezzare quel legame, capisci? Si può rinunciare ad esso solo prima che venga consumato. Comporta un sacrificio personale davvero grande, tuttavia si può scegliere lo stesso."

"È per questo... È per questo che riesco a sentire quando sei vicino? Come se in qualche modo fossimo legati?" Imogen si portò il pugno chiuso al petto. "O è per questo che a volte percepisco le tue emozioni?"

Nolan le prese la mano prima di baciarla dolcemente.

"Sì, è questo il motivo. Diventerà più forte se... se mi accetterai. Cosa senti adesso, Imogen? Quali sentimenti percepisci dentro di me?" Nolan avvicinò la sua mano al proprio cuore e Imogen chiuse gli occhi, concedendosi di ascoltare con l'anima.

"È come se... tu... oh," Imogen trasalì e per poco non ritrasse la mano quando ebbe quella visione. "Mi vedi in modo così diverso da come mi vedo io, vero?"

"Dimmelo," sussurrò Nolan, continuando a tenere la sua mano vicino al cuore.

"È come se... fossi tutta luccicante e brillante e... splendessi per te. Credo sia così che appare l'amore."

"Esatto. Imogen... Sei incredibile. Sei coraggiosa, sei

leale, sei arguta e la tua bellezza mi spezza il cuore. Dici di temere il futuro, eppure sei una guerriera, *mavourneen*. Ti sei lanciata immediatamente in una battaglia che non comprendevi e hai dimostrato la tua forza al mondo. Sei la donna dei miei sogni e non so se potrei andare avanti senza te al mio fianco."

"Oh..." disse Imogen, sconvolta dalle sue parole. "Ho paura, Nolan. E se tu..."

"Non lo farò. Ti prometto che non lo farò. Non lo sapevo allora, ma lo so adesso. Non ti porterò mai a pensare di non essere abbastanza. Te lo giuro, Imogen. Te lo giuro sull'anima stessa di mia madre: passerò i miei giorni ad assicurarmi che tu sappia di essere amata."

"Credo di averne bisogno," rispose Imogen, singhiozzando tra le lacrime. "Credo di aver bisogno di qualcuno che mi difenda. Non voglio più stare da sola, Nolan."

"Allora lascia che io sia la tua persona, *mavourneen*."

Imogen lo guardò attraverso le lacrime, sbattendo le palpebre, e annuì. Ogni cosa stava finalmente trovando il proprio posto. Sì, quell'uomo era il suo futuro, e il resto sarebbe venuto da sé.

Nolan fece alzare Imogen e la strinse tra le braccia prima di teletrasportare entrambi con la magia arcana. Un giorno si sarebbe abituata anche a quella strana sensazione di risucchio. La donna si raddrizzò e si guardò intorno quando i suoi piedi toccarono di nuovo terra. Si trovavano nella cabina di Nolan a bordo della *Mystic Pirate*. A differenza di quella di Imogen, le camere degli ospiti erano dotate di letti matrimoniali, e lui la stava facendo camminare all'indietro. Si fermò solo quando la parte posteriore delle gambe di lei urtò contro il bordo del materasso.

"Hai un certo effetto su di me," disse Nolan, chinandosi affinché le sue labbra sfiorassero l'orecchio di Imogen. La donna sentiva il suo fiato caldo sul collo, mentre un brivido scosse tutto il suo corpo. "Dal primo momento in cui ti ho vista. Ti desidero fin dalla prima volta che ci siamo toccati. Ho sognato di lasciar scivolare le mie labbra sulla tua pelle, di assaporare la tua bocca, di sentirti sotto di me... e sopra di me. Pensare a te mi ha consumato quasi fino alla follia, *mavourneen*."

"Io..." Imogen trasalì quando le sfilò il maglioncino sopra la testa e con esso la maglietta che indossava sotto. Quella mattina si era infilata un reggiseno semplice, e in un certo senso si sentiva scialba davanti a lui.

"Sì?!" le domandò Nolan, accarezzando la spallina senza fronzoli. Sentire le sue dita sulle spalle fece scorrere delle piccole ondate di lussuria lungo le braccia di Imogen.

"Io sentivo le stesse cose. E in un certo senso, allo stesso tempo, lo detestavo." Sollevò lo sguardo verso di lui. "Non era esattamente un piacere avere a che fare con te."

"Sicuro e certo, stavo solo cercando di tenerti alla larga. Non volevo farmi distrarre da te. Non volevo immaginare di toccarti." Nolan le sfiorò il seno e un capezzolo si indurì sotto la sua mano. "Non volevo farmi divorare dalla fantasia di reclamarti."

Una sensazione di piacere si irradiò dal ventre di Imogen nell'udire le sue parole. L'atto di reclamare era qualcosa di davvero possessivo. Sussultò quando Nolan si inginocchiò e avvicinò le mani alla sua vita, sbottonandole i pantaloni. Imogen tremava sotto il suo tocco, tanto era agitata. Forse sarebbero dovuti arrivare subito al dunque?

"Oh, potrei sfilarli e basta, poi possiamo iniziare."

Nolan rise sottovoce premendo la fronte contro la sua pancia, e Imogen abbassò lo sguardo su di lui: voleva passare le mani tra i suoi capelli, però sembrava un gesto troppo intimo, troppo... da fidanzata?

"Nessuno ha mai fatto le cose con calma con te?" sospirò Nolan contro la pelle sensibile del suo ventre, e Imogen rabbrividì nuovamente. Stava iniziando a sentirsi in imbarazzo, ed eccitata, e insicura... Un turbine di emozioni si agitava dentro di lei.

"Ehm... no. Non so... come farlo in questo modo."

"In quale modo?" Nolan la guardò restando in ginocchio.

"Le altre volte ero mezza ubriaca e non mi importava molto dell'altra persona," rispose Imogen prima di serrare le labbra. Probabilmente non era la cosa migliore da dire a qualcuno che voleva fare l'amore con lei. Eppure, Nolan sembrò capire.

"Dimmi cosa vuoi, Imogen."

"Voglio passare le mani tra i tuoi capelli," ammise Imogen. Si sentiva stupida.

"Puoi farmi tutto ciò che vuoi, amore mio. Sono tuo. Ti prego, non sentirti sciocca e non frenarti, perché io non lo farò con te." Detto ciò, Nolan le abbassò i pantaloni e le mutandine, spogliandola del tutto, e Imogen sgranò gli occhi.

"Mi togli il fiato," disse Nolan osservando attentamente il suo corpo prima di sollevare di nuovo lo sguardo verso il suo viso. "Sei il mio amore. La compagna del mio cuore. Ti prego, lascerai che ti ami? Ho sognato il tuo sapore sulle mie labbra."

Santo cielo... Imogen era certa che ogni centimetro del

suo corpo era arrossito, ma non fece in tempo a sentirsi in imbarazzo: la lingua di Nolan si insinuò nella sua intimità, trovando il punto esatto in cui desiderava di più il suo tocco. Era già bagnata per il piacere e le gambe le cedettero mentre Nolan la sfiorava con la bocca, sul suo punto più dolce, succhiando la sua pelle con infinita dolcezza, finché Imogen non sentì di essere sul punto di urlare. Si inarcò all'indietro infilando le mani tra i suoi capelli e chiuse gli occhi abbandonandosi all'ondata di lussuria che la stava travolgendo. Una dolcissima pressione cominciò a crescere dentro di lei, mentre tremava tutta per il bisogno di lasciarsi andare a quel legame che la univa a lui. La sua lingua... oh, era spettacolare, la stava facendo impazzire. Aveva davvero delle abilità magiche, pensò quando lui continuò ad affondarla ritmicamente, muovendola e assaporandola come se fosse una delizia da gustare lentamente.

Imogen rabbrividì: il piacere si era fatto così intenso che le venne voglia di gridare, di supplicarlo di non fermarsi mai. E quando lui fece scivolare anche un dito nella sua intimità lei arrivò all'apice, aggrappandosi alle spalle dell'uomo mentre si lasciava travolgere dall'estasi. Quando fu tutto finito, ancora confusa, sbatté le palpebre guardando Nolan, che le rivolse un sorriso pigro prima di iniziare a baciarla risalendo verso l'alto, accendendo una scia di lussuria sulla sua pelle.

"Proprio come pensavo, mia dolce, splendida dea. Il tuo sapore... mi fa perdere la testa. D'ora in poi, non bramerò nessun'altra come bramo te."

Oh, era un vero e proprio poeta, pensò Imogen, che in quel momento non riusciva nemmeno a mettere insieme due parole: non sarebbe mai stata in grado di pensare a qualcosa di romantico da dire. Il cuore le martellava nel petto ed era semplicemente... sopraffatta da lui. Era molto più grande di lei, le sue mani e la sua bocca erano ovunque: la baciavano, la mordicchiavano, assaporavano, esploravano. Era come essere risucchiata in un vortice di meraviglie erotiche, e Imogen non riusciva nemmeno a star dietro a tutto ciò che le stava facendo. In poco tempo, la portò ancora una volta sull'orlo del precipizio semplicemente concentrandosi sui suoi seni. Prima di lasciarsi andare di nuovo, però, Imogen gli posò una mano sul petto.

"Aspetta, ti prego... Voglio solo..."

"Dimmi di cosa hai bisogno." Nolan si alzò in piedi mordicchiandole il collo e sollevandola per posarla dolcemente sul letto.

"Voglio toccarti," disse Imogen. Fantasticare non le bastava più. Era nuda, lui invece era ancora completamente vestito. Non toccava forse a lei godersi un po' quello che aveva davanti?

"Ai suoi ordini, signora." Nolan si fermò e allargò le braccia.

"Beh, innanzitutto sei troppo vestito." Con sua grande soddisfazione, Nolan schioccò le dita e i suoi abiti scomparvero all'istante. "Wow. Potresti essere la star di uno strip club, sai?"

"Non credo di sapere cosa sia," confessò Nolan e Imogen lo guardò sorpresa, spalancando la bocca.

"È un posto dove le persone ballano per guadagnare soldi. Si spogliano."

"Interessante. Un giorno ballerai nuda per me, Imogen?"

"Cosa? No! Voglio dire..." Imogen si bloccò. Se doveva essere sincera, in un certo senso quel pensiero la intrigava.

"Quindi lo farai?" chiese Nolan, leggendole nel pensiero.

Imogen, suo malgrado, rise. Non era qualcosa che si sarebbe mai aspettata di fare, eppure Nolan era giocoso, sexy, autoritario e... aveva un corpo spettacolare. Lo sguardo della donna si posò sulle sue spalle larghe, sugli addominali straordinariamente scolpiti e... Spalancò la bocca per lo stupore nel vedere la prova evidente del suo desiderio. Beh, era palesemente dotato da quel punto di vista, pensò Imogen. Si mise a sedere prima di salire sul letto avvicinandosi a lui, che era ancora in piedi, dopodiché gli passò una mano incerta sul petto e poi lungo gli addominali, seguendo con le dita le curve e i solchi dei suoi muscoli duri. Era perfetto, e, se lei gliel'avesse permesso, era suo.

Imogen alzò il capo guardandolo negli occhi e le loro labbra erano a pochi centimetri di distanza quando lo toccò, facendo scivolare la mano lungo il suo membro eretto. Nolan chiuse gli occhi lasciandosi sfuggire un lieve sospiro, e Imogen scoprì che le piaceva avere quel potere su di lui. Mosse la mano dolcemente, assaporando la sensazione che le dava il suo corpo sotto le dita, mentre i suoi stessi fianchi cominciavano a seguire lo stesso ritmo. Nolan colmò la distanza, baciandola con passione e Imogen gemette contro la sua bocca, sentendo il proprio sapore sulle sue labbra e qualcosa di più: un desiderio primordiale che sembrava sgorgare dalle profondità della sua anima. Si perse in quel bacio, quasi affogando, finché lui non si staccò e la fece sdraiare nuovamente sul letto.

"Ho bisogno di sentirti intorno a me, Imogen. Ho bisogno..." La sua voce aveva assunto quel tono roco che la faceva rabbrividire per il piacere e lo attirò sopra di lei, doveva sentire il suo peso addosso. Oh, era massiccio... ovunque. Nolan si sollevò sulle braccia muscolose, restando fermo, e nel frattempo si sistemava tra le sue gambe. Prolungò il momento, provocandola e penetrandola lentamente, toccando il punto giusto fino a farle quasi supplicare di prenderla subito.

"Imogen," disse Nolan chinandosi per baciarla con ardore ancora una volta.

"Nolan," sospirò Imogen contro la sua bocca.

"Sei mia. Adesso. Per sempre. Siamo compagni predestinati. Mi permetterai di reclamarti?" le domandò lui ansimando. Stava per perdere il controllo, e Imogen se ne accorse perché sentiva le sue emozioni riflettersi dentro di sé, il che amplificò quell'istante, rendendo ogni suo movimento dentro di lei ancora più inebriante.

"Ti prego, Nolan," gemette Imogen contro la sua bocca. "Ti reclamo."

"Mia regina," rispose Nolan scivolando in profondità dentro di lei, riempiendola come nessuno aveva mai fatto. Imogen si strinse immediatamente intorno a lui, travolta da una forte ondata di lussuria, arrivando fin quasi all'apice, e rabbrividì mentre lui restava immobile, aspettandola.

"Nolan... Io... Ti amo." Sembrava impossibile: era passata appena una settimana da quando l'aveva quasi colpito in testa con un pugnale, tuttavia il suo cuore in quel momento sapeva, anzi, aveva sempre saputo che lo amava, dal primo sguardo che si erano scambiati. Nolan catturò le sue labbra in modo incredibilmente dolce prima di iniziare a muoversi dentro e fuori dal suo corpo, ancora e ancora, finché il piacere che Imogen provava non si intensificò rischiando di sopraffarla. Quella volta, però, era decisa a cadere nel precipizio insieme a lui e rispose alle sue spinte, inarcando la schiena per consentirgli di spingere ancora più a fondo, e si lasciarono andare insieme, consolidando per sempre il loro legame. Nolan si fermò posando la testa sulla spalla di Imogen e lei avvolse le gambe intorno al suo corpo. Aveva bisogno di stringerlo ancora per un istante.

"Mia regina." Nolan si voltò e le baciò il collo. "Non vedo l'ora di mostrarti tutti i modi in cui posso amarti."

"Io... Anch'io non vedo l'ora." Imogen non riusciva ancora a chiamarlo il suo re perché le sembrava un po' buffo, tuttavia avrebbe mentito se avesse detto che non aveva percepito un piccolo brivido di felicità quando lui l'aveva definita la sua regina. Per un attimo si stese sul materasso e sentì i loro cuori battere all'unisono. Era consapevole di non aver mai fatto niente di simile prima e si godette quell'attimo di connessione intima.

"Stai cantando."

Imogen guardò Nolan sbattendo le palpebre mentre lui le sorrideva.

"Davvero?"

"Sì, hai intonato questa melodia diverse volte. La riconosco: è il nostro canto del cuore."

"Sul serio?" Imogen inarcò un sopracciglio.

"Sì. L'hai intonato per tutto questo tempo, ma io mi sono semplicemente rifiutato di crederci. Ricordi? L'amore è un oceano, forza travolgente e cura silenziosa." Nolan le cantò dolcemente l'ultima frase e il cuore di Imogen si riempì immediatamente di calore e gioia.

"Oh, lo sento da tantissimo tempo ormai. Pensavo provenisse da un sogno..."

"È così. Proviene dal nostro sogno, amore mio."

Imogen si lasciò andare al suo bacio e si sorprese quando capì di essere sul punto di piangere. Aveva affrontato dei periodi difficili nella propria vita, tuttavia non si era mai sentita così vulnerabile, né, del resto, aveva passato una settimana altrettanto ricca di emozioni. Sospirò leggermente contro le labbra di Nolan e indietreggiò.

"Perché non beviamo un po' di whiskey sul tetto e aspettiamo il ritorno degli altri?"

"Oh sì. Sai una cosa? Sarebbe perfetto."

"Allora laviamoci, poi prenderò da bere." In un batter d'occhio, trovarono un ritmo tranquillo che Imogen non aveva mai avuto con nessun altro nella propria vita.

Si rese conto che andava bene così, era ciò che doveva accadere. Finalmente ce l'aveva fatta: si era innamorata e aveva trovato la sua persona. Le sarebbe servito un po' di tempo per abituarsi, ma adesso le risultava difficile preoccuparsi, avvolta com'era nel piacere che seguiva l'amplesso. L'avrebbe fatto un altro giorno; per ora si sarebbe limitata a sorseggiare del whiskey insieme al suo amato sul ponte della barca che le apparteneva.

In fondo, quella giornata stava finendo molto meglio di come era iniziata.

CAPITOLO VENTISETTE

Nolan non si sentiva così forte da quando era giovane. Ecco cosa intendevano quando dicevano che avere un compagno predestinato amplificava le capacità magiche. Era come se il suo potere vibrasse sotto la pelle come un cavo scoperto e si sentiva elettrizzato. Stava quasi saltellando sulla barca. Aveva dovuto allontanarsi da Imogen prima di prenderla un'altra volta, quando si era unita a lui nella piccola doccia della cabina. Gli altri sarebbero tornati sulla barca a breve e voleva prendersi il suo tempo con lei, senza essere interrotto dal gruppo. Ciò non gli aveva impedito, però, di premerla contro la parete e provocarle un orgasmo intenso con le mani mentre Imogen gemeva nella sua bocca e il flusso d'acqua bollente gli colpiva le spalle.

Era tutto ciò che aveva sognato e anche di più. Adorava la sua espressione stordita quando la faceva godere, e il rossore che le colorava la pelle diafana. Con quei capelli rosso fuoco sparsi sul cuscino, le labbra gonfie per i suoi baci e gli occhi appannati per il desiderio, Imogen sembrava in tutto e per tutto una sirena che intonava il suo canto solo per lui.

Dopo aver indossato dei calzini spessi di lana, Nolan si incamminò fischiettando verso l'area relax, dove versò del whiskey in due bicchieri prima di avviarsi sul ponte. La notte era silenziosa, con una brezza leggerissima, e la luna brillava luminosa sopra di loro. Si fermò davanti alla scala, pensando a come salire con entrambi i bicchieri in mano, e in quel momento una fitta di dolore lo soffocò. Nolan fece cadere i bicchieri e cercò di toccarsi la gola, ma si bruciò con il cerchio di metallo rovente che aveva intorno al collo.

Era fatto di ferro.

Nolan si piegò nel tentativo di liberarsi da qualunque cosa gli impedisse di muoversi, ma invano. Ansimò, cercando di respirare. Sentiva il suo potere diminuire gradualmente, e una risata bassa risuonò vicino a lui.

"Sai, non avrei mai immaginato che l'avresti trovata."

Nolan provò a voltarsi per vedere chi aveva parlato, e invece venne trascinato lungo il bordo del ponte, calpestando i frammenti dei bicchieri rotti che si conficcavano nei suoi piedi attraverso i calzini di lana. Gettato poi a terra senza tante cerimonie, si contorse, tentando di respirare nonostante il dolore atroce che lo attraversava. Era come se l'avessero infilzato con un attizzatoio incandescente di un camino.

Un uomo era in piedi davanti a lui. Emanava un lieve bagliore argentato e strinse gli occhi opalescenti guardando Nolan. Era un Fae dell'acqua, e allo stesso tempo non lo era. A Nolan bastò vedere la sua chioma rossa per capire chi l'aveva catturato.

Il padre di Imogen.

Al collo portava l'amuleto rubato dei Fae dell'acqua.

Nolan chiuse gli occhi per un momento, cercando di raccogliere le forze nonostante l'oggetto di ferro. Era furioso, aveva finalmente trovato Imogen e non voleva perderla. La preoccupazione per lei ebbe la meglio, e provò a mandarle una sorta di messaggio telepatico per avvertirla.

"Nolan!" urlò Imogen precipitandosi al piano di sopra e bloccandosi di colpo sul ponte posteriore quando lo vide rannicchiato. I capelli bagnati le ricadevano gocciolando sulla schiena e indossava l'accappatoio. Lo stesso da cui aveva preso la cintura per legarle le gambe, pensò Nolan, e quel ricordo doloroso lo fece trasalire. Era stato un vero idiota.

"Ah, eccola qui."

Imogen si voltò e incrociò lo sguardo di suo padre. Nolan detestava l'idea di non poter fare nulla, di non poterla aiutare in quel momento, tuttavia il ferro lo rendeva praticamente impotente. Non riusciva a fare altro che guardare mentre Imogen affrontava ciò che più temeva e ciò che più la minacciava nella stessa persona.

"L'amuleto, Imogen. Indossa..." disse Nolan con voce roca. Aveva bisogno che lei capisse quanto suo padre fosse forte. Non solo era in parte un Domnua, in quel momento era anche il capo dei Fae dell'acqua. Avrebbero dovuto obbedirgli, a prescindere dalla loro lealtà a Imogen.

"Mi hai ignorato per tutti questi anni, eppure sapevo che questo giorno sarebbe arrivato. Mia cara figlia, permettimi di presentarmi." Il padre di Imogen fece un inchino beffardo allargando un braccio. "Cathal è il mio nome, e sono tuo padre."

"Sei..." iniziò a dire Imogen con voce spezzata, e a Nolan si chiuse lo stomaco nel vedere il suo bellissimo viso angosciato. Lei distolse lo sguardo dal padre e lo posò su Nolan. "Non lo sapevo, lo giuro."

"Salvati," ansimò Nolan. Vedeva dei puntini muoversi davanti ai suoi occhi.

"Credo intenda dire questo: è giunto il momento che tu prenda il potere che ti spetta, mia dolce ragazza. L'hai evitato per tutti questi anni, ma adesso non lo farai più. Vieni con me."

"Mi rifiuto di farlo," disse Imogen incrociando le braccia sul petto e allontanando i capelli dal viso.

"Eh no, tesoro, non lo accetto. È forse la barca che non vuoi abbandonare? A quanto pare te la sei cavata bene." Cathal sorrise a Imogen come se stessero chiacchierando davanti a una pinta di birra al pub. "Sono orgoglioso di te, sai?"

"Sì, me la sono cavata bene, ma non grazie a te. Che razza di padre abbandona la propria figlia?" gli domandò Imogen. Nolan si chiese se sapesse che il cerchio di ferro intorno al suo collo lo stava uccidendo. Aveva ancora tante cose da imparare sul mondo dei Fae.

"Un padre impegnato, Imogen. Ho passato anni a mettere in atto questi piani. Non capisci? Tutto ciò che ho fatto finora, l'ho fatto per noi. Adesso possiamo governare sui Fae dell'acqua *insieme*. Sono tornato per te, perché saremo più potenti come famiglia."

In realtà, aveva bisogno di Imogen per avanzare una pretesa legittima al trono. Nolan sapeva come funzionavano le regole dei Fae, e Imogen era parte della profezia, al contrario di Cathal. L'aveva abbandonata quando era piccola, e in quel momento la stava usando per sovvertire i Fae dell'acqua. Le onde iniziarono a colpire il lato dello scafo, e Nolan si rese conto che i Fae dell'acqua stavano arrivando. Li aveva chiamati Cathal?

Si accasciò debolmente sul ponte di comando, furioso all'idea di non poter aiutare Imogen, di non poter fare di più in quel momento. Inspirò tremando, riusciva a malapena a tenere gli occhi aperti.

"Non deve andare così," sussurrò Imogen, voltandosi per guardare il padre negli occhi. "Stai facendo del male al mio uomo, Cathal. È il mio compagno predestinato, l'amore della mia vita. Lascialo andare immediatamente."

"No, purtroppo non posso accontentarti, figlia mia. Non credo che la nostra pretesa al trono lo renderebbe felice. Gli sottrarrebbe del potere e a Nolan non andrebbe bene, vero? Ricoprire una posizione di rilievo l'ha sempre reso orgoglioso. Adesso non ti serve, Imogen. Non capisci? Non hai più bisogno di lui. Tranquilla, una volta che saremo saliti al trono potrai scegliere tra tantissimi spasimanti."

"Se, come dici, sono tua figlia, potresti almeno esaudire la mia richiesta. Lascialo andare," disse Imogen in un tono deciso. "Mi hai lasciata sola per tutta la vita e non ti ho mai chiesto niente, non ho mai avuto bisogno di nulla da te. Lascialo andare."

"Oh, stai già provando a comportarti da regina? Ti troverai bene sul trono." Il ghigno di Cathal si allargò.

"Non ti è mai importato di me, vero?" domandò Imogen a suo padre, inclinando la testa per guardarlo. Nolan stava soffrendo, ma il suo dolore impallidiva al confronto con le emozioni che percepiva nell'animo di Imogen. Aveva appena conosciuto suo padre e si era resa conto che la voleva soltanto per ciò che avrebbe potuto fare per lui. Era una scena straziante a cui assistere.

"Andiamo, come sei severa. Ti ho tenuta d'occhio nel corso degli anni."

"Ah sì? Dov'eri quando mia madre mi ha sbattuta fuori di casa?" gli chiese Imogen, arrabbiata.

"Beh, quella sgualdrina avrebbe dovuto trattarti meglio. La colpa è sua, non mia. Su, figliola. Dobbiamo andare. Il trono può essere nostro. Immagina quanto saremo ricchi, quanto saremo potenti!" Gli occhi di Cathal brillavano per l'entusiasmo.

"Se lo lascerai andare, io..." Imogen deglutì e il suo sguardo afflitto incrociò quello di Nolan. "Verrò con te."

"No..." ansimò Nolan. La sua gola era quasi del tutto bloccata.

"Verrai lo stesso con me, mia cara. Non lo lascerò andare: ci causerebbe sicuramente dei problemi."

"Allora è questa la tua scelta?" gli domandò sommessamente Imogen.

"Certo che lo è, sciocchina. Stai perdendo tempo. Dobbiamo andare. Adesso." Nolan si rese conto che Cathal era sul punto di perdere la pazienza e usare i propri poteri contro Imogen, e sollevò la mano nel tentativo di avvertirla.

"Tutti facciamo delle scelte, non è così, padre? E io scelgo lui." Nolan ebbe appena il tempo di cogliere il movimento prima che Cathal esplodesse in un ammasso di poltiglia argentata. Il pugnale di Imogen gli era finito in mezzo agli occhi. L'amuleto dei Fae dell'acqua cadde rumorosamente sul ponte di comando e Imogen si precipitò a raccoglierlo prima di infilarselo al collo, poi si voltò per accovacciarsi accanto a Nolan, che la guardò con gli occhi pieni di lacrime.

"La mia guerriera. La mia amata. Sarai una regina fantastica," disse Nolan quasi senza voce. Riusciva a malapena ad alzare la mano per accarezzarle il viso. "Sono fiero di te."

"Nolan, ti prego, dimmi cosa fare. Come posso toglierlo?" Le lacrime rigarono le guance di Imogen, che allungò la mano verso il suo collo.

"Non puoi. Magia arcana," ansimò Nolan. Gli si stava appannando la vista.

"Sai cosa detesto?" Imogen si alzò, un'espressione furibonda le incendiava il viso. "Quando mi dicono che non posso fare qualcosa."

In quel momento, mentre afferrava l'amuleto, era in tutto e per tutto la sua regina.

"Fae dell'acqua!" urlò Imogen. L'oceano si agitò tutto intorno e le onde colpirono i lati dell'imbarcazione. "Aiutatemi!"

Nolan vide i Fae dell'acqua salire a bordo e circondarlo prima di sollevarlo in aria. Dopo pochi secondi lo immersero sott'acqua: il contatto con le onde gelide era doloroso, ma non quanto quello con il cerchio di ferro intorno al suo collo. Sbatté le palpebre, e una tenue luce bianca illuminò l'oscurità, avvicinandosi man mano che lo tenevano sospeso. Una bellissima sirena dai capelli intrecciati allungò la mano e sfilò l'aggeggio metallico con destrezza. Nolan si sentì subito sollevato e ansimò cercando di respirare quando i Fae lo riportarono ancora una volta in superficie, posandolo sulla piattaforma di carico nella parte posteriore della barca. Lì trovò Imogen, in ginocchio e con il viso rigato di lacrime.

"Nolan!"

"Imogen!" Un grido si levò dal molo e Nolan si voltò: Callum e gli altri stavano correndo verso di lui. Salirono sull'imbarcazione aiutandola a caricarlo a bordo, al sicuro, e Nolan crollò addosso a Imogen, stringendola tra le braccia e posando la testa sul suo ventre. Non era in grado di fare altro.

Tuttavia, era vivo, e Imogen aveva sconfitto i propri demoni.

O almeno uno di essi.

"Cosa è successo?" chiese Bianca inginocchiandosi accanto a lui. La regina Aurelia apparve con una bottiglia di vetro in mano, e Nolan poté esimersi dal rispondere quando lei gli versò il liquido in gola senza tante cerimonie. L'elisir fece effetto quasi immediatamente, come un'iniezione di adrenalina, e Nolan si mise a sedere pur sapendo di essere debole, ma vivo.

"Il padre di Imogen è venuto a farci visita. È stato lui a rubare l'amuleto ai Fae dell'acqua."

Bianca trasalì, spaventata, e guardò Imogen.

"Oh, poveretta. La cosa deve averti spezzato il cuore."

"L'ho ucciso," disse lei come se ciò che era appena successo la sorprendesse ancora. "Ho ucciso mio padre."

"E hai fatto bene. Era in parte Domnua e cercava di prendere il trono. Imogen..." Nolan allungò una mano e l'attirò a sé. "Ti avrebbe soltanto usata per i propri scopi. Gli importava solo di ciò che avresti potuto fare per lui, e non di te. Hai fatto la cosa giusta."

"Hai preso una decisione difficile," disse la regina

Aurelia dondolando sui talloni. "Il tipo di decisione che prenderebbe una regina."

"Ho scelto l'amore," dichiarò tranquillamente Imogen prima di sfilarsi l'amuleto. "Ecco. Per favore, lo restituisca al legittimo proprietario."

"Credo che si tratti di te," rispose dolcemente la regina Aurelia.

"No. Non è così. O almeno non ancora. Non è giusto nei confronti dei Fae dell'acqua. Forse, con il tempo, riuscirò ad aiutarli di più, ma adesso non sono pronta. Devo imparare tante altre cose prima di poter essere loro utile. E poi, se nelle mie vene scorre del sangue Domnua, cosa vuol dire? Che anch'io sono cattiva?"

"No, figliola. Hai comunque scelto la tua strada, capisci?" La regina Aurelia indicò la piattaforma di carico. "Se non sei pronta per l'amuleto, allora appartiene a lui, all'anziano a cui è stato rubato."

Nolan si voltò e vide un vecchio che conosceva bene in piedi sulla piattaforma. L'uomo aspettava con pazienza l'esito della discussione. Imogen si alzò e lo raggiunse con un portamento il più regale possibile malgrado l'accappatoio che indossava, per poi porgergli l'amuleto.

"Mi dispiace che mio padre l'abbia rubato al vostro popolo. Spero che non mi riterrete responsabile delle sue azioni. Desidero soltanto il benessere e la felicità della vostra gente."

"Mia regina." L'anziano si inchinò. "Lei è una benedizione per il nostro popolo. Mi auguro che, un giorno, potremo mostrarle il nostro mondo. Sarà sempre la benvenuta."

Un applauso fragoroso si levò dall'acqua quando l'uomo si tuffò nell'oceano portando con sé l'amuleto.

"A qualcuno va del whiskey? Io ne avrei proprio bisogno," disse Bianca.

"Anch'io," rispose Nolan emettendo una risata roca prima di afferrare Imogen e baciarla con ardore. "Beviamo un bicchiere. Che ne dici, mia regina?"

"Che cos'è?" Imogen rise quando Nolan la trascinò verso una piccola apertura nella parete rocciosa vicino alla baia. Erano passate alcune settimane da quando aveva scoperto di essere in parte Fae e, da allora, aveva seguito una sorta di corso accelerato su quel mondo grazie a Bianca, felice di insegnarle miti e storia della magia arcana. Tra le sue lezioni e i momenti che Nolan voleva passare con lei, Imogen aveva deciso di posticipare alcune escursioni future per prendersi una piccola pausa. Aveva pagato lautamente il suo equipaggio per quella vacanza, e per la prima volta dopo anni si rese conto di poter finalmente respirare tranquillamente. Molti dei problemi che l'avevano tormentata per tanto tempo, come l'uomo sotto la superficie dell'acqua, avevano trovato una soluzione. Non sapeva quasi cosa fare senza tutto quel peso sulle spalle.

Certo, Nolan non le lasciava molto tempo per riflettere troppo a fondo su qualsiasi cosa non fosse lui. Oh, quell'uomo la consumava e nel miglior modo possibile. Bianca aveva ragione: i Fae erano amanti straordinari e insaziabili, e Imogen rimase sorpresa nello scoprire quanto desiderasse essere toccata da Nolan.

"Beh, amore mio, è uno dei nostri portali." Nolan si alzò e infilò la testa nel tunnel vicino a un cerchio di pietra. Indossava quei pantaloni di pelle che gli aderivano alle gambe muscolose, e Imogen sospirò mentre la sua mente iniziava a vagare. Nolan lesse i suoi pensieri e le rivolse un sorrisetto seducente e compiaciuto prima di chinarsi per sfiorarle il labbro inferiore con il pollice, facendo irradiare una piccola ondata di lussuria in tutto il suo corpo. "Sarà per un'altra volta."

"E va bene." Imogen finse di essere imbronciata, ma si rallegrò quando lui la prese tra le braccia. "Aspetta, un portale? Vuol dire che...?"

"Sì, stiamo per andare nel regno dei Fae."

"Ma..." Imogen ebbe a malapena il tempo di fargli delle domande prima che quella strana sensazione di risucchio l'avvolgesse, e sbatté le palpebre quando atterrarono in un prato rischiarato soltanto dalle ultime luci del tramonto. Avrebbe dovuto portare qualcosa, pensò Imogen sbirciando da dietro il braccio di Nolan e osservando per la prima volta il regno dei Fae.

Alle loro spalle si ergeva un grande castello in mezzo a un campo pieno di fiori gialli e rosa di cui Imogen non sapeva il nome, guardando con attenzione vide delle creature minuscole con grandi ali da farfalla svolazzare di fiore in fiore. Una di loro si fermò a mezz'aria per salutarla agitando una mano, e Imogen si ritrovò a sorriderle e ricambiare il gesto. Delle piccole sfere di luce danzavano nell'aria, come se qualcuno avesse riempito il prato con fili di lucine fatate, solo che, beh, quelle erano davvero delle fate.

"È incredibile," sussurrò Imogen seguendo Nolan, che le faceva strada attraverso il prato, in direzione del castello. "Nolan, non posso entrare vestita così. Non ho l'abbigliamento adatto."

Nolan si fermò per guardarla dalla testa ai piedi. Una brezza fresca le sfiorò la pelle e Imogen abbassò lo sguardo sorpresa, i suoi pantaloni di tela e il maglioncino erano scomparsi, rimpiazzati da un abito svolazzante color rosa cipria. Fissò Nolan con la bocca spalancata.

"Rosa?!"

"Sicuro e certo, sta benissimo con quei tuoi bei capelli rossi, vero?" disse Nolan, raggiante per la sua espressione incredula.

"Rosa," borbottò Imogen.

"È il colore della tua pelle dopo che ti costringo a supplicarmi di farti venire," disse Nolan avvicinando le labbra alle sue. Per il cielo di Dublino, quell'uomo la faceva davvero arrossire, pensò Imogen mentre ogni centimetro della sua pelle si surriscaldava.

"Cosa ci facciamo qui?" Imogen lo spinse via con un colpetto scherzoso. Aveva voglia di godersi ogni secondo che avrebbe passato nel regno dei Fae.

"Vedrai..." Nolan la trascinò sotto un portico, facendo un cenno a due guardie di sentinella. Indossavano delle tuniche viola e portavano delle spade legate ai fianchi. Imogen si guardò intorno, osservando gli abiti variopinti delle persone che danzavano per le strade, alcuni volando, altri correndo, e altri ancora apparendo dal nulla. Il villaggio chiuso tra le alte mura del castello era affollato, ma a dominare l'atmosfera al suo interno erano le grida gioiose, le risate e la musica. Imogen si rilassò immediatamente, malgrado l'irrefrenabile desiderio di esplorare ogni angolo di quel posto. Capì subito che si trattava di un luogo felice, benché la sua mente fosse impegnata a incasellare nella memoria tutte le varie forme di magia arcana che le apparivano davanti.

"Da questa parte." Nolan la condusse lungo una strada lastricata e poi un vicolo stretto e tortuoso prima di fermarsi di fronte a una porta ad arco alta almeno il triplo di Imogen. Il solo battente era grande quanto la sua testa ed era a forma di rosa, sovrastata da due spade incrociate. Imogen rimase senza fiato quando la porta sembrò aprirsi da sola e Nolan la fece camminare davanti a lui posando le mani sulla parte bassa della sua schiena.

A volte, Imogen cercava ancora di non trasalire quando la toccava. Stava imparando a cercarlo in modo più spontaneo o a permettere a Nolan di prenderla per mano. Non era abituata all'intimità disinvolta tipica delle coppie, tuttavia migliorava giorno dopo giorno. Era fortunata, dato che adorava davvero lasciar scivolare le mani sul suo corpo. Quell'uomo era muscoloso come una montagna, e la forza del suo corpo non smetteva mai di stupirla.

Nolan spinse dolcemente Imogen oltre la soglia e lei si bloccò immediatamente quando le luci si accesero e dei brillantini piovvero dal soffitto.

"Sorpresa!" Imogen si coprì il viso con le mani quando sentì le urla. Lo stupore fu tale che Nolan l'aiutò a non perdere l'equilibrio posando le mani sulle sue spalle. Imogen sbirciò da dietro le dita e vide tantissime persone, sia sconosciute che amiche. Bianca e Seamus le sorridevano accanto a Cait in piedi vicino a un tavolo stracolmo di cibo. La regina Aurelia era al fianco di un uomo che somigliava a Callum, doveva trattarsi del re. Imogen deglutì quando capì che si trovava al cospetto dei reali, nel loro palazzo. Di certo avrebbe finito per violare il protocollo, e le si chiuse lo stomaco per l'ansia al solo pensiero.

"Nolan? Che succede?" Imogen gli lanciò un'occhiata interrogativa voltandosi a guardarlo.

"È per il tuo compleanno, tesoro. Ho cercato la data esatta."

"Il mio..." Imogen era senza parole per lo shock. Aveva dimenticato il proprio compleanno, le succedeva quasi sempre. "Tu... Questa è una festa di compleanno?"

"Mi hai detto che non ne hanno mai organizzata una per te. Volevo fare qualcosa di speciale."

Imogen si girò verso la folla e scacciò le lacrime che le riempivano gli occhi. Non era una donna dal pianto facile, ma quello era troppo. I brillantini che piovevano dal soffitto si rivelarono essere delle minuscole Fae che svolazzavano qua e là, ballando. Cibo, bevande e regali erano disposti sui tavoli collocati lungo le pareti della sala. Un gruppo di Fae dagli abiti colorati suonavano in un angolo e metà dei presenti cominciarono subito a ballare.

Imogen si commosse quando riconobbe la melodia.

"È il nostro canto..." Mentre la musica le avvolgeva il cuore, percepiva il desiderio di Nolan riversarsi su di lei, e si accoccolò tra le sue braccia.

"Noi Fae non riusciamo a resistere, amiamo ballare." Nolan rise e il suo sorriso la tranquillizzò. La fece volteggiare sulla pista da ballo, davanti a una divertita Bianca, e Imogen si lasciò andare al suo abbraccio. Il suo cuore era così pieno da essere sul punto di esplodere. Non avrebbe mai immaginato di poter provare quelle emozioni, l'amore, l'amicizia. Oh, e il potere. Era potente, aveva dei poteri magici, e... beh, la sua vita era cambiata drasticamente.

Alcune ore più tardi, dopo essersi saziata di torta, dopo aver ballato e tentato di ricordare i nomi di tutti quelli che aveva incontrato, inclusa la famiglia di Nolan, Imogen sospirò soddisfatta e finalmente si sedette a un tavolo lungo. Bianca si lasciò cadere al suo fianco, Seamus e Nolan si sistemarono davanti a loro.

"Grazie davvero per tutto. Non mi avevano mai organizzato una festa di compleanno prima e credo che questa sia stata la più spettacolare del mondo."

"Mi fa piacere. Volevo soltanto renderti felice." Nolan fece scivolare sul tavolo una scatola avvolta in una carta viola con sopra un fiocco di un colore rosa acceso. "Ho un regalo per te."

"Non dovevi," disse Imogen rigirando il pacco tra le dita. Non era mai stata brava ad accettare dei doni.

"Volevo farlo. Su, aprilo."

Il cuore di Imogen iniziò a battere più forte mentre scartava il regalo con attenzione, lisciando la bella carta e osservando con ammirazione il piccolo cofanetto di legno intagliato con dei fiori intrecciati.

"È un cofanetto adorabile. Ci metterò il mio anello. Grazie, Nolan," disse sorridendogli, e Nolan scoppiò a ridere inclinando la testa all'indietro.

"Sicuro e certo, sono contento che ti piaccia, amore mio, ma il regalo è dentro il cofanetto."

"Oh." Imogen arrossì, imbarazzata.

"Però, a sua discolpa, è un cofanetto davvero elegante," commentò Bianca dandole una pacca sul braccio.

"Ah sì? Grazie," disse Imogen, poi spalancò la bocca. All'interno, adagiata su un cuscinetto di seta viola, c'era una bussola dorata. La scritta *Mystic Pirate* era incisa in una splendida calligrafia, e quello che vide quando girò la bussola la stupì ancora di più. Era una copia accurata della sua barca, con lei e Nolan a prua e i Fae dell'acqua che guizzavano sotto la superficie dell'oceano. Era un manufatto degno di un museo, che lasciò Imogen senza parole.

"Così potrai sempre trovare la strada per tornare da me," spiegò Nolan allungando la mano e intrecciando le sue dita con quelle di Imogen.

"Io... Nolan, nessuno mi ha mai fatto un regalo così bello," disse Imogen con la voce spezzata.

"Sono felice che ti piaccia. L'ho realizzato io stesso, oltre a potenziarlo con la magia arcana. Puoi chiedere alla bussola di condurti da me, se mai dovesse servirti."

"Oh, sei la sua Stella Polare!" esclamò Bianca, portandosi una mano sul cuore e fingendo di svenire. "Che cosa romantica!"

"È vero. Sono senza parole, Nolan. Sappi che significa molto per me," disse Imogen, poi si alzò un po', si sporse oltre il tavolo e lo baciò sulle labbra. Restò ferma per un attimo, sentendo il calore della bussola nel palmo, consapevole che Nolan l'aveva creata per lei con amore.

"Odio dovervi disturbare..." La voce del principe Callum li interruppe e Nolan si staccò da lei con riluttanza, lanciando un'occhiata torva alle proprie spalle.

"Vattene," ordinò.

"Mi piacerebbe, dato che questo è un evento felice, ma abbiamo del lavoro da fare."

"Cosa è successo?" chiese Nolan voltandosi verso di lui.

"Imogen, mi dispiace davvero interrompere la tua festa di compleanno. Per te è la prima volta, vero?"

Imogen annuì stringendo la bussola al petto, aspettando di sentire la notizia che avrebbe sicuramente finito per rovinare tutto. Torin, l'uomo che aveva conosciuto quando le navi dei Fae avevano affiancato la *Mystic Pirate*, era in piedi accanto al principe Callum. Un'espressione seria era dipinta sui loro volti affascinanti, e Imogen non riuscì a fare a meno di chiedersi chi fosse in pericolo.

"Sì, però non è un problema. Il mio cuore è pieno e ho davvero apprezzato ogni momento. Sembra che abbiate qualcosa di serio che vi pesa sull'animo. Sedetevi e raccontateci tutto," disse Imogen, orgogliosa della propria capacità di sembrare educata e composta malgrado lo stomaco chiuso per l'ansia.

"Sì, diteci cosa sta succedendo," li incalzò Bianca dando alcuni colpetti sul tavolo. Torin lanciò un'occhiata al principe Callum e Imogen si chiese se stessero per violare qualche protocollo dei Fae. Rimase in silenzio stringendo ancora la bussola nel palmo della mano mentre i due reali si accomodavano al loro tavolo.

"Sono i Fae del fuoco," esordì Torin senza alcun preambolo e Imogen lo fissò. Era un bell'uomo, con i lineamenti scolpiti e gli occhi ambrati. Le ricordava vagamente un leone, con i capelli selvaggi, di un colore rosso dorato, e uno sguardo che non era del tutto umano. I Fae erano davvero un popolo dall'aspetto magnetico, pensò Imogen soffermandosi prima sul fascino algido del principe Callum, poi sull'avvenenza tormentata e tempestosa di Nolan e infine sulla bellezza esotica di Torin. Persino Seamus, che a volte le sembrava allampanato e impacciato, era dotato di una sicurezza tranquilla che lo rendeva irresistibile. Insieme, quegli uomini emanavano un tale carisma che avrebbero lasciato senza parole qualunque donna. Lei compresa.

"Lo so..." sussurrò Bianca chinandosi verso di lei. "È come entrare in una palestra di pugilato... o in un night club, o qualcosa del genere. Insieme fanno un effetto pazzesco, vero?"

Imogen soffocò una risatina nervosa immaginandoli in un night club e cercò di ricomporsi, tuttavia le labbra di Nolan si incurvarono leggermente, come se avesse appena letto i suoi pensieri.

"Principe? Qual è il problema?"

"Sono i Fae del fuoco." disse nuovamente Torin, schiarendosi la gola. Era vestito completamente di nero, il che faceva risaltare ancora di più i suoi capelli dorati e la pelle abbronzata. "È la stessa situazione che ha interessato i Fae dell'acqua. Speravamo che quello fosse un caso eccezionale a causa di suo padre..." Torin fece un cenno verso Imogen. "Non lo è. È qualcosa di più."

Imogen cercò di reprimere il senso di colpa che provava quando pensava alle azioni di suo padre. Aveva fatto del male a parecchi Fae, e, benché non fosse colpa sua, quell'uomo era comunque legato a lei.

"Sono stati i Domnua, vero? Come avevo pensato?" domandò Bianca attirando l'attenzione degli uomini. "Stanno creando delle divisioni tra gli Elementali? Se è così, allora potrebbero insorgere e spodestarti."

"Sembrerebbe di sì," sospirò Torin, poi si pizzicò il

ponte del naso. "Hanno già appiccato degli incendi. In Irlanda. Il loro bastone è scomparso."

"Il loro bastone?" chiese Imogen senza nemmeno pensarci.

"È come l'amuleto dei Fae dell'acqua," le spiegò Nolan. "Il capo dei Fae del fuoco ha un bastone dal potere straordinario."

"Oh, come..." Imogen mimò il gesto di piantare con forza un grosso bastone nel terreno. "Come quello di Gandalf?"

Gli uomini la guardarono confusi.

"Non conoscono le nostre storie," rispose Bianca. "Sì, come quello di Gandalf. In pratica è come un grande, magico bastone da passeggio con una parte incantata all'estremità. Contiene magia potente. Quel genere di cose..."

"Ed è stato rubato," disse Imogen.

"Quindi i Fae del fuoco sono furiosi. Sono un popolo turbolento e irascibile, dunque non possiamo lasciar correre. Dobbiamo aiutarli prima che i Domnua seminino il caos più totale," disse Torin. Un'espressione preoccupata si dipinse sul suo bellissimo viso, e Imogen si domandò come facessero a sapere da dove iniziare o cosa fare.

"Come possiamo esservi utili?" chiese Bianca.

"L'incendio più esteso sta minacciando un paese. Dobbiamo spegnerlo e poi dar loro una mano per sconfiggere i Domnua."

"Dov'è l'incendio?" domandò Bianca.

"Vicino a un paesino chiamato Grace's Cove. Presso uno dei nostri portali."

"No!" Bianca trasalì, alzandosi bruscamente dalla sedia. Seamus fece lo stesso.

"Dobbiamo andare. Adesso!" esclamò Imogen scattando in piedi. La regina Aurelia apparve accanto al loro tavolo.

"Ci sono dei problemi?" La regina indossava un abito bianco stupendo, tempestato di cristalli, e i suoi capelli rosa erano raccolti con fermagli scintillanti.

"I Fae del fuoco sono insorti fuori da Grace's Cove. Il villaggio è in pericolo," rispose Torin.

"Ci andremo immediatamente. Ritroviamoci tutti al portale."

Imogen si fermò sulla porta e lanciò un'ultima occhiata alla sala dove si era tenuta la sua prima festa di compleanno. Si era conclusa in modo infelice, tuttavia non avrebbe mai dimenticato il fatto che Nolan l'avesse organizzata per lei, facendola sentire immensamente amata. Nessuno avrebbe potuto privarla di quel ricordo, di quella sensazione che avrebbe sempre conservato nel proprio cuore, a prescindere dalle incognite del futuro.

"Stai bene?" le chiese Nolan cingendole la vita con un braccio.

"Sì, Nolan. Oggi mi hai fatto un regalo incredibile. Qualunque cosa succederà dopo, ho bisogno che tu sappia quanto mi hai resa felice."

"Oh, *mavourneen*. È stato un piacere per me, tutto qui. Mi dispiace che debba finire così, ma hanno bisogno di noi. È questa la mia vita, lo sai. Devo servire il mio popolo."

"Lo capisco. Voglio aiutare... Posso?" gli chiese Imogen, guardandolo negli occhi con un'aria interrogativa.

"Certo che puoi! Sai cosa spegne il fuoco?"

"L'acqua," rispose Imogen, sentendo il proprio potere farsi più intenso.

"Sì, l'acqua. Andiamo a salvare il nostro popolo."

Il nostro popolo, pensò Imogen. Sentiva sempre più di appartenere a un gruppo, di essere nel posto giusto. Faceva ormai parte di qualcosa di più grande di lei e, in quel momento, capì di avere il potere di fare la differenza.

LA MELODIA DEL FUOCO

Il cuore di Aedine esultava ogni volta che si recava al mercato delle pulci di Mother Jones. Quando aveva tempo, adorava più di qualsiasi altra cosa trascorrere un pomeriggio a rovistare tra le bancarelle in cerca di chincaglierie particolari o capi d'abbigliamento vintage da indossare durante le esibizioni. Si rese conto che, tra i vari impegni, ultimamente riusciva ad andare a Cork solo una volta al mese, tuttavia trovava sempre il tempo di fermarsi al mercatino dell'usato. Una manciata di fiorellini dai colori vivaci incorniciava l'ingresso blu scuro, e una familiare sensazione di felicità la pervase mentre entrava. Nell'aria aleggiava un profumo di cedro, unito a quello della vaniglia proveniente da una candela che bruciava allegramente sul bancone anteriore, e Aedine sorrise a una delle commercianti che lavoravano lì da tempo.

"Ciao, Aedine. Stai lavorando a un nuovo progetto?"

"Ehi, Talia! Ho un matrimonio stasera, ma sto preparando una nuova coreografia. Non sono ancora sicura di cosa vorrei aggiungerci, forse un cerchio o un bastone da majorette…" Aedine serrò le labbra e inclinò la testa, riflettendo, poi allungò una mano distrattamente e sfiorò una sciarpa di lana avvolta intorno al collo di una pecora decorativa imbottita.

"E darai fuoco a un pezzo d'antiquariato in ottime condizioni? È questo che intendi?" Talia finse di guardarla torva.

"No, no, ti prometto che non sarà così. Non brucerei mai un articolo vintage." Aedine sollevò una mano come se stesse facendo un giuramento. "Il cerchio e il bastone riguardano l'aspetto acrobatico della coreografia. Stasera lavorerò con il fuoco e farò anche delle pose… credo dentro una coppa da Martini ad altezza d'uomo. Dovrò dare un'occhiata appena arriverò lì. Volevano un matrimonio a tema circense. A quanto pare, gli ultimi attimi che la sposa ha passato con suo padre erano al circo. Penso sia un modo di includerlo nel loro giorno speciale."

"Beh, sembra divertente, non trovi? Riesci a immaginarlo?" Talia scosse la testa. "Delle nozze a tema circense!"

"Per me va bene tutto, basta che mi paghino," ridacchiò Aedine. "Però mi piace esibirmi ai matrimoni, generalmente c'è un'atmosfera piuttosto felice."

"Ieri sono arrivati dei pacchi che ho aperto stamattina. Non li ho ancora catalogati, tuttavia alcuni dei venditori stanno già girovagando per il mercatino e allestendo i loro banchetti. Fammi sapere se trovi qualcosa di spettacolare, mi piacerebbe tantissimo sentire come vorresti usarli."

"Lo farò, sicuro e certo. Ho un buon presentimento per oggi." Aedine si strofinò le mani, trepidante. Per lei lo shopping vintage era come uno sport: l'adrenalina le scorreva costante nelle vene mentre si perdeva tra le strette file di bancarelle. Il mercatino era disposto in modo che ogni venditore avesse il proprio spazio espositivo, dando vita a un ambiente caotico ma, a suo parere, anche gioioso, colmo di ogni sorta di tesori.

"Non è possibile!" mormorò dirigendosi verso un appendiabiti. Una giacca da motociclista tempestata di paillettes era appesa a una gruccia imbottita, e Aedine si sfilò immediatamente il giubbotto e la borsa prima di gettarli a terra entrambi senza tante cerimonie. Indossò il capo vintage e si voltò verso un polveroso specchio a tutta altezza: la giacca le stava quasi a pennello, forse era leggermente larga sulle braccia. La rimboccò arrotolando le maniche, poi si girò da un lato e dall'altro per osservarsi da diverse angolazioni. Dei lustrini rosa dorato ricoprivano le maniche e il retro della giacca, e i bordi erano di una pelle grigia consumata dal tempo. La donna si ravvivò i capelli, che si era tinta da sola: erano ancora di un brillante rosso ciliegia. Era di corporatura minuta, senza nemmeno un grammo di grasso in più grazie alle lunghe giornate passate ad allenarsi nel ballo e nelle acrobazie. Se si fosse tagliata i capelli, sarebbe certamente passata per un uomo. Aedine era slanciata, con un accenno di curve all'altezza della vita, snella, tutta muscoli e sempre in movimento. Una scarica di energia sembrava attraversarla costantemente e affrontava la vita con entusiasmo e un sorriso, facendo del proprio meglio per seppellire i momenti difficili che l'avrebbero privata di quella gioia.

"Normalmente non sceglierei questo rosa con il colore dei miei capelli..." disse ad alta voce.

"Ti sta bene," commentò Talia, provando a convincere Aedine. Lanciò un'occhiata veloce al cartellino del prezzo:

vendevano la giacca a una cifra decisamente stracciata, quindi la infilò immediatamente nella borsa degli acquisti. Era elettrizzata, benché la sua intenzione non fosse stata quella di comprare un capo del genere. Raccolse le proprie cose da terra e si avviò verso il retro del mercatino, dove si trovava il magazzino: lì c'erano diverse persone che aprivano degli scatoloni e disimballavano gli oggetti al loro interno.

"*Banphrionsa.*"

Aedine si voltò rabbrividendo nel sentire quella parola e il suo cuore iniziò a battere all'impazzata. Non aveva mai imparato l'irlandese, avendo saltato i corsi estivi frequentati dalle sorelle, quindi non sapeva cosa volesse dire. Un uomo era in piedi in un angolo semibuio accanto a una pila di scatole chiuse e indossava un mantello intrecciato color verde smeraldo. Il suo abbigliamento ricordava quello dei giocatori di ruolo dal vivo, e forse era uno di loro. Sembrava che stesse per partire per una missione epica, il che fece sorridere Aedine. Adorava davvero le persone strambe e si considerava con orgoglio una di loro, quindi fu più che felice di avvicinarsi a lui.

"Non ho capito cos'ha detto, signore." Inclinò la testa cercando di vedere il volto dello sconosciuto, ma il suo mantello era calato così tanto che riuscì a intravedere solo il luccichio dei suoi occhi argentei. Gli oggetti sul tavolo vicino a lui non sembravano rispecchiare il suo aspetto, e Aedine strizzò gli occhi osservando un servizio da tè con la fantasia floreale posato su un vecchio tavolino d'anti-quariato.

"Un regalo."

Aedine riprese a guardarlo e spalancò la bocca nel vedere l'oggetto che l'uomo le stava porgendo. Allungò la mano in preda alla felicità per prendere il bastone... o si trattava forse di un accessorio da passeggio? No, era chiaramente un semplice bastone, di quelli che uno stregone avrebbe brandito in cima a una montagna mentre guardava il suo villaggio sottostante. Era intarsiato con un intricato e splendido nodo celtico, e nella parte superiore era incastonato un cuore d'oro battuto, grande quanto la sua mano e decorato con lo stesso incantevole disegno. La bocca di Aedine si seccò.

Aveva *bisogno* di quel bastone. Stava già pensando a tutti i modi in cui avrebbe potuto usarlo nelle proprie esibizioni e il cuore sulla sommità del bastone, in particolare, sarebbe stato perfetto per i matrimoni. Sì, era proprio l'oggetto che stava cercando quel giorno, e il suo sorriso si allargò.

"Ma è davvero fantastico! Che bel bastone! Quanto costa? Tanto, vero? Immagino di sì, data la qualità della lavorazione." Aedine serrò le labbra stringendo le dita intorno al legno e due cose accaddero contemporaneamente: le luci si spensero e un'ondata di calore attraversò il suo braccio, come se avesse toccato una recinzione elettrificata. E va bene, forse era un paragone un po' esagerato, del resto non era certo volata dall'altra parte del magazzino o qualcosa del genere. Aveva semplicemente preso una scossa forte.

"Ahi," disse Aedine prendendo il bastone con l'altra mano e agitando il palmo dolorante. "Sicuro e certo, l'aria è un po' elettrica qui." Delle voci si levarono nel locale e la donna sbatté le palpebre sorpresa quando le luci si riaccesero. L'uomo dal mantello verde era scomparso.

"Dov'è finito? Non l'ho nemmeno sentito allontanarsi."

Aedine passò in rassegna la sala alle sue spalle: alcune persone si guardavano intorno confuse prima di riprendere ad aprire le scatole. Non sapeva se rimettere a posto il bastone o portarselo via.

Appoggiò l'oggetto al tavolo, decisa a chiedere a Talia informazioni sul venditore. Tuttavia, non appena si voltò, un'opprimente ondata di terrore le serrò lo stomaco e si portò una mano alla bocca, convinta di stare per vomitare. Si girò di nuovo verso il bastone e, facendo un passo avanti, si accorse che la nausea svaniva fino a sparire del tutto quando allungava la mano e sfiorava con un dito gli intricati intarsi.

"Va bene, allora." Aedine chiuse gli occhi e cercò di respirare in modo regolare. L'ultimo uomo che era scomparso davanti a lei aveva cambiato la sua vita per sempre, aprendo la sua mente a nuovi mondi e nuove possibilità, e ora si chiedeva se quanto era appena successo fosse legato al suo incontro casuale con Torin.

Lo vedeva ancora mentre dormiva.

Anzi, con il passare del tempo, i sogni che lo riguardavano si erano fatti più intensi invece di affievolirsi, al punto che o non vedeva l'ora di coricarsi per vederlo ancora una volta o si ubriacava per sfuggire alla presa che quell'uomo aveva sul suo cuore. I suoi sogni... beh, era come se la stesse corteggiando in tempo reale. Facevano picnic, parlavano dei loro interessi, viaggiavano insieme, ballavano in locali notturni semibui. Aedine aveva l'impressione di conoscerlo, di sapere cosa lo facesse ridere, cosa gli facesse paura, cosa gli desse fastidio... Eppure *non* poteva essere reale se non riusciva a trovarlo, vero? Era per quello che alcune sere beveva un po' troppo per riuscire a eludere le visite di Torin.

Non solo l'aveva sedotta con una maestria che nessun altro dei suoi amanti aveva mai avuto, le aveva anche lasciato un potere che non riusciva ancora a spiegarsi. Persino adesso, con quel bastone in mano, Aedine riusciva a sentire quell'energia pulsante attraversare ogni cellula del suo corpo come un fiume di luce interiore. Negli ultimi due anni, aveva affinato quella capacità di far apparire delle fiamme quando lo desiderava.

Quel potere continuava a meravigliarla, rendendola anche un'artista tra le più richieste in Irlanda. Aedine non aveva parlato a nessuno del suo dono o della sua maledizione, a seconda del modo in cui la si vedeva. Tuttavia, dopo aver accettato il fatto di avere, beh, della *magia arcana* dentro di sé, aveva subito deciso di usarla a proprio vantaggio.

"È bello, vero?"

Trasalì nel sentire la voce di Talia alle sue spalle.

"Già. Il venditore è un tipo strano, non trovi? Con quel mantello e tutto il resto?" ribatté Aedine voltandosi con il bastone in mano.

"Non so di chi tu stia parlando, tesoro, però te lo segno lo stesso. Sicuramente l'abbiamo registrato da qualche parte."

"Mi ha detto che era un regalo," si sorprese a dire Aedine. Era una persona sincera fino all'inverosimile e non voleva mai approfittarsi degli altri. Sapeva che non avrebbe mai potuto permettersi quel bastone, eppure sentiva che non poteva lasciarlo lì.

"Davvero? Beh, è stato gentile da parte sua, non trovi?" Talia alzò le spalle. "Annoto tutto lo stesso e ti chiamo nel caso ci sia qualche problema, d'accordo?"

"Certo, va benissimo. Io stessa sono stupita dal suo gesto," ammise Aedine stringendolo. Appoggiò poi il bastone al bancone d'ingresso per prendere la giacca con le paillettes dalla borsa degli acquisti, accorgendosi che non le piaceva staccarsene.

"Quella giacca è pazzesca! Hai trovato degli articoli meravigliosi oggi." Talia prese un taccuino e si appuntò alcune cose prima di scrivere al computer. "Non vedo il bastone nell'elenco né il nome di un venditore, ma a volte succede quando arriva tanta merce nuova. Mi daresti il tuo numero di telefono?"

Aedine esitò. Voleva con sua grande sorpresa darle un numero falso, eppure alla fine si costrinse a dettarle quello giusto. Non era una bugiarda, e se quell'oggetto apparteneva a qualcun altro... beh, era così che andavano le cose. Avrebbe dovuto farsene una ragione. Per il momento, però, l'avrebbe portato con sé da Betty Blue.

"Cosa farai con il bastone? Lo farai roteare come una majorette?" le domandò Talia dopo averle dato il resto.

"Non ne sono ancora sicura, a essere sincera, ma è troppo adorabile. Non posso lasciarlo qui, vero? Credo proprio che dovrò vedere dei filmati di danza con i bastoni per capire se potrei usarlo nelle mie esibizioni."

"È questo che fai per trovare l'ispirazione?"

"Oh sì. Cerco tutto su YouTube. La danza e le arti performative sono così antiche... Non ci sono delle vere novità in quei settori, ricordalo, solo storie raccontate in modi diversi. Osservo il passato e ci metto un po' del mio."

"Beh, sembra fantastico. Divertiti!" Qualcuno chiamò Talia dall'altra parte del mercatino e la donna si allontanò salutando Aedine, che prese il bastone e si avviò frettolosamente verso l'uscita, elettrizzata e nervosa all'idea di averlo tra le mani.

Una parte del suo cuore, quella che tentava di ignorare, sperava che fosse un regalo da parte di Torin, un uomo che non aveva mai dimenticato davvero e che continuava a cercare.

Un giorno l'avrebbe ritrovato, e lui avrebbe dovuto spiegarle un bel po' di cose.

Leggi oggi

RINGRAZIAMENTI

Grazie di cuore per avermi accompagnata in quest'avventura attraverso i regni dei Fae in Irlanda! In tanti mi chiedono spesso di scrivere altre storie ambientate qui e devo dire che è sempre un vero piacere tornare nel reame dei Fae che ho introdotto per la prima volta nella serie 'L'isola del destino'. C'è qualcosa di incredibilmente meraviglioso nel descrivere mondi magici, e questo, unito al fascino dell'Irlanda, rende il tempo che trascorro in questi luoghi davvero speciale.

Un ringraziamento speciale va allo Scozzese per avermi ascoltata pazientemente mentre gli raccontavo le mie idee e per il suo aiuto nella descrizione di alcune delle battaglie. Immagino che tutte quelle notti passate tra amici a combattere nei videogiochi l'abbiano reso un consulente esperto del settore.

Grazie a Dave e Rona per essere stati tra i primi a posare gli occhi su questo libro e per avermi aiutata a perfezionarlo.

E, come sempre, un grazie immenso va ai miei dolcissimi lettori, che condividono il mio amore per tutto ciò che è magico e mistico. Non smettete mai di brillare!

Serie Wildsong

1. Il canto del Fae

2. La melodia del fuoco

3. Il coro delle ceneri

4. La sinfonia del vento

ENGLISH TITLES BY TRICIA O'MALLEY

Tricia O'Malley has over 40 english speaking titles available in paperback, audio, e-book and Kindle Unlimited.

The Siren Island Series*

The Althea Rose Series*

The Isle of Destiny Series*

The Mystic Cove Series*

The Wildsong Series*

The Enchanted Highlands Series

*Complete Series

Love books? What about fun giveaways? Nope? Okay, can I entice you with underwater photos and cute dogs? Let's stay friends, receive my emails and contact me by signing up at my website

www.triciaomalley.com

Or find me on Facebook and Instagram.

@triciaomalleyauthor